17218
H

MEMOIRES

POUR SERVIR

A L'HISTOIRE

DES

HOMMES

ILLUSTRES.

TOME XIX.

MEMOIRES

POUR SERVIR

A L'HISTOIRE

DES

HOMMES

ILLUSTRES

DANS LA REPUBLIQUE DES LETTRES.

AVEC

UN CATALOGUE RAISONNE'

de leurs Ouvrages.

TOME XIX.

A LA SCIENCE

A PARIS,

Chez BRIASSON, Libraire, ruë S. Jacques,
à la Science.

M. DCC. XXXII.

TABLE ALPHABETIQUE
des Auteurs.

TABLE DES AUTEURS.

Fin de la Table Alphabetique.

MEMOIRES

POUR SERVIR

A L'HISTOIRE

DES

HOMMES

ILLUSTRES

DANS LA RE'PUBLIQUE des Lettres.

Avec un Catalogue raisonné de leurs Ouvrages.

AMBROISE CAMALDULE.

MBROISE CAMAL-DULE, ainfi appellé, parce qu'il étoit de l'Ordre des Camaldules, dont il fut même Général, naquit à *Portico*, Bourg de la Romagne, au-deſſus de *Forli*, près de l'Apennin. Pluſieurs Auteurs l'ont

A. CA- MALDULE

Tome XIX.   A

A. C<small>A</small>- fait Florentin ; mais ils se sont trom-
M<small>ALDULE</small> pés en cela, comme en plusieurs autres choses qu'ils ont dites de lui. Il
seroit assez difficile, & même très-
inutile de relever toutes leurs fautes.
Je ne puis cependant m'empêcher de
marquer celles de *Thevet*, qui le fait
Moine de *Glocester* en Angleterre ;
de *Conrad-Samuel Schurzfleich*, qui
dans sa 110 Lettre l'appelle *Ambroise
Morales*, le confondant ainsi avec un
Auteur Espagnol de même nom ; de
Michel Poccianti, de *Bellarmin*, &
de *Baillet*, qui mettent sa mort en
1490, la reculant ainsi 51 ans au-
delà de sa veritable date.

Il naquit le 24 Septembre 1378,
comme nous l'apprenons d'*Augustin
de Florence*, Religieux Camaldule,
dans le 3e. Livre de l'Histoire de son
Ordre. Je suis surpris que les PP.
Martenne & *Durand*, qui citent cet
Historien, n'ayent pas suivi son cal-
cul, pour la date de la naissance
d'*Ambroise*, comme ils l'ont fait pour
sa mort, & qu'ils se soient conten-
tés de dire qu'il naquit vers l'an 1376.

Traversari étoit le nom de sa famille, qui étoit originaire de *Ra-*

venne, où elle tenoit un rang confiderable, mais qu'elle avoit abandon-
née pendant les troubles de cette
Ville, pour se souftraire à la puiffan-
ce des *Polentani*, qui y dominoient,
en se retirant à *Portico*.

Ambroise fut mis dès son enfance
dans le Couvent des Camaldules de
Sainte Marie des Anges à *Florence*,
pour y apprendre les Langues Latine
& Gréque, & il y fit en peu de temps
de grands progrès. Il s'appliqua ensuite à l'éloquence, sous *Jean de Ra-
venne*, qui étoit un des plus fameux
Orateurs de son temps.

La réputation d'*Emmannel Chryfoloras*, qui enseignoit alors la Langue
Gréque à *Venise*, l'engagea quelque
temps après à se rendre en cette Ville, pour être son disciple, & pour
se perfectionner sous lui dans les
connoiffances, qu'il avoit déja ac-
quifes. Il n'y demeura pas cependant
long-temps, parce que *Chryfoloras*
ayant été appellé à *Florence*, il y retourna avec lui, & ce fut peu de
temps après qu'il entra dans l'Ordre
des Camaldules.

On trouve dans une Epitre dédi-

catoire d'*Ambroise* à *Andreolo Justiniani*, & dans une autre d'*Augustin
Justiniani*, petit fils de cet *Andreolo*,
qui sont toutes deux à la tête de la
version du *Theophraste d'Enée de Gaza*
par *Ambroise*, dans l'Edition faite à
Venise en 1513. une particularité de
la vie de nôtre Auteur, qui souffre
bien des difficultés. Il y est dit qu'il
alla à *Constantinople* avec *Guarino* &
Philelphe, pour se perfectionner dans
la Langue Gréque ; qu'en revenant il
passa par l'Isle de *Chio*, où *Andreolo
Justiniani*, qui aimoit les sciences &
les savans, reçut cette petite troupe de
Voyageurs avec toute sorte d'amitié ;
& qu'*Ambroise* pour lui témoigner sa
reconnoissance, lui dédia la traduction d'*Enée de Gaza*.

Il est à présumer que cette Epitre
dédicatoire d'*Ambroise* est supposée ;
car outre qu'aucun de ceux qui ont
parlé de lui, ne dit la moindre chose
de ce voyage prétendu, & qu'il n'en
fait lui-même aucune mention ; les
circonstances qu'on lui fait débiter
sur ce sujet, ne peuvent venir de lui,
étant évidemment fausses dans toutes
leurs parties. Car 1°. *Guarino* & *Phi-*

lelphe n'ont point été enſemble à *Con-*
ſtantinople. Guarino y alla tout au plus
tard en 1392 ; puiſqu'il y étudia cinq
ans ſous *Emmanuel Chryſoloras* , qui
paſſa en Italie en 1397 , pour y fixer
ſa demeure , au lieu que *Philelphe* n'y
alla qu'en 1419. c'eſt-à-dire 27 ans
plus tard. 2°. *Pontico* , qui dans la vie
de *Chryſoloras* parle du voyage de
Guarino à *Conſtantinople* , dit qu'il le
fit avec un Gentilhomme Venitien ,
& ne fait pas la moindre mention
d'*Ambroiſe* , qui d'ailleurs étoit trop
jeune pour le deſſein qu'on lui attribuë. 3°. Il ne peut avoir été non-plus
avec *Philelphe* ; puiſque l'an 1419.
que celui-ci alla à *Conſtantinople* , il
étoit Camaldule depuis long-temps,
& par conſéquent hors d'état de ſonger à un tel voyage. 4°. La viſite
d'*Andreolo* , qui étoit une ſuite de ce
voyage , eſt donc imaginaire, auſſi-
bien que la reconnoiſſance d'*Ambroi-*
ſe. Tout cela me fait croire que l'E-
pitre dédicatoire où l'on trouve toutes ces choſes , n'eſt pas veritablement d'*Ambroiſe.*

   Il entra dans l'Ordre des Camaldules le 8. Octobre 1400. âgé de 22

A. CA- ans & 14 jours. Sa retraite déplut fort
MALDULE à ses amis, qui voyoient avec peine
enfoüir dans l'obscurité d'un Couvent les grands talens qui étoient en
lui, & les dispositions qu'il avoit
pour les sciences. Ces talens n'y furent pas cependant entierement en-
foüis, car ses Superieurs les ayant re-
marqués, les rendirent utiles à l'Ordre, en lui donnant la conduite des
Ecoles du Couvent de *Florence*; emploi qu'il remplit avec succès pendant plusieurs années, & qui lui fit
naître la pensée de corriger & de traduire plusieurs Ecrits des Peres de
l'Eglise, & des Auteurs profanes,
que l'ignorance des Copistes avoit
défigurés; ce qu'il a fait autant qu'il
a pû pendant tout le cours de sa vie.

Après avoir passé par quelques
charges de son Ordre, il fut enfin é-
levé au Généralat le 26 Octobre de
l'an 1431. Outre les peines qu'il se
donna alors pour y entretenir la dif-
cipline, & pour réformer les Mona-
steres qui étoient tombés dans le relâchement, il fut encore employé à
des affaires plus considerables.

Le Pape *Eugene IV.* qui le consi-

deroit beaucoup , l'envoya au Concile de *Basle* , & eut tout sujet de se
loüer de son zéle pour maintenir l'autorité du S. Siége. *Poccianti* veut qu'il
ait été envoyé auparavant au Concile de *Constance*; mais comme c'est un
Auteur peu exact , & qu'aucun autre
n'a parlé de ce voyage , on ne peut
faire aucun fond sur son témoignage.

Le Concile de *Basle* n'allant pas
bien au grè du Pape , *Ambroise* fut
envoyé par ce Pontife à l'Empereur
Sigismond, pour lui faire agréer qu'il
fût transferé ailleurs , & il l'alla pour
ce sujet trouver à *Albe Royale*.

Il parut avec beaucoup d'éclat au
Concile de *Ferrare*, & à celui de *Florence* , & eut beaucoup de part à tout
ce qui s'y fit. Il s'y distingua sur tout
par son habileté dans la Langue Gréque ; & fit avoüer aux Grecs, que
personne parmi les Latins n'entendoit leur Langue comme lui.

Ayant été dépêché à *Florence*, pour
faire agréer au Senat de cette Ville ,
que le Concile de *Ferrare* y fût transferé , il obtint sans peine ce que le
Pape souhaitoit ; & depuis il fut
choisi pour dresser le Formulaire d'u-

nion entre l'Eglise Latine & l'Eglise
A. CA- Greque. *Sguropulus* l'a accusé non-
MALDULE seulement d'une extrême partialité
pour le Pape ; mais encore d'hypo-
crisie & de fourberie. Mais il est facile de voir que la passion seule a eu
part à ces accusations ; car pour ne
faire mention que du dernier article,
qui lui est le plus injurieux, il n'est
personne qui n'ait parlé de lui sur
un autre ton, & qui n'ait rendu jus-
tice à sa pieté, à sa droiture, à sa dou-
ceur, & à sa charité.

Son zéle pour la réformation de
son Ordre lui suscita plusieurs tra-
verses, & lui causa des chagrins que
son courage & sa fermeté lui firent
soûtenir constamment. C'est ce qu'on
voit dans la plûpart de ses Lettres,
où il paroît toûjours occupé du bien
spirituel & temporel de ceux qui
étoient sous sa conduite. Son amour
pour les Lettres lui fit rassembler une
nombreuse Bibliotheque dans le
Couvent de *Sainte Marie des Anges*,
afin que ses Religieux eussent dequoi
s'occuper, & qu'il pût lui-même satisfaire la passion qu'il avoit pour l'é-
tude.

On ne doute point, qu'il n'eût A. CA-
été élevé au Cardinalat, qui lui étoit MALDULE
même deſtiné, au rapport de *Paul
Jove*, s'il eût vécu plus long-temps.
Mais la mort lui envia cet honneur.

Il mourut à *Florence*, & non pas
à *Conſtance*, comme *Voſſius* &
d'autres l'ont dit ſans aucun fondement, le 21 Octobre 1439. âgé de
61 ans & 27 jours, & fut enterré,
comme il l'avoit ordonné, à *Camal-
doli*, où l'on n'a pas daigné lui mettre une Epitaphe, ni même la moindre inſcription.

Catalogue de ſes Ouvrages.

1°. *Unionis Formula inter Ecclesias
Græcam & Latinam; Græce & Latine.*
Inſerée dans les Collections des Conciles. J'ai dit plus haut que c'étoit
lui qui avoit dreſſé ce Formulaire
d'union.

2°. *Palladii vita S. Johannis Chryſoſtomi è Græco Latine. Venetiis* 1533.
*in-*8°. *Voſſius* a tout renverſé, lors
qu'il a parlé ainſi de cette Vie de *S.
Chryſoſtome* par *Palladius : E græco
vertit vitam Palladii à Chryſoſtomo ſcri-
ptam. Ciaconius* dans ſa Bibliotheque,
& *Oudin* dans ſon Ouvrage ſur les

A. CA-Auteurs Ecclefiaftiques, fe font auffi
MALDULE trompés , en difant qu'*Ambroife* dé-
dia cette traduction à l'Empereur
Sigifmond; ce fut au Pape *Eugene IV.*

3°. *Joannis Mofchi Pratum fpiritua-*
le. Latine. Coloniæ. 1583. *in-*8°.
Loüis Lippoman a publié le premier
cette verfion dans le 7e. Volume de
fes *Vies des Saints. Heribert Rofweyde*
l'a depuis inferée dans fes *Vies des*
Peres , imprimées à *Anvers* en 1628.
in-folio,

4°. *S. Joannis Climaci fcala Para-*
difi , Latine reddita ab Ambrofio Ca-
maldulenfi , cum notis Michaëlis Iffel-
tii. Coloniæ. 1583. *in-*8°. Cette traduction avoit déja été imprimée à *Ve-*
nife en 1531.

5°. *Manuelis Caleca adverfus Græ-*
corum errores libri IV. Interprete Am-
brofio Camaldulenfi. Ingolftadii. 1608.
*in-*4°. Par les foins , & avec les
Notes de *Pierre Stevart.* It. Dans la
Bibliotheque des Peres.

6. *S. Ephræmi Syri Sermones XIX.*
Latine. Brixiæ 1490. It. *Argentinæ.*
1509. It. *Coloniæ.* 1547. It. *Patavii.*
1585. *in-*8°. *Ambroife* eft le premier
qui ait publié quelque chofe de *S.*

Ephrem. On prétend que Gerard   A. CA-

Voſſius s'eſt rendu coupable de pla-
gianiſme à ſon égard, en copiant dans
l'Edition qu'il a donnée des Oeuvres
de ce Pere , non-ſeulement la traduction qu'Ambroiſe a faite de ces Sermons , & celle de quelques-autres
Sermons du même Pere , qui ſont
ſous ſon nom dans la Bibliotheque
de l'Empereur ; mais encore la Préface , qui eſt à la tête de ces derniers,
& que Lambecius a inſerée dans le
premier Tome de ſes Commentarii de
Bibliotheca Vindobonenſi p. 119. C'eſt
Wharton , qui l'en accuſe dans ſes
Additions à l'Hiſtoire Litteraire de
Cave.

7°. S. Baſilii liber de vera Virgini-
tate , Ambroſio Camaldulenſi Interprete. Cette traduction ſe trouve parmi
les Oeuvres de S. Baſile dans l'Edition de Baſle de 1565. & dans d'autres.

8. S. Joannis Chryſoſtomi adverſus
Vitæ Monaſticæ Vituperatores libri tres.
Cette traduction d'Ambroiſe a été in-
ſerée dans l'Edition de Paris de 1619.
Wharton s'eſt trompé lourdement ,
en prenant cet Ouvrage , non pour

A, CA-une simple traduction ; mais pour un
MALDULE traité de la composition même d'*Ambroise.*

9. *S. Dionysii Areopagitæ opera Latine ex versione Ambrosii Camaldulensis.
Argentinæ.* 1502. *in-folio.* It. *Parif.*
1515. *in-folio.*

10. *Æneæ Gazæi Theophrastus, seu
de animorum immortalitate & Resur-
rectione corporis Dialogus, Latine, interprete Ambrosio Camaldulensi. Venetiis* 1513. Cet Ouvrage a été publié
par les soins d'*Augustin Justiniani*, comme je l'ai déja dit ci-dessus. Il s'en est
fait une nouvelle Edition à *Basle* en
1516. où l'on a joint quelques-autres
Traités semblables, & que *Jean-Al-
bert Fabricius* (*a*) a regardée mal à
propos comme la premiere.

11. *Diogenis Laertii Vitæ Philosophorum, Latine.* Il y a plusieurs Editions de cette Version, dont la premiere a été faite en 1475. à *Venise*,
in-4°.   Lorsqu'*Ambroise* l'entreprit, comme il ne se sentoit pas de
genie pour la Versification, il pria
Philelphe son ami, Poëte de profession, de lui mettre en Vers Latins les

[*a*] *Syllabus scriptorum de veritate Re-
lig. Christ.* p. 107.

VersGrecs répandus dans l'Ouvrage
de *Diogene Laerce*. *Philelphe* le lui
promit; cependant ſoit qu'il trouvât
la choſe plus difficile qu'il ne l'avoit
cru d'abord, ſoit qu'il n'eut pas le
loiſir d'y travailler, il ne s'acquitta
point de ſa promeſſe. *Ambroiſe* s'en
plaignit, & là-deſſus *Philelphe* par
une brutalité indigne d'un homme
d'eſprit, compoſa contre lui une Satyre, qui eſt la 7e. de ſa ſeconde Dé-
cade, dans laquelle il ne le ménage gueres. *S'il s'ennuye*, dit-il, *de
garder ſi long-temps ſon Ouvrage ſans
le publier ; qu'il ſe contente de traduire
en Proſe ce qu'il ne ſçauroit traduire
en Vers. Il peut même en omettre pluſieurs, qui l'obligeroient à exprimer bien
des choſes indignes de ſon Capuchon.*
Ambroiſe fut obligé de prendre ce
parti, ſans avoüer néanmoins que ce
fût par impuiſſance de mieux faire.
C'eſt un plaiſir de voir comme il
tourne cet article dans ſon Epitre dédicatoire à *Coſme de Medicis. Il y a,*
dit-il, *pluſieurs Vers dans l'Original
que je n'ai point voulu exprès traduire
en Vers Latins, ne jugeant pas que ce
mélange de Vers parmi la Proſe, con-*

A. CA-
MALDULE

vint autrement à la gravité de l'Histoire.
J'ai fait seulement en sorte de ne rien al-
terer de la verité du sens.

Les premieres Editions de cette
Version Latine parurent donc toutes
en Prose. Peu de temps après *Bene-*
detto Brugnoli de *Legnano* dans le Veronois, ayant été prié par les *Badoari*,
Nobles Vénitiens, de revoir cette
même Version, dans les Exemplaires de laquelle il s'étoit glissé quantité de fautes, en fit faire une nouvelle Edition, que dans son Epitre dédicatoire, qui leur est adressée, il
leur garantit entierement conforme
à l'Original du Traducteur, aux
Vers près. Jusques-là les Vers Grecs
n'avoient été rendus qu'en Prose ;
Brugnoli en procura une traduction
en Vers Latins, que bien des gens,
Erasme entr'autres, ont pris pour être
d'*Ambroise*. Mais quelque bonne o-
pinion que *Brugnoli* ait eu de son travail, il est aisé de reconnoître qu'en
voulant retoucher l'ancienne traduction, il l'a gâtée en beaucoup d'endroits. Les Vers qu'il a substitués à la
Prose sont miserables, & ceux qu'a
donnés depuis *Michel Bentin*, &

qu'*Henri Etienne*, & d'autres ont em- A. CA-
ployés dans leurs Editions, ne ſont MALDULE
pas meilleurs.

Au reſte les Verſions d'*Ambroiſe*
ne ſont point eſtimées. M. *Huet* (*a*)
dit en général, que ſon ſtile tient
beaucoup de la rudeſſe & des auſte-
rités de ſon Inſtitut, qu'il a peu de
politeſſe, & qu'aſſez ſouvent il ſort
de ſa matiere & de la penſée de ſon
Auteur. *Paul Jove* l'excuſe en quel-
qué maniere, en diſant que ſi dans
ſes Verſions il n'eſt point arrivé au
comble de l'éloquence Romaine, il
le faut attribuer à ſes Méditations
continuelles ſur les verités de l'E-
vangile, qui ne lui permettoient pas
de s'amuſer à polir ſon ſtile, & que
ce n'étoient ni les forces, ni les facultés qui lui manquoient; mais ſeulement le courage & la volonté. Il
ajoûte néanmoins qu'il avoit traduit
le Traité de *S. Denys de la Hierarchie
celeſte* avec une éloquence & une pureté toute particuliere; mais que ſa
Verſion de *Diogene Laerce* n'a rien de
ces deux belles qualités, & qu'il s'en
faut beaucoup qu'elle ſoit limée &

(*a*) *De Claris Interp. Lib.* 2.

A. CA-
MALDULE

châtiée comme l'autre. *Menage* ap-
prouve dans son *Anti-Baillet* cette
obſervation de *Jove*, mais il a été relevé ſur cela par M. de *la Monnoye*,
qui aſſûre que s'il eût jetté les yeux
ſur la Verſion du Traité de la *Hierar-*
chie il ne l'eût pas trouvée plus élé-
gante que celle de *Diogene Laerce*.

12. *S. Athanaſii contra Gentes libri*
duo, quorum primus de Idololatria; ſe-
cundus de Incarnatione verbi; è Græcis
Latine facti. Nicolas Berauld a fait entrer cette Verſion d'*Ambroiſe* dans
l'Edition de *S. Athanaſe*, qu'il a donnée à *Paris* en 1520. *in-fol.* On la voit
auſſi dans celle de *Basle* de 1531. Mais
on lui a ſubſtitué celle de *Nannius*
dans les Editions poſterieures.

13. *Ambroſii Camaldulenſis Hodæ-*
poricon, à Nicolao Bartholini Bargen-
ſi publicæ luci aſſertum, ex Bibliothe-
*ca Medicæa. Florentiæ ac Lucæ. in-*4°.
pp. 72. L'année n'eſt pas marquée :
Mais les approbations & le Privilege,
qui ſont de l'an 1678. montrent que
l'Ouvrage a dû être imprimé cette
année. On voit à la ſuite une permiſſion de le réimprimer, datée du 1.
Mars 1680. Ce qui peut faire croire
qu'il

qu'il l'a été effectivement cette année.
Ce Livre contient la Relation d'un
Voyage qu'*Ambroife* fit en divers
lieux d'Italie , pour vifiter les Monafteres d'hommes & de filles de fon
Ordre , lorfqu'il en eut été élû Général. Il partit d'abord de *Florence* le 1 1
Octobre 1431. par ordre du Pape ,
pour affifter au Chapitre Général ,
qui devoit fe tenir le 18 du même
mois à *Sainte Marie d'Urano* près de
Bertinoro. Ce Chapitre dépofa le Géneral qui étoit en place , & élut le
26 du même mois *Ambroife* pour lui
fucceder. Le nouveau Général
commença auffi-tôt après fa vifite ,
& il eut le chagrin de trouver dans la
plûpart des Monafteres beaucoup de
relâchement , & même dans quelques-uns des defordres affreux , dont
il fait le détail dans fa Relation ; mais
avec cette précaution d'exprimer en
Grec certaines chofes „ qu'il ne vouloit pas que tout le monde entendît.
Le Manufcrit , fur lequel *Nicolas Bar-*
tholini a fait imprimer cet Ouvrage ,
& qui lui a été communiqué par M.
Magliabechi , étant imparfait, on n'a
la fuite de la Relation d'*Ambroife* ,

A. CA-
MALDULE

A. CA- que jufqu'au mois de Juillet 1434
MALDULE fans qu'on fçache jufqu'à quel temps
il l'avoit conduite. Elle eft curieufe
& rare.

14. *Epistolarum Libri XX. Ex*
MSS. Florentinis eruit Mabillonius.
Inferés dans le 3e. Volume du Livre
des PP. *Martenne & Durand*, intitulé : *Veterum fcriptorum & Monumen-*
torum Collectio. Paris. 1724. *in-fol.*
Ambroife avoit commencé, à la per-
fuafion de fes amis, à faire un Re-
cuëil des Lettres qu'il avoit écrites à
diverfes perfonnes ; fes difciples l'a-
cheverent. Mais les Manufcrits qui
s'en font confervés, ne font pas com-
plets. Le P. *Mabillon* étant en Italie
fit copier celui qui lui parut l'être davantage, & qui contenoit 548. Lettres partagées en 18 Livres. Il fit outre cela tirer des autres celles qui n'é-
toient pas dans celui-là, & elles ont
fervi aux PP. *Martenne & Durand* à
former deux nouveaux Livres, qui
contiennent 89 Lettres. La plûpart de
ces Lettres ne roulent que fur des
affaires particulieres de fon Ordre, &
font par conféquent fort peu inte-
reffantes pour le public. Celles du

premier Livre, qui ſont adreſſées au A. CA=
Pape *Eugene IV.* le ſont davantage, MALDULE
parce qu'on y trouve pluſieurs particularités ſingulieres ſur les Conciles
de *Baſle* & de *Florence.* On voit auſſi
dans quelques-unes certains traits ſur
la vie & le caractere des ſçavans de
ſon temps ; mais ils ſont en petit
nombre. Les Editeurs de ces Lettres
y ont joint les Préfaces qu'*Ambroiſe*
a miſes à la tête de ſes differentes traductions.

15. On trouve dans la *Notizia de*
libri rari de *N. Haym* le Livre ſuivant : *Sermoni di Sant'Efrem , nuova-*
mente dal Greco nella volgar lingua
tradotti da Ambrogio Eremita Camal-
doleſe. In Venetia 1545. *in-*8°. Quelques-uns prétendent que cette traduction eſt de notre *Ambroiſe* ; mais je
crois que c'eſt une choſe fort dou-
teuſe.

Outre ces Ouvrages , dont je viens
de parler, *Ambroiſe* en a fait encore
d'autres , qui ne me paroiſſent pas
avoir été imprimés. On peut les voir
dans les Auteurs qui ont parlé de lui.

C'eſt une faute bien groſſiere à
Jules Negri d'avoir dit dans ſon *Iſto-*

A. CA-*ria degli scrittori Fiorentini* , qu'il fie
MALDULE imprimer le premier sept Lettres de
S. Antoine , dont il trouva l'Original à *Padoüe*. Il est vrai qu'il trouva
ces Lettres dans cette Ville , comme
il nous l'apprend lui-même dans son
Hodæporicon p. 32. Mais comment
auroit-il pû les faire imprimer ?
Puisque quand il mourut en 1439. il
n'étoit point encore question d'impression , dont l'invention est plus
recente de quelques années. Il se
contenta donc de les faire transcri-
re , comme il ajoûte au même endroit.

V. *P. Jovii Elogia N°.* 11. Cet
Auteur se trompe , quand il dit
qu'*Ambroise* mourut *plane senex* ,
qualité qui ne peut convenir à un
homme qui n'avoit alors que 61 ans.
*Michaëlis Poccianti Catalogus scripto-
rum Florentinorum.* Il y a peu d'exactitude & beaucoup de fautes dans ce
qu'il en dit. *Jules Negri Istoria degli
scrittori Fiorentini* , Auteur encore
moins exact. *Henri Wharton Appendix ad Historiam Litterariam Guill.
Cave. Sa Vie par les PP. Martenne
& Durand* , à la tête de l'Edition de

ſes Lettres, dont elle eſt tirée. *Voſ-* *ſius de Hiſtoricis Latinis. Le Journal de* *Veniſe. tom.* 9. *p.* 196. *Bayle* , *Diction-* *naire. Baillet* , *Jugemens des Sçavans.* *Menage* , *Anti-Baillet* , *& les Notes* *de M. de la Monnoye ſur ces deux Ou-* *vrages. Alfonſi Ciaconii Bibliotheca, &* *les Notes de M. Camuſat.* Ce que l'on a de plus exact ſur ſon ſujet eſt ce qu'en dit le P. *Auguſtin de Florence* dans ſon *Hiſtoire des Camaldules* im-primée à *Florence* l'an 1575. *in*-4°.

HELENE-LUCRECE CORNARA PISCOPIA.

HELENE - *Lucrece Cornara* *Piſcopia* , naquit à *Veniſe* le 5. Juin 1646. de *Jean-Baptiſte Cornaro,* Procurateur de *S. Marc.*

Dès ſa plus tendre enfance elle donna des marques de ce qu'elle de-viendroit un jour. *Jean-Baptiſte Fa-* *bris* , homme Docte , & ami de ſon pere, ayant remarqué en elle des diſ-poſitions heureuſes pour les Sciences, l'engagea à l'y appliquer. A peine avoit-elle ſept ans , lorſqu'on lui

H. L. C. donna des Maîtres pour lui appren-
PISCOPIA. dre la Langue Latine ; ce furent
Jean Valesio Chanoine de *S. Marc*, &
le Docteur *Bartolotti*.   Les progrès
qu'elle fit bien-tôt en cette Langue
par leurs instructions, déterminerent
son pere à lui faire apprendre aussi la
Langue Gréque. *Fabris* lui en donna
les premieres leçons ; mais étant mort
peu de temps après, *Loüis Gradenigo*,
Préfet de la Bibliotheque publique
de *Venise*, prit sa place, & continua
ce qu'il avoit commencé.

La jeune *Cornara* apprit ces Langues avec beaucoup de facilité, &
passa ensuite à l'Hébraïque, à la Gréque vulgaire, à l'Espagnol, & à la
Françoise, dans lesquelles elle ne fit
pas de moindres progrès. Elle voulut
aussi sçavoir quelque chose de l'A-
rabe.

Lorsqu'elle fut suffisamment ins-
truite de ce côté-là, on l'appliqua à
la Philosophie, & aux Mathematiques
dans lesquelles elle eut pour Maître
Charles Rinaldini, qui les professoit à
Padouë, & ensuite à la Théologie,
dont *Hipolite Marcheti* Prêtre de l'O-
ratoire, lui donna des leçons.

Cette derniere Science lui plut par- H. L. C.
ticulierement , & elle s'y rendit si Piscopia,
habile , que l'on consulta les plus
habiles gens de la France & de l'Italie , pour sçavoir si l'on pouvoit lui
donner les dégrès du Doctorat en
Théologie ; quelques Italiens composerent même des Dissertations pour
prouver que cela se pouvoit , & que
ce n'étoit point une chose opposée
au Precepte de l'Apôtre , qui dé-
fend aux femmes de parler dans l'E-
glise , & *Charles Rinaldini* son Maître de Philosophie fut de ce nombre.

Mais quelques obstacles qui se
rencontrerent dans cette affaire, obligerent le pere de la jeune *Cornara* ,
qui souhaitoit avec passion voir sa
fille honorée d'un titre singulier , à
renoncer à son premier dessein , & à
se tourner du côté de la Philosophie ,
où il esperoit trouver moins d'op-
positions.

Il songea donc alors à la faire recevoir Docteur en Philosophie dans
l'Université de *Padoüe* : L'exemple
étoit nouveau. On n'avoit point encore vû de fille élevée au Doctorat.
On sçavoit bien que *Sainte Gertrude*

H. L. C. parloit souvent des Mystéres de la
Piscopia. Religion dans des Assemblées nom-
breuses, & que *Sainte Catherine de
Sienne* avoit harangué un jour le
Pape en présence des Cardinaux ;
mais ces actions particulieres étoient
quelque chose de moins considerable
que de donner en forme le Bonnet
de Docteur à une fille. Quelques in-
conveniens qu'il y eût à craindre de
celle-ci, on crut devoir passer par-
dessus. On marqua le jour pour la
leçon d'épreuve de *Lucrece Cornara*,
qui aussi humble que sçavante, eut
d'abord de la peine à accepter l'honneur qu'on vouloit lui faire, & ne
se rendit que par obéïssance pour la
volonté de son pere.

Ce jour, qui étoit le 25 Juin 1678.
étant venu, on s'assembla, non point
dans les Ecoles publiques, suivant la
coutume ; mais dans une Chapelle
de la Cathedrale dédiée à la Vierge,
que l'on crut plus propre à contenir
l'affluence du monde que la nouveauté du spectacle sembloit devoir y attirer. *Cornara* y fit un discours très-
sçavant & très-éloquent sur un texte
d'Aristote, qui mérita les applaudissemens

femens de toute l'Affemblée , & re- H. L. C.
çut enfuite le Bonnet de Docteur , PISCOPIA,
avec toutes les cérémonies ufitées en
cette occafion.

Cette action attira fur elle les yeux
de toute l'Europe, & depuis ce temps-
là elle fut vifitée par tous les Curieux
qui voyagerent en Italie.

Elle avoit déja été auparavant ag-
gregée à plufieurs Academies, comme à celles des *Infecondi* de *Rome*,
des *Intronati* de *Sienne*, &c.

Plufieurs perfonnes de mérite la
rechercherent en mariage , mais elle
avoit fait vœu de virginité dès-l'âge
d'onze ans, & elle perfifta toute fa
vie , dans le deffein de l'obferver ,
quoique fes parens en euffent obtenu
la difpenfe de *Rome* , pour l'engager
à fe marier. Elle vouloit même fe
retirer entierement du monde ; mais
la répugnance que fa famille témoigna pour cette réfolution, ne lui permit pas de l'exécuter ; elle fe contenta donc de faire des vœux fimples de
Religion , en qualité d'Oblate de
l'Ordre de *S. Benoît* , entre les mains
de *Corneille Codanini* , Abbé de *S.
George* , & de recevoir de lui l'Habit

Tome XIX. C

H. L. C.
Piscopia.

des Religieuses de cet Ordre, qu'elle porta toûjours depuis sous ses habits séculiers.

Son attachement extraordinaire à l'étude & particulierement à celle des Langues Greque & Hébraïque, affoiblit si fort sa complexion, qui étoit déja foible d'elle-même, qu'elle tomba dans une langueur, & dans differentes infirmités, qui la conduisirent peu à peu au tombeau. Elle mourut le 26 Juillet 1684. dans la 38ᵉ année de son âge, & fut enterrée à *Sainte Justine* de *Padoue*, avec cette Epitaphe.

D. O. M.

H E L E N Æ - *Lucretiæ Corneliæ Piscopiæ*, Joan. *Baptistæ D. Marci Procuratoris filiæ, quæ moribus & Doctrina supra sexum, & Laurea ad memoriam posteritatis insignis, privatis votis coram Cornelio Codanino, Abbate S. Georgii Majoris emissis, S. Benedicti institutum ab ineunte ætate complexa, & religiose prosecuta, in Monachorum conditorium, ut vivens optaverat, post acerba fata, admissa est. Monachi H. M. P. P. Anno D.* 1684.

Les Academies, dont elle étoit , H. L. C.
s'emprefferent de lui faire des Pom- Piscopia.
pes funebres ; & l'on a fur ce fujet
l'Ouvrage fuivant : *Le Pompe funebri
celebrate da Signori Accademici Infecondi in Roma per lamorte dell' ill.
Sign. Elena-Lucretia Cornara Pifco-
pia , Academica detta l'inalterabile.
In Padoua* 1685. *in-fol.*

Catalogue de fes Ouvrages.

1°. *Lettera o vero Colloquio di Chrifto noftro Redentore all'Anima devota.
Compofta dal R. P. D. Giovanni Laf-
pergio Cartufiano in lingua Latina.
Trafportata pofcia in Idioma Spagnuolo
dal P. F. Andrea Capiglia, Monaco
della Certofa, Prior del Paular. Or vien
tradotta di Spagnolo in Italiano dall'
ill. Sign. Elena-Lucretia Cornara Pif-
copia. In Venezia* 1673. *in-24.* Cette
traduction a été réimprimée dans le
Recueil fuivant.

2°. *Helenæ-Lucretiæ (quæ & Scho-
laftica) Corneliæ Pifcopiæ Virginis pie-
ftate & eruditione admirabilis , Ordinis
D. Benedicti privatis votis adfcriptæ
opera , quæ quidem haberi potuerunt.
Parmæ* 1688. *in-8°. pp.* 310. Cette E-
dition des Ouvrages de Cornara

C ij

H. L. C. donnée par *Benoist Bacchini* , qui a
Piscoria. mis à la tête une Vie fort ample de
cette Sçavante , est divisée en trois
parties. La premiere contient un Panegyrique Italien de la République
de *Venise* , tout rempli de fleurs & de
saillies Italiennes , & l'explication de
deux problêmes de politique assez
peu interessans , qui est aussi en Italien. On voit dans la seconde , des E-
loges Latins en stile Lapidaire , de
l'Empereur , du Roy de Pologne , du
Pape *Innocent XI.* &c. Enfin la troisiéme renferme quelques Lettres Latines & Italiennes de notre Sçavante,
ou qui lui ont été écrites , avec la traduction dont j'ai parlé ci-dessus. C'est
à cela que se termine tout le contenu
de ce Recueil , qui n'a rien de remarquable , ni qui réponde à la haute réputation que *Cornara* a eue pendant sa
vie , & aux Eloges , dont tous les
Sçavans de son temps l'ont pour ainsi
dire accablée. Le nom de *Scholastique*,
qu'elle porte dans le titre , lui avoit
été donné par l'Abbé *Codanini* , lorsqu'elle fit ses vœux entre ses mains.

V. Sa vie par *Benoist Bacchini* , à la
tête de ses Oeuvres , & dans un Re-

cüeil intitulé : *Vita Selecta. Vratis-* H. L. C.
laviæ. 1711. *in-8°.* Sa Vie écrite en I- Piscopia
talien par *Maximilien Deza*, & im-
primée en 1687. Les Pompes funebres des *Infecundi* de *Rome. Gregorio
Leti*, *Italia Regnante.* tom. 4. *p.* 43.

JEAN-PIERRE DE VAL-BONNAYS.

JEAN-PIERRE *Moret de Bour-* J. P. DE
chenu, *Marquis de Valbonnays*, VALBON-
naquit à *Grenoble* le 23 Juin 1651. de NAYS.
Pierre de Bourchenu, Doyen du Parlement de cette Ville, & de *Philip-
pe-Béatrix Robert de Saint Germain*,
tous deux de familles diſtinguées
dans la Province.

   Il fit ſes études à *Notre-Dame de
Grace* en *Forêts*, chez les Peres de
l'Oratoire, avec un ſuccès ſi rapide,
qu'à l'âge de 14. ans, c'eſt-à-dire en
1665. il ſoûtint des Theſes générales
de Philoſophie, avec un applaudiſſe-
ment univerſel.

   Quelqu'envie qu'eût ſon pere de
former promptement en lui un Ma-
giſtrat digne de le remplacer, il ne

C iij

J. P. DE
VALBON-
NAYS.

crut pas devoir l'appliquer de fi bonne heure à l'étude de la Jurifprudence. Ainfi il lui permit de fatisfaire
pendant quelque temps la paffion extrême qu'il avoit pour les voyages.

Il partit à l'âge de feize ans pour
l'Italie, avec quelques perfonnes de
confideration de fa Province, qui
étoient amis de fon pere, & qui vou-
lurent bien fe charger de fa conduite;
mais il n'y porta d'un jeune homme
que l'ardeur & l'empreffement de
tout voir. A cela près, il vit tout en
homme fenfé, qui ne chargeoit point
fon Journal de bagatelles, mais qui
n'y omettant rien de fingulier, l'accompagnoit prefque toûjours de remarques fi judicieufes, qu'il s'en eft
utilement fervi, jufques dans fes dernieres productions.

Il demeura à *Rome* environ fix
mois, pendant lefquels il vit tout ce
qu'il y a de remarquable dans cette
grande Ville; il alla enfuite à *Naples*, à *Bayes*, à *Cumes*, à *Pouzoles*, à
Boulogne, à *Venife*, &c. Il fit dans
cette derniere Ville un féjour encore
plus long qu'il n'avoit fait à Rome.
M. *de Prunier de Saint André*, qui fut

depuis Premier Préfident du Parle- J. P. DE
ment de *Grenoble*, y étoit alors Am- VALBON-
baffadeur de France, & il procura au NAYS.
jeune *de Valbonnays* tous les agrémens
qu'il pouvoit fouhaiter.

Il accompagna ce Miniftre dans
toutes les cérémonies publiques, &
il fe trouva entr'autres à celle, où il
prit avec autant de courage que de
dignité, le pas fur le Marquis de *la*
Fuente Ambaffadeur d'Efpagne, qui
vouloit avoir la préféance. *Amelot de*
la Houffaye, qui a fort détaillé ce fait
dans fes *Mémoires*, l'a égayé de quelques traits qu'il attribuë à un jeune
François, qui accompagnoit l'Ambaffadeur, & ce François, qu'il ne
nomme point, étoit à ce qu'on prétend M. *de Valbonnays*.

De retour dans fa patrie, il fongea à entreprendre de nouveaux voïa-
ges, & preffa fes parens de lui permettre de faire celui de *Paris*; mais
il trouva en eux de fi grandes oppofi-
tions à fes defirs, qu'il partit un jour
à leur infçû fur un Cheval d'em-
prunt, fans autres fonds que le peu
qu'il avoit pû épargner fur fes plaifirs, & ne donna de fes nouvelles que

C iiij

J.P. DE
VALBON-
NAYS.

lorsqu'il fut arrivé à *Paris*. Ce fut en 1671. qu'il fit ce premier voyage. Il n'étoit plus possible alors de lui refuser des secours; aussi lui en envoyat-on, mais sous la condition expresse, que dans trois mois au plus tard, il retourneroit à *Grenoble* se rendre à sa famille.

L'argent fut reçû, mais la condition mal exécutée. Le jeune Voyageur suivant toûjours ses premieres vûës, passa en Flandres & en Hollande, dont il visita les principales Villes, & de-là en Angleterre. Il trouva heureusement dans ce Royaume le Comte de *Canaples*, dernier Duc de *Lesdiguieres*, qui s'y étoit retiré pour quelques mécontentemens; ce Seigneur charmé d'accueillir un Gentilhomme de sa Province, prit un soin tout particulier de lui, & le produisit avec un air de distinction à la Cour de *Charles II.*

Les marques de bienveillance qu'il y reçut lui enflerent le courage à un tel point, que s'étant trouvé à la suite du Roy d'Angleterre, lorsque ce Prince alla visiter à la Rade de *Portsmouth* sa Flotte, qui jointe à celle de France, avoit ordre d'aller chercher les Hollandois jusques fur leurs Côtes, il n'oublia rien pour obtenir la permiſſion de paſſer fur l'Amiral ou le Vice-Amiral, & être ſpectateur du combat.

J. P. DE VALBON= NAYS.

Le Duc d'*Yorck*, qui commandoit la Flotte, s'excuſa de le recevoir fur ſon bord, parce qu'il y feroit trop expoſé. Mylord *Sandwick*, qui montoit le Vice-Amiral, s'en défendit par la même raiſon, mais il lui procura une place fur un des Vaiſſeaux, qui le ſuivoient immédiatement, & où effectivement il courut bien moins de danger. Car le jour de l'action, qui fut le 27 Juin 1672. *Ruyter*, Amiral de Hollande, profitant de l'avantage du vent, fondit avec tant d'impétuoſité fur la Flotte Angloiſe, qu'il la mit d'abord dans un grand déſordre. Le Duc d'*Yorck* fut obligé de changer trois fois de Vaiſſeau, & Mylord *Sandwick*, après en avoir pris deux à l'abordage, eut le ſien accroché par un Brûlot, qui le fit ſauter en l'air avec ſon équipage. Ce ſpectacle, qui n'étoit rien moins qu'amuſant pour un ſimple curieux, rallentit l'humeur guerriere de M. *de Valbonnays* ; l'idée du péril qu'il avoit couru fit même fur lui une telle impreffion qu'il ne fongea plus qu'à revenir à *Paris*, pour y remplir les vûës que fa famille avoit fur lui.

Ayant obtenu de fon pere qu'il y feroit fon cours de Droit, & qu'il y fuivroit quelque temps le Barreau ; il y fut très-affidu, & il ne s'y préfentoit point de caufes importantes, dont il ne lui envoyât le précis.

Ce n'étoit pourtant pas-là fon unique, & même fa plus agréable occupation, il fréquentoit affiduëment les Bibliotheques, & les gens de Lettres ; & s'adonnoit particulierement à l'étude des Mathematiques, fous M. *Ozanam*, auprès duquel il s'étoit logé, pour être plus à portée de profiter de fes leçons, & de fon loifir.

Lorfqu'il fut de retour dans fa Province, fon pere, qui défiroit depuis long-temps l'engager à fuivre la même proffeffion que lui, le fit recevoir en 1677. dans fa Charge de Confeiller au Parlement. Il faut avoüer cependant qu'il n'eut pas pour la Jurifprudence le même goût qu'a- **J. P. DE** voient eu fes Ancêtres; il ne pouvoit **VALBON-** s'accoûtumer aux termes bizarres de **NAYS.** la chicane, ni à la longueur & à l'ennui des Audiences ; & quelque foin que prît fon pere de le former à cette profeffion , il n'y fit gueres de progrès. Ce n'étoit pas que l'oifiveté ou les plaifirs le diffipaffent : Mais fon inclination le portoit à des études toutes différentes. Les Poëtes , & les Hiftoriens anciens , la lecture d'*Horace* fur tout , occupoient la meilleure partie de fon temps , & il s'étoit rendu ce dernier Auteur fi familier , qu'il le poffedoit entierement par cœur , & en recitoit fouvent des piéces de fuite dans fes voyages, & dans fes promenades. Il commença auffi alors à tenir chez lui des conférences d'Hiftoire & de Litterature. Son goût pour les Mathematiques ne l'avoit point non plus quitté, il fe joignit même avec M. *de la Roche*, Confeiller au même Parlement , fon ami , qui n'avoit pas moins d'inclination pour cette Science , pour faire venir à *Grenoble* à frais communs M. *Ozanam* , qu'ils garderent pendant

J. F. DE
VALBON-
NAYS.

deux ans en cette Ville.

L'application extraordinaire qu'il donna pendant tout ce temps-là aux Mathematiques, est la cause à laquelle il a attribué dans la suite l'affoiblissement, & puis la perte totale de sa vuë.

En 1690. il fut reçû Premier Président de la Chambre des Comptes du Dauphiné, & les services qu'il rendit dans cette Charge lui valurent en 1696. un Brevet de Conseiller d'Etat. Ce fut peu de temps après que sa vuë commença à s'affoiblir; ce qui l'engagea à faire un voyage à *Paris*, pour consulter les plus fameux Oculistes; mais tous leurs remedes ne lui furent d'aucun usage, & il la perdit entierement en 1701.

Cet accident le toucha beaucoup, mais il sçut en profiter en homme sage. Il commença dès-lors à faire par des organes étrangers plus de lecture, que ses propres yeux n'en pouvoient faire dans leurs jours de santé. Il orna sa mémoire d'une infinité de choses essentielles, qu'il s'étoit contenté de sçavoir, qu'il trouveroit au besoin en tels & tels Livres. De

là vinrent une imagination plus vi- J. P. DE
ve & plus féconde , des réflexions VALBON-
plus étenduës, & plus folides , des NAYS.
projets utiles & fuivis , une conver-
fation pleine, foutenuë, & toûjours
variée. Les conférences qu'il tenoit
chez lui , devinrent aussi plus régulieres, & plus fréquentes.

Comme il n'étoit point marié ,
lorfqu'il perdit la vuë, il fe perfuada
que ce malheur lui feroit toûjours
plus aifé à foûtenir dans le célibat ,
& rien ne put lui faire changer de
fentiment. Mais dans la crainte que
l'interieur de fa maifon n'en devînt
moins agréable , il y raffembla avec
art tout ce qui pouvoit y retenir des
amis de goût & de confiance , & trois
fois la femaine il y donnoit des con-
certs , qui y attiroient les perfonnes
de la Ville des plus diftinguées.

Son mérite perfonnel & l'étenduë
de fes connoiffances litteraires lui
procurerent en 1728. le titre d'*Aca-
demicien correfpondant honoraire de
l'Academie Royale des Infcriptions, &
Belles-Lettres.* Il avoit été admis dans
l'Academie de *Lyon* dès les commen-
cemens de fon inftitution ; & même

J. P. DE
VALBON-
NAYS.

lorſqu'il venoit à *Paris*, l'Academie des Sciences lui permettoit d'affiſter dans ſa Tribune à ſes ſéances particulieres.

Il fut attaqué le 19 Février 1730. d'une Retention d'urine, dont il n'avoit reſſenti juſques-là aucune atteinte. Comme il étoit ſans fiévre, & qu'il avoit une averſion extrême pour les remedes, il attendit pendant les quatre premiers jours le ſuccès des efforts que la Nature pourroit faire d'elle-même. Mais le mal ne diminuant point, on fut obligé de recourir à la ſonde, dont l'operation le ſoulagea d'abord ; la fiévre, qui ſurvint quelque temps après, augmenta ſes douleurs, & le conduiſit peu à peu au tombeau.

Il mourut le 2. Mars 1730. âgé de 79. ans, & fut enterré dans une Chapelle de l'Egliſe des Minimes, à un quart de lieuë de *Grenoble*, comme il l'avoit ordonné. Cette Chapelle, où avoit été enterré autrefois le fameux Chevalier *Bayard*, avoit paſſé par droit de ſucceſſion de la famille du *Terrail*, dont étoit *Bayard*, à celle des *Allemands*, & enſuite à celle de *Bourchenu*.

C'étoit un homme actif, labo- J. P. DE
rieux, infatigable dans fes recher- VALBON-
ches, exact jufqu'au fcrupule dans NAYS.
tout ce qui fortoit de fa plume, tant
pour le ftile & la diction, que pour
la verité des faits qu'il avançoit. Les
qualités du cœur ne le cédoient point
en lui à celles de l'efprit; genereux,
tendre, compatiffant, il ne négligeoit rien pour fe rendre utile aux
autres. Dès fon vivant il avoit con-
ftitué une fomme de vingt mille livres, dont le revenu devoit être employé à fournir du pain aux pauvres
honteux de la Ville; & il n'eft dans
Grenoble aucun Hopital, ni aucune
Maifon Religieufe, qui n'ait trouvé
dans fon Teftament quelque marque utile de fon fouvenir.

Pour ce qui eft de fes proches, il
y avoit déja long-temps, que fuivant
le degré de proximité & d'attachement, il les avoit affociés à la joüif-
fance d'une partie des biens, qu'il
devoit leur laiffer un jour.

Rien n'étoit plus frugal ni plus
uni que fa maniere de vivre. Sa coutume étoit de manger dès le matin
une affiettée de fruits crus de toute ef-

pece, suivant la faison, & de prendre immédiatement après deux taf-
fes de Caffé ou de Chocolat. Le refte
du jour il ne faifoit qu'un repas. Il
obfervoit d'être le plus qu'il pouvoit
fur fes pieds, & de marcher beaucoup, regardant cet exercice, comme la pratique la plus fûre pour conferver fa fanté. Effectivement elle lui
a été fi falutaire, que pendant plus
de 50 ans, qu'il ne s'eft pas écarté de
cette régle, même en voyage, il n'a
jamais été atteint d'aucune maladie;
fi on en excepte un accident fingulier
qui lui arriva au mois d'Août 1722. &
dont il fe tira parfaitement fans le
fecours d'aucuns remedes.

Le matin après fon déjeûner ordinaire, pendant qu'on lui faifoit quelques lectures, il fe fentit faifi tout
d'un coup d'un engourdiffement,
qui ne lui permit plus de parler, ni
de fe lever du fauteuil où il étoit
affis, & il demeura perclus de la
moitié du corps. Quelqu'inftance
qu'on pût lui faire alors pour le déterminer à une faignée, & aux remedes ufités en pareil cas, il s'y
oppofa conftamment, & continua

fes

ſes exercices ordinaires , ſans y vouloir rien changer. Ce qui lui réüſſit ſi bien , qu'au bout de huit jours ſa langue commença à ſe dénouer , & que ſucceſſivement au bout de trois ou quatre mois toutes les autres parties de ſon corps devinrent auſſi libres qu'auparavant.

J. P. DE VALBON-NAYS.

Catalogue de ſes Ouvrages.

1°. *Mémoires pour ſervir à l'Hiſtoire du Dauphiné ſous les Dauphins de la Maiſon de la Tour du Pin , où l'on trouve tous les Actes du tranſport de cette Province à la Couronne de France , avec pluſieurs obſervations ſur les uſages anciens , & ſur les familles. Le tout recueilli de la Chambre des Comptes , & de divers Cartulaires de la même Province. Paris.* 1711. *in-fol.* pp. 681. Cet Ouvrage eſt rempli de recherches ſingulieres & curieuſes ; l'Auteur l'entreprit , & l'exécuta depuis la perte de ſa vûë. Les nouvelles découvertes qu'il fit depuis , lui donnerent lieu de l'augmenter conſiderablement dans la ſuite , & il en publia une nouvelle Edition ſous ce nouveau titre.

2°. *Hiſtoire de Dauphiné , & des*

J. P. DE
VALBON-
NAYS.

Princes, qui ont porté le nom de Dau-
phins, particulierement de ceux de la
troisiéme race, descendus des Barons de
la Tour-du-Pin, sous le dernier desquels
a été fait le transport de leurs Etats à la
Couronne de France. On y trouve une
suite de Titres disposés selon l'ordre des
temps, pour servir de preuves aux éve-
nemens; avec plusieurs Observations sur
les Mœurs & Coûtumes anciennes, &
sur les Familles. Géneve. 1722. in-folio,

Se trou-
ve à Paris
chez Brias-
son.

deux Vol. M. de *Valbonnays* a composé un troisiéme Volume de cette Histoire, où il remonté jusqu'à la naissance des Royaumes d'*Arles* & de
Bourgogne, formés du débris des par-
tages des enfans de *Lothaire,* dont
le Dauphiné faisoit partie, & où il
fait l'histoire de ses premiers Souverains, depuis *Bozon* & *Loüis* son fils,
qui le devinrent sur la fin du 9e. siécle ; & il se disposoit à le publier ,
lorsque la mort l'a enlevé.

3. *Mémoire pour établir la Jurif-*
diction du Parlement, & de la Chambre
des Comptes de Dauphiné sur la Prin-
cipauté d'Orange. Grenoble 1715. *in-*
fol. p. 29 pour le Mémoire & 35

pour les titres. L'attention que M.   J. P. DE
de *Valbonnays* donnoit à l'exercice VALBON-
des fonctions de sa Charge de Pre- NAYS.
mier Président de la Chambre des
Comptes de Dauphiné , ne lui permettoit pas de confier à d'autres mains
que les siennes, le soin d'en défendre
les prérogatives , quand il en étoit
question ; & c'est à ce soin que nous
devons ce Mémoire.

4. *Premiere Lettre sur une Inscription découverte à Lyon depuis peu.* Inferée dans les *Mémoires de Trévoux* ,
May 1715. p. 737.

5. *Seconde Lettre sur la même Inscription , où l'on établit la distinction de
deux espèces de Gladiateurs dans la
même personne , qui fait le sujet de l'E-
pitaphe , avec quelques remarques sur le
mot Assidarius.* Inferée dans les mêmes Mémoires. Juin 1715. p. 1024.

6. *Troisième Lettre où l'on examine
le sentiment proposé sur la formule sub
Ascia.* Inferée au même endroit , p.
1034.

7. *Nouveaux Eclaircissemens sur le
sens de l'Epitaphe.* Inferés au même
endroit , p. 1058.

8. *Lettre sur une Epitaphe Greque.*

D ij

J. P. DE VALBON-NAYS.

Inferée dans les *Mémoires de Trévoux*, Décembre 1716. p. 2226.

9. *Nouvelle explication d'un endroit de la neuviéme Satyre d'Horace, où il est parlé du trentiéme Sabat des Juifs.* Inferée dans les mêmes Mémoires, Avril 1716. p. 703.

10. *Conjectures sur une Inscription ancienne, qui se voit à Ventavon à cinq lieuës de Gap.* Inferées *Ibid.* Avril 1728. p. 734.

11. *Lettre à M. l'Abbé de Vertot.* Inferée *Ibid.* May 1728. p. 747. Elle roule sur ce que cet Abbé avoit dit dans son Histoire de Malthe du Dauphin *Humbert.*

Cet Article est tiré d'un Mémoire, qui m'a été fourni par sa famille. V. aussi son Eloge par M. de Boze dans la Bibliotheque Françoise, tome 15. p. 349.

OLAUS BORRICHIUS.

O. BORRICHIUS.

OLAUS *Borrichius*, naquit le 26 Avril 1626. à *Borch*, Village du Diocése de *Ripen*, dans le *Nord-Jutland* en Dannemarc, d'O-

laus Borrichius , Ministre de ce lieu ,   O. Bor-
& de *Marguerite Laurent.*   RICHIUS.

Il fit ses premieres études à *Coldin-
guen* , & à *Ripen* jusqu'à l'an 1644.
qu'il se trouva en état d'entrer dans
l'Academie de Copenhague. Il y
étudia pendant six années en Philosophie , en belles Lettres , & principalement en Médecine , & s'appliqua à cette derniere Science , à l'e-
xercice de laquelle il se destinoit,
sous *Olaus Wormius* , *Thomas Bartholin* , & *Simon Paulli.*

En 1650. il fut choisi pour enseigner la sixiéme Classe dans l'Ecole
de *Copenhague* , & remplit ce poste
pendant quatre ans , avec tant de réputation , que le Roy *Frederic III.*
lui donna pour récompenser son
mérite un Canonicat de *Lunden.*

On lui offrit ensuite la place de
Recteur de l'Ecole d'*Herlow* ; mais
le désir qu'il avoit de continuer ses
études de Médecine , & de voyager
dans les Pays Etrangers , la lui fit refuser. La peste qui attaqua alors la
Ville de *Copenhague* lui donna lieu
de s'instruire de la maniere dont il
falloit traiter cette maladie , & l'o-

O. Bor-
RICHIVS.
bligea à refter encore une année dans cette Ville , occupé du foin de fa Claffe.

Il fe difpofoit enfin à commencer fes voyages ; lorfque *Joachim Gerf-dorff*, premier Miniftre du Roy de Danemarc , le retint pour être Pre-cepteur de fes enfans. Après avoir demeuré cinq ans auprès d'eux , il fut nommé par le Roy, Profeffeur en Philofophie , en Poëfie , en Chimie & en Botanique ; emploi dont il prit auffi-tôt poffeffion , avec permiffion cependant d'employer quelque tems en voyages avant que d'entrer en exercice.

Borrichius partit donc au mois de Novembre 1660. pour la Hollande , où il s'appliqua à la Médecine fous les fameux Profeffeurs qui y enfei-gnoient. Il n'y étoit occupé que de fes études , lorfqu'il y apprit la trifte nouvelle de la mort de fon Patron *Joachim Gerfdorff*. Les enfans de ce Seigneur s'étant rendus peu de temps après en Hollande , il leur continua fes foins & fes inftructions.

Ils demeurerent un an dans ce pays , & pafferent enfuite en Angle-

terre, où *Borrichius* fe fit des amis
dans la perfonne de la plûpart des
Sçavans de ce Royaume. Après en
avoir vifité les Villes les plus confi-
derables, ils vinrent en France, &
féjournerent à *Paris* deux années en-
tieres, au bout defquelles les Tu-
teurs des jeunes *Gerfdorff*, les rappellerent en Danemarc.

   Borrichius fe trouvant par leur dé-
part maître de lui-même, réfolut de
ne point borner là fes courfes. Il vifita d'abord les Villes qui font fur les
bords de la Loire, & en paffant à *Angers*, il s'y fit recevoir Docteur en
Médecine; de retour à *Paris* il fongea
à paffer en Italie. Ce qu'il exécuta
auffi-tôt, après avoir vû une partie
de la Provence. Il arriva à *Rome* au
mois d'Octobre 1665. & y paffa tout
l'hyver. Il y vifita avec foin tout ce
qu'il y a de remarquable dans cette
grande Ville, & y fit connoiffance
avec les Sçavans. La Reine de Suede
ayant entendu parler de fon habileté,
voulut s'entretenir plufieurs fois avec
lui fur les fecrets les plus cachés de la
Chymie; Science à laquelle il s'étoit
beaucoup appliqué.

O. Bor- | Le long séjour qu'il fit à *Rome*, &
RICHIUS. | qui ne fut interrompu que par un
voyage qu'il entreprit pour voir
Naples, & le Mont Vesuve, lui rendit cette Ville si agréable, qu'il eut
bien de la peine à la quitter. Le souvenir cependant de la Chaire qu'il
avoit à remplir à *Copenhague* l'obligea
à en sortir sur la fin du mois de Mars
de l'an 1666. pour retourner dans son
pays.

Il visita en y retournant plusieurs
Villes d'Italie, qu'il n'avoit point
encore vûes, fit quelques courses en
Allemagne, & dans les Pays-Bas; &
se rendit enfin à *Copenhague* au mois
de Novembre de cette année 1666.
après six années de voyages.

Il commença aussi-tôt à entrer en
exercice de sa Charge de Professeur
qu'il remplit avec un succès, qui répondit aux esperances qu'on avoit
conçûës de lui, n'oubliant rien pour se
rendre utile à ses Disciples, tant par
ses leçons que par ses écrits. La pratique de la Médecine l'occupa aussi
beaucoup, sur tout depuis qu'il eut
été mis au nombre des Médecins du
Roy.

II

Il fut pendant douze ans Doyen de la Faculté de Philoſophie, & on l'élut deux fois Recteur de l'Univerſité. En 1686. il fut fait Aſſeſſeur du Conſeil ſouverain de Juſtice, & trois ans après, c'eſt-à-dire, en 1689. le Roi de Danemarc l'honora du titre de Conſeiller de la Chancellerie Royale.

O. BOR-RICHIUS.

Les douleurs de la pierre le tourmenterent beaucoup ſur la fin de ſa vie, & le déterminerent à ſe faire tailler. L'operation s'en fit le 13 Septembre 1690. mais elle ne fut pas heureuſe. La pierre ſe trouva ſi groſſe, qu'on ne put la retirer par l'ouverture, & qu'on ne crut point devoir hazarder de la briſer. Depuis ce temps il ſouffrit des maux fort vifs, qui terminerent enfin ſa vie le troiſiéme Octobre ſuivant. Il étoit alors âgé de 64. ans. Son amour pour les Lettres l'avoit empêché de ſonger au mariage ; & il a toûjours vêcu dans le célibat.

Il a fondé à *Copenhague* une eſpece de College pour ſeize perſonnes, qui n'ayant point de bien y trouvent par ſa liberale prévoyance, dequoi ſe livrer tout entiers aux Sciences. Il n'y

O. Bor-
richius. a que les gens du Païs, qui puissent
occuper ces places, qui doivent être
remplies par deux Théologiens, deux
Philosophes, deux Mathematiciens,
deux Astronomes, deux Jurisconsultes, deux Médecins, deux Ora-
rateurs, & deux Humanistes. Afin
que le loisir dont ils joüissent ne dégenere pas en une indolente oisi-
veté, ces Scavans sont obligez par
la fondation de faire, huit au Prin-
temps, & huit en Automne, un Discours public, chacun dans la Science qu'il a choisie; c'est le seul travail
qu'on exige d'eux.

Catalogue de ses Ouvrages.

1. *Cabala Caracteralis. Hafniæ.*
1649. *in-12.* Le but de l'Auteur est
de combattre la vertu & l'efficace
que les superstitieux attribuent aux
Amulettes, aux Abraxas, & autres
semblables bagatelles.

2. *Disputatio de Artis Poetica Natura, Præside Vito Beringio habita.
Hafniæ.* 1650. *in-4°.*

3. *Parnassus in Nuce, vel compen-
diosa sed absoluta Prosodia. Hafniæ.*
1654. *in-4°.*

4. *Dissertatio de Lexicorum Latino-*

rum jejunitate & pendentibus inde no- O. Bor-
bilium criticorum hæsitationibus. Haf- richius.
niæ. 1660. *in-*4º.

5. *Deusingius Heautontimorume-*
nos, sive Epistolæ solectæ Eruditorum,
quæ immaturis Antonii Deusingii, Me-
deci Groningensis, scriptis larvam stri-
ctim, sed sincere detrahunt, & claris-
simi nominis viros Gualterum Charle-
tonem, Thomam Bartholinum, Fran-
ciscum Josephum Burrum, Joannem
Pecquetum, Gasparem Scottum, à su-
percilio & censura ejusdem non minus
inepta quam improba luculenter vindi-
cant, ex autographis, edente Benedicto
Blottesandæo. Hamburgi. 1661. *in-*4º.
Borrichius a pris dans cet Ouvrage le
nom de *Blottesandæus* des deux mots
Danois ; *Sande, la verité* & *Blot, nue.*
Il s'y propose de venger ceux dont
il est fait mention dans le titre, du
mal que *Deusingius* avoit dit contre
eux dans son Livre intitulé : *Oecono-*
mia corporis animalis. Ce Médecin
prit le change sur le nom de celui qui
avoit écrit contre lui, puisqu'on voit
par sa réponse qu'il crut que c'étoit
Vincent Schlegelius. Quoique le titre
du Livre de *Borrichius* porte *Ham-*

O. Bor- *bourg*, il est sûr cependant qu'il fut
RICHIUS. imprimé en Hollande, où il étoit
alors.

6. *Oratio Jubilæa Evangelica. Haf-*
niæ. 1667. *in-*4°. It. A la suite du Re-
cuëil de ses Dissertations.

7. *Dissertatio de ortu & progressu*
Chemiæ. Hafniæ 1666. *in-*4°. Cet Ouvrage est fort curieux, de même que
le suivant.

8. *Hermetis, Ægyptiorum, ac Che-*
micorum sapientia ab Hermanni Co-
ringii animadversionibus vindicata.Haf-
niæ. 1674. *in-*4°. Ce Livre est pour
refuter celui de *Conringius*, *de Her-*
metica Medicina. Helmstadii. 1669.
*in-*4°. *Borrichius* y fait voir son en-
têtement pour la transmutation des
Métaux.

9. *Lingua Pharmacopœorum ; sive*
Tractatus de accurata vocabulorum, in
Pharmacopoliis usitatorum, pronuncia-
tione. Hafniæ 1670. *in-*4°.

10. *Arctos Pullata, tumulo Fride-*
rici III. Regis Danorum illacrimans ;
Poema heroicum. Hafniæ. 1670. *in-fol.*

11. *Arctos respirans auspiciis Chri-*
stiani V. Daniæ Regis ; Poema Heroi-
cum. Hafniæ. 1671. *in-fol.*

12. *De Cauſis diverſitatis Linguarum* O. Bor-
Diſſertatio. Hafniæ 1675. *in-*4°. It. Cu- richius.
rante Joanne Georgio Joch. Jenæ. 1704.
*in-*12. Cette Diſſertation eſt un des
meilleurs Ouvrages de *Borrichius* ;
car quoiqu'il n'y ait rien d'extrêmement recherché , la plûpart de ſes obſervations ſont aſſez raiſonnables , &
font paroître beaucoup de lecture &
de diſcernement ; il faut cependant
en excepter le projet chimerique de
l'Auteur de trouver une langue où
les noms faſſent d'abord connoître la
nature des choſes , & dont les ſons
ayent la force d'exciter ou de calmer
les paſſions ; langue dont il inſinuë
qu'*Adam* avoit le ſecret. Au reſte en
examinant d'un peu près le ſtile de la
Diſſertation de *Borrichius* , on ne
croyoit jamais que l'Auteur eût écrit
ſur la pureté de la Langue Latine , &
ſur la difference des Ecrivains du ſié-
cle d'*Auguſte* , d'avec les Ecrivains
des ſiécles ſuivans. Mais il y a bien
de la difference entre donner des pré-
ceptes , & les mettre en pratique.

13. *Cogitationes de Variis Latinæ*
Linguæ ætatibus, & ſcripto Gerhardi
Joannis Voſſii de Vitiis Sermonis. Ac-

E iij

O. BOR- *cedit defensio Vossii & Stradæ adversus*
RICHIUS. *Casp. Sciopium. Hafniæ.* 1675. *in-*4°.
It. Dans le Recüeil de *Thomas Cre-
nius*, intitulé : *Concilia & Methodi
aureæ studiorum optime instituendorum.
Roterodami.* 1692. *in-*4°.

14. *Analecta ad Cogitationes de Lingua Latina ; Accedit Appendix, de
Lexicis Latinis & Græcis, cum Indice
addendorum ad Fori Romani Litteram
C. Hafniæ.* 1682. *in-*4°. *Borrichius*
composa cette Addition, pour répondre à *Christophe Cellarius.* On peut
voir le détail de cette dispute dans
l'Article de ce sçavant, *Tome* 5°. de ces
Mémoires p. 284.

15. *Disputatio de scorbuto. Hafniæ.*
1675. *in-*40.

16. *Disputatio de Morbis soporosis.*
*Hafniæ. in-*4°.

17. *Docimaste Metallica, clare & com-
pendiose tradita. Hafniæ* 1677. *in-*4°. It.
*traduite en Allemand par Grégoire Kuss.
Copenhague.* 1680. It. *trad. en Danois.
Borrichius* avoit fort étudié ce qui
regarde les Mines, & il composa cet
Ouvrage pour l'utilité de ceux qui y
faisoient travailler.

18. *Dissertationes Academicæ de*

Poetis. Hafniæ. 1677. *& seq. in-*4°. O. BOR-
Ces sept Dissertations , dont les deux RICHIUS.
premieres roulent sur les Poëtes Grecs
& les autres sur les Poëtes Latins, ont
été réimprimées ensemble à *Francfort*
en 1683. *in-*4°. C'est un des bons Ouvrages de *Borrichius* , on y voit plusieurs choses curieuses sur le caractere & le mérite des Poëtes , & sur leurs
differentes Editions.

19. *Brevis conspectus scriptorum Linguæ Latinæ præstantiorum. Hafniæ.*
1678. 1682. 1698. *in-*4°.

20. *De somno & somniferis , maxime
Papavereis Dissertatio. Hafniæ.* 1681.
*in-*4°.

21. *Dissertatio Philologica de quanti-
tate penultimæ denominativorum in Inus ,
& Verbalium in Icis , Exceptionibus
Georgii Henrici Ursini , Rectoris Ratis-
bonensis opposita. Hafniæ.* 1682. *in-*4°.

22. *Oratio Panegyrica in Memoriam
Oligeri-Vindii. Hafniæ* 1683. *in-fol.*

23. *Dissertatio de Romæ urbis primor-
diis. Hafniæ.* 1687. *in-*4°.

24. *De antiqua urbis Romæ facie dissertatio compendiaria. Hafniæ* 1687.
*in-*4°. It. dans le *Tresor des Antiquités
Romaines de Grævius* Tom. 4. p. 1517.

E iiij

O. Bor-   25. *Dissertatio de Lapidum generatio-*
Richius. *ne in Macrocosmo & Microcosmo.* In-
sérée dans le 5ᵉ. Vol. des *Acta Medic.*
Hafniens. p. 184. & réimprimée avec
les Additions de *Joseph Lanzoni* à *Fer-*
rare 1687. *in* 12.

26. *Tractatus de usu Plantarum indi-*
genarum in Medicina, & sub finem de
Clysso Plantarum & Thee specifico.
Hafniæ. 1688. *in-*8°. *Borrichius* prouve dans ce Traité qu'un Médecin
trouve dans les Plantes de son païs
tous les secours dont il a besoin, &
que l'on peut se passer des Plantes
étrangeres.

27. *Poemata.* Inserés dans le Ré-
cuëil intitulé : *Deliciæ quorumdam*
Poetarum Danorum collecta à Frideri-
co Rostgaard. Lud. Bat. 1693. *in*-12.

28. *Conspectus scriptorum Chemico-*
rum illustriorum. Libellus Posthumus.
Cui præfixa Historia vitæ ipsius ab ipso
conscripta. Hafniæ 1697. *in-*4°.

29. XIII. *Epistolæ ad Thomam Bar-*
tholinum. Ces Lettres, qui roulent sur
la Médecine, se trouvent dans la 3ᵉ.
& 4ᵉ. Centurie des Lettres de *Thomas*
Bartholin imprimée à *Copenhague* en
1667.

30. On voit deux Obſervations de ſa façon, dans la ſeconde année de la premiere Décurie des *Ephemerides des Curieux de la Nature*; ce ſont lès 167. & 168. & deux autres dans l'année ſuivante au N°. 237. & 238.

O. Bor- richius.

31. On en trouve un grand nombre d'autres dans les *Acta Medicorum Hafnienſium* de *Thomas Bartholin.*

32. *Olai Borrichii Diſſertationes , ſeu Orationes Academicæ in duos tomos tri- butæ. Cum Præfatione ſua edidit Seve- rinus Lintrupius. Hafniæ.* 1715. *in-*8°. La plûpart des dix-huit Diſſertations contenuës dans ce Recüeil traitent de ſujets intereſſans. En voici les ti- tres. 1°. *De Experimentis Botanicis.* 2°. *De ſanguine.* Il s'agit ici de ſa transfu- ſion. 3°. *De uſu Logices.* 4°. *De Acido & Lixivio.* 5°. *De Venenis.* 6°. *De furo- re Poetico.* 7°. *De animalibus hieme ſo- pitis.* 8°. *De ſuccino.* 9°. *De qualitati- bus occultis.* 10°. *De Oraculis Antiquo- rum.* 11°. *De variis excitandi ignis modis & Phoſphoro.* 12°. *De ſpecie ſerpentis , qui Evam decepit.* 13°. *De Natura dul- cedinis.* 14°. *De deperditis Pancirolli.* 15°. *De ſtudio Latinitatis puræ.* 16°. *De Menſ- truis Chemicorum.* 17°. *De uſu ſtudiorum*

O. Bor- & *Academicorum in re militari.* 18°. De

RICHIUS. *contagio morborum & vitiorum.*

V. Sa vie écrite par lui-même à la tête de ses Poësies, avec les supplémens de *Frederic Roftgaard*; à la suite du *conspectus scriptorum Chemicorum*; & dans un Recueil intitulé : *Vitæ selecta. Vratislavia* 1711. *in-*8°. Son Eloge funebre par *Paul Vindingius* à la tête de ses *Differtations. Alberti Thura Idea Historiæ Litterariæ Danorum. Hamburgi.* 1723. *in-*8°. p. 166. *Albert. Bartholinus de scriptis Danorum*, avec les Additions de *Jean Mollerus. Lindenius renovatus.*

MARC BATTAGLINI.

M. Bat-
TAGLINI.

MARC *Battaglini*, naquit à *Rimini* le 25 Mars 1645. d'*André Battaglini*, & de *Madeleine Sartoni*, tous deux de familles nobles de cette Ville.

Les heureuses dispositions qu'il fit paroître pour les Sciences, engagerent ses parens à l'envoyer de bonne heure à *Cefene*, où il y avoit alors d'habiles Professeurs.

Après y avoir fait ſa Rhétorique, M. BAT
il s'appliqua à l'étude du Droit Ca- TAGLINI.
non & Civil , & s'y fit recevoir Docteur , à l'âge de ſeize ans.

Il alla enſuite à *Rome* , où *Gaſpard*
de Carpegna qui étoit alors Auditeur
de Rote , inſtruit de ſa capacité , l'engagea à s'appliquer aux affaires de ce
Tribunal , & l'employa à quelques
égociations.

Mais l'air de *Rome* lui étoit trop
contraire , pour qu'il pût ſe fixer
dans cette Ville ; ſon protecteur le
voyant obligé d'en ſortir , lui procura la Charge de Lieutenant Civil de
la Ville d'*Ancone* , & le recommanda
au Cardinal *Nicolas Conti* , Evêque
de cette Ville.

Après avoir rempli ce poſte pendant cinq ans , il fut ſucceſſivement
Gouverneur des Villes de *Cento* , de
Comacchio , de *San Giouanni* dans la
Marche d'Ancone , d'*Aſſiſe* , de *Ter-*
ni , de *Narni* ; & enfin de *Fab-*
briano.

Le Pape *Alexandre VIII.* le nomma à l'Evêché de *Nocera* dans l'Om-
brie , & il en prit poſſeſſion le 25
Mars 1690. *Clement XI.* le choiſit en

M. BAT- 1703. pour faire la visite des Evêchés
TAGLINI. d'*Ostie*, de *Velletri*, de *Porto*, & de
Sabine, à laquelle il employa deux
années ; après lesquelles ce Pontife récompensa ses soins en lui donnant l'Abbaye de *S. Benoist de Gualdo*,
& en le faisant Evêque Assistant.

    Il le transfera en 1716. à l'Evêché
de *Cesene*, qui est dans un meilleur
air, & plus voisin de sa patrie. Mais
il commençoit déjà à baisser, & sa
santé s'affoiblit peu à peu pendant
les quinze mois qu'il demeura en ce
lieu. S'étant fait porter à *San-Mauro*
dans le voisinage de *Rimini*, pour
changer d'air, il y fut attaqué d'une
fiévre maligne dont il mourut au
bout de sept jours, le 19 Septembre
1717. âgé de 71. ans. On transporta
aussi-tôt son corps à Cesene, où il
fut enterré.

    Catalogue de ses Ouvrages.

    1°. *Il Legista Filosofo. In Roma* 1680.
in-4°. Il composa ce Livre, où il y a
de l'érudition, dans les momens que
ses emplois lui laissoient libres.

    2°. *Istoria Universale di tutti i Con-
cilii generali è particolari di Santa
Chiesa. In Venezia.* 1686. *in-fol.* Bat-

Taglini n'a pas cru devoir faire men- M. BAT-
tion de tous les Conciles, il parle TAGLINI.
ſeulement des principaux, qui ſont
au nombre de 475.

3°. *Annali del Sacerdózio è dell'*
Imperio intorno all' intero ſecolo decimo
ſettimo di noſtra ſalute. In Venezia, in-
fol. 4. *Vol.* Le 1^r. en 1701. Le 2e. en
1704. Le 3e. en 1709. & le 4e. en 1711.
Voici le jugement que le *Journal des*
Sçavans fait de cet Ouvrage. » L'Au-
» teur l'a entrepris à la ſollicitation
» du Cardinal *Barbarigo*. Son deſſein
» a été d'écrire dans ces Annales, an-
» nées par années, ce qui eſt arrivé
» de plus conſiderable dans tous les
» Empires du monde. Il commence
» par l'Italie; l'Allemagne, la Fran-
» ce, & l'Eſpagne ſuivent; & il par-
» court enſuite tous les Royaumes &
» tous les Etats du monde, juſqu'au
» Japon, & à la Chine. On peut ju-
» ger par-là que ces Annales doi-
» vent contenir un grand nombre de
» faits. Il y en a même pluſieurs qui
» ne méritent pas d'entrer dans une
» Hiſtoire Univerſelle. L'Auteur eſt
» tout à-fait dans les préjugés, & dans
» les interêts de Ultramontains. Il a

M. Bat-　» tiré les choses qu'il rapporte d'Au-
taglini.　» teurs assez communs.

4°. *Instruzione a Parrochi per ispie-
gare à Popoli loro la parola di Dio.*

5°. *Esercizi spirituali per la Novena
di san Rinaldo Vescovo è Protettore di
Nocera.* Il fit imprimer ces deux Ouvrages pendant qu'il étoit Evêque
de Nocera.

V. *Son Eloge par Charles-François
Marcheselli de Rimini dans le Journal
de Venise, tom. 29. p. 288.*

THOMAS JAMES.

Thom.　**T**HOMAS James, ou Jamesius,
James.　comme il avoit coutume de l'é-
crire, naquit dans l'Isle de *Wight*, &
suivant la conjecture d'*Antoine Wood*
à *Newport*, qui en est la principale
Ville, vers l'an 1571.

Il fit ses études d'Humanités dans
l'Ecole de *Wikeham*, d'où il passa au
College Neuf d'*Oxford*, auquel il
fut aggregé en 1593.

Il reçut le degré de Maître ès Arts
en 1599. & peu de temps après,
Thomas Bodley, instruit de son habi-

jeté dans la connoissance des Livres, le choisit pour premier Bibliothecaire de la Bibliotheque publique qu'il établissoit alors à *Oxford* ; poste dans lequel il fut confirmé par l'Université en 1602. & qu'il remplit avec tout le succès qu'on en attendoit.

En 1614. il se fit recevoir Docteur en Théologie. Dans le même temps l'Evêque de *Wells* lui donna le Sous-Doyenné de son Eglise ; l'Archevêque de *Cantorbery* le nomma à la Cure de *Mongeham*, dans le Comté de Kent, sans qu'il eût recherché aucun de ces Bénéfices, & il fut fait Juge de Paix. Tout cela l'obligea à se démettre de son emploi de Bibliothecaire, pour mieux vaquer aux fonctions de ces dignités differentes.

Il fut membre de la Convocation, qui se tint avec le Parlement à *Oxford*, la premiere année du Regne de *Charles I.* & il y proposa de commettre quelques personnes sçavantes, pour visiter les Bibliotheques, & examiner les Ouvrages des Saints Peres, qui avoient été corrompus ou alterés, afin de les rétablir dans leur premiere pureté. On ne sçait point

THOM. quelles furent les suites de cette pro-
JAMES. position , qui apparemment n'eut
point de lieu. Mais au défaut des autres , il s'appliqua lui-même à exécuter son projet , en collationnant ensemble les anciens Manuscrits des
Peres , qui se trouvoient dans les Bibliotheques d'*Oxford* , & on a plusieurs Ouvrages de sa façon , qui font
connoître son goût , & son attrait
pour cette sorte de travail.

Il mourut au mois d'Août 1629,
dans sa Maison d'*Holywell* , Faux-
bourg d'*Oxford* , âgé d'environ 58
ans , & fut enterré dans la Chapelle
du College Neuf.

Catalogue de ses Ouvrages.

1. *Richardi de Bury Episcopi Du-
nelmensis Philobiblion. Oxonii* 1599.
in-4°. C'est le premier Ouvrage que
James ait publié après l'avoir colla-
tionné sur les Manuscrits. Il a mis à
la tête une Epître dédicatoire à *Thomas Bodley* , & à la fin un *Appendix
de Manuscriptis Oxoniensibus.*

2. *Ecloga Oxonio-Cantabrigiensis ,
sive Catalogus Manuscriptorum in utraque Academia. Londini.* 1600. *in-4°.*
Ce Catalogue est divisé en deux Livres ;

vres ; dans le premier les Manufcrits font mis fans aucun ordre ; mais dans le fecond ils font rangés felon les quatre Facultés , & dans chacune de ces Facultés felon l'ordre Alphabetique , tant du nom des Auteurs, que du titre des Ouvrages. Quoique *Poffevin* fe foit appliqué à en faire la cenfure à la fin du 2ᵉ. Tome de fon *Apparat facré* , on peut dire que c'eft un des plus exacts d'entre les Catalogues de cette nature. *James* y a joint les deux pieces fuivantes.

3. *Cyprianus redivivus , hoc eft ; Elenchus eorum quæ in Opufculo Cypriani de Unitate Ecclefiæ funt vel addita , vel detracta , vel lapfu Typographi , vel alio quovis modo fuppofita.*

4. *Spicilegium D. Auguftini , hoc eft , libri de fide ad Petrum Diaconum , cum antiquiffimis duobus MSS. & poftremis ac ultimis editionibus excufis , tam Bafilienfi quam Parifienfi diligens collatio ac caftigatio.*

5. *Bellum Papale , five concordia difcors Sixti V. & Clementis VIII. circa Hieronymianam Editionem , cum utriufque Editionis Vulgatæ illorum Pontificum , & poftrema Lovanienfium*

Tome XIX. F

THOM. *comparatione. Londini. 1600. in-4°.* It.
JAMES. *Ibid. 1678. in-8°.*

6. *Catalogus librorum Bibliothecæ
Bodleianæ. Oxonii 1605. in-4°. It. I-
bid. 1620. in-4°.* Cette seconde édition
est très-augmentée. Mais ce n'est rien
en comparaison de celle qu'Antoine
Wood a donnée depuis.

7. *Concordantiæ sanctorum Patrum,
id est, vera & pia libri Canticorum
per Patres universos tam Græcos quam Latinos expositio. Oxonii. 1607. in-4°.*

8. *Apologie pour Jean Wiclef, où l'on
montre la conformité de ses sentimens,
avec ceux de l'Eglise Anglicane* (en
Anglois.) C'est une Réponse que James a prétendu faire à un Ouvrage du
P. *Parsons* Jesuite. Il y a joint la vie
de *Wiclef.*

9. *L'Ecriture, les Conciles, & les
Peres corrompus par l'Eglise de Rome,*
(en Anglois.) *Londres. 1611. in-4°.*
It. *Ibid. 1688. in-4°.* C'étoit la maro-
te de *Thomas James,* que de croire
que les Catholiques avoient corrom-
pu l'Ecriture, les Conciles, & les
Peres pour les ajuster à leurs sentimens. Tous ses Ouvrages ne roulent
presque que sur cela, & toute sa vie

s'eſt paſſée à rechercher & à corriger THOM.
ces prétendues corruptions. On ne JAMES.
ſçauroit trop admirer ſa prévention
ſur ce ſujet , & l'emportement
avec lequel il ſe déchaîne à cette occaſion contre les Catholiques.

10. *Réponſe ſuffiſante à Jean Gretſer,*
& à Antoine Poſſevin Jeſuites , & à
l'Auteur anonyme des fondemens de l'an-
cienne & de la nouvelle Religion (en
Anglois.) Cet Ouvrage eſt joint au
précédent.

11. *Les Jeſuites menacés de leur rui-*
ne par les Prêtres ſéculiers , pour leur
mauvaiſe vie , leurs mœurs corrompues ,
leur doctrine hérétique , & leur politi-
que qui l'emporte ſur celle de Machia-
vel (en Anglois.) *Oxford* 1612. *in-4°.*
Un titre ſi emporté ne préviendra
pas en faveur de l'Ouvrage. On trouve à la fin la vie du P. *Parſons* Jeſuite,
où l'on peut bien croire qu'il n'eſt
gueres épargné.

12. *Filius Papæ Papalis. Londini.*
1621. It. traduit en Anglois par *Guil-*
laume Craſhaw. Le nom de *James* ne
paroît pas à la tête de ce Livre.

13. *Index generalis ſanctorum Pa-*
trum ad ſingulos verſus Capitis V. E-

F ij

Thom. *vangelii secundum Matthæum. Londini.*
James.   1624. *in-*8°.

14. *Notæ ad Georgium Wicelium de Methodo concordiæ Ecclesiasticæ, cum Catalogo Authorum, qui scripserunt contra squalores Ecclesiæ Romanæ. Londini.* 1625. *in-*80.

15. *Vindiciæ Gregorianæ, seu restitutus innumeris pene locis Gregorius Magnus, ex variis Manuscriptis ut magno labore, ita singulari fide collatis. Geneva.* 1625. *in-*4°.

16. *Introduction à la Théologie, contenant une Réfutation des Papistes, par les Papistes mêmes, sur les principaux articles de notre Religion* (en Anglois) *Oxford.* 1625. *in-*4°.

17. *Humble & instante Requête à l'Eglise d'Angleterre, sur les Livres qui concernent la Religion.* (en Anglois.) 1625. en une feuille *in-*8°.

18. *Explication étenduë des dix articles contenus dans la Requête présentée par le Docteur James au Clergé d'Angleterre, pour rétablir dans leur pureté les Auteurs corrompus par les Papistes,* (en Anglois.) *Oxford.* 1625. *in-*4°.

19. *Specimen corruptelarum Pontificiorum in Cypriano, Ambrosio, Grego-*

rio Magno , & Autore operis imperfecti, [THOM?
& in Jure Canonico. Londini. 1626. JAMES.
in-4°.

20. *Index librorum Prohibitorum à
Pontificiis. Oxonii.* 1627. *in*-8o.

21. Il a traduit outre cela du François en Anglois *la Philofophie Morale
des Stoïciens* , & fa traduction a été
imprimée à *Londres* en 1598. *in*-8°.

22. Il a publié auffi deux petits
Traités de *Jean Wiclef* , contre les
Ordres des Religieux Mandians.

23. Quelques perfonnes prétendent que c'eft lui qui a donné au public , avec une Verfion Angloife ;
l'Ouvrage Latin intitulé : *Fifcus Papalis , five Catalogus Indulgentiarum ,
& Reliquiarum feptem principalium Ec-
clefiarumUrbis Romæ ex veteri Manu-
fcripto defcriptus. Londini.* 1617. *in*-4°.
D'autres cependant veulent qu'on en
foit redevable à *Guillaume Crashaw*
de *Cambrige.*

Wood cite trois Ouvrages Manufcrits de *James* , qui font. 1°. *Admonitio ad Theologos Proteftantes de libris
Pontificiorum caute legendis.* 2°. *Enchiridion Theologicum.* 3°. *Liber de fufpi-
cionibus & conjecturis.* Il ajoûte qu'il

ne sçait point si ces Ouvrages ont été imprimés, & que l'*Enchiridion* l'est peut-être.

V. *Antonii Wood Athenæ Oxonienses, & Historia Universitatis Oxoniensis.*

JEAN DE CORDES.

J. DE
CORDES. JEAN de *Cordes*, naquit à *Limoges* l'an 1570. d'une honnête famille, originaire de *Tournay*.

Il eut le malheur de perdre son pere dans sa jeunesse, & cette perte causa du changement dans sa destination; car ses parens le retirerent aussi-tôt du College & de l'étude, pour l'appliquer au commerce.

Ils l'envoyerent dans cette vûë à *Lyon*, où il s'en occupa jusqu'à l'âge de trente ans. Mais l'amour des Lettres s'étant alors réveillé en lui, il quitta tout pour reprendre le cours de ses études, qui avoit été interrompu pendant tant d'années; & il y fit en peu de temps de si grands progrès, qu'il devint un des hommes les plus Sçavans de son siecle.

Il alla à *Rome* avec *Alexandre de la*

Rochefoucault, & profita avec ſoin de la converſation des Sçavans qu'il y vivoient alors. Ce voyage lui fut ſi agréable & ſi avantageux, qu'il s'en ſouvenoit toûjours avec plaiſir.

J. DE CORDES.

A ſon retour, il forma le deſſein de renoncer au monde pour embraſſer la vie Religieuſe, & alla à *Avignon*, où il entra dans le Noviciat des Jeſuites. Mais ſes fréquentes maladies l'obligerent à en ſortir, & à renoncer à ce deſſein.

Il avoit eu auparavant le Prieuré de *Moiſſac* en Auvergne, qu'avoit *Alexandre de la Rochefoucault*, mais il lui fut diſputé, & il fut obligé pour éviter les procès, de ſe contenter d'une penſion.

Il fut enſuite pourvû d'un Canonicat de la Cathedrale de *Limoges*; mais il n'avoit pas deſſein de ſe confiner dans cette Ville, où ſa paſſion pour les Livres, & pour les Sciences, ne pouvoit trouver de quoi ſe ſatisfaire.

Il vint donc fixer ſon ſéjour à *Paris*, & voyant que ſes revenus étoient plus que ſuffiſans pour le faire vivre, il réſolut d'en employer une partie

J. DE
CORDES.
à former une Bibliotheque nombreuse & bien choisie.

Il commença par acheter celle de
son compatriote *Simon du Bois*,
qu'il augmenta de jour en jour de
tout ce qu'il pouvoit trouver de plus
curieux en tous genres de Litterature. Ses acquisitions ne devenoient
point un trésor qu'il cachât aux yeux
des autres, & qu'il se reservât pour
lui seul ; il se faisoit un plaisir de
communiquer tout ce qu'il avoit de
plus précieux ; & sa Bibliotheque
étoit moins à lui qu'à ceux qui a-
voient besoin de ce qui y étoit renfermé.

Quelques mois avant sa mort, il
commença à ressentir les infirmités
de la vieillesse ; & une sur-tout assez
singuliere, qui étoit de répéter malgré lui & même jusqu'à vingt fois les
mêmes mots, principalement ceux
qui étoient à la fin des phrases.

La crainte de se rendre par-là in-
commode à ses amis, l'avoit engagé se à bannir des Assemblées des Sçavans, où il se faisoit un plaisir de se
trouver, & à cesser de voir du monde, pour ne plus songer qu'à se dis-
poser à la mort.   Il

Il mourut l'an 1642. âgé de 72 ans,
entre les bras de *Jean Manent* son neveu, à qui il avoit résigné son Canonicat de *Limoges*, & fut enterré aux
Chartreux, près desquels il demeuroit.

J. DE
COR.DES.

Il avoit ordonné par son Testament, que les Livres de sa Bibliotheque ne fussent point séparés, mais
qu'on la vendît toute entiere à la
même personne ; & il avoit chargé
Jean Aubert Chanoine de *Laon*, son
Exécuteur Testamentaire, de tenir la
main à l'exécution de cet article. Sa
volonté fut suivie, car le Cardinal
Mazarin l'acheta vingt-quatre mille
francs. Il y avoit de très-bons Manuscrits, qui ont depuis été transportés
dans la Bibliotheque du Roy.

Le Catalogue de cette Bibliotheque, qui a été imprimé en 1643. *in-*
4°. est fort recherché, à cause du
choix & de la bonté des Livres qu'il
contient ; c'est dommage qu'il n'y
ait un peu plus d'ordre & de mé-
thode, pour le soulagement de ceux
qui tâchent d'en faire quelqu'usage.

Catalogue de ses Ouvrages.

10. *Differtation fur S. Martial de*

Tome XIX. G

J. DE *Limoges.* Elle se trouve à la page 146.
CORDES. du Tome I. de l'Ouvrage intitulé :
*La Vie de S. Martial, ou Défense de
l'Apostolat de S. Martial, & autres,
contre les critiques de ce temps. Par
Bonaventure de Saint Amable, Car-
me Déchauffé,* in-fol. 3 *Vol.* Le 1^r. à
Clermont 1676. Le 2e. & 3e. à *Limoges,* 1683. & 1685. Elle a été traduite
en Latin par *François Bosquet,* qui l'a
inferée en cette Langue à la *p.* 50. de
la seconde partie de son *Histoire de
l'Eglise de France. Paris* 1636. *in*-4°.
Cette traduction se trouve aussi avec
les Commentaires du P. *Papebrok,*
dans le 5e. Tome du mois de Juin
des *Actes des Saints d'Anvers* p. 535.
De Cordes y fait voir que *S. Martial*
n'a pas été un des septante Disciples
de *Jesus-Christ,* & qu'il n'est venu à
Limoges que vers l'an 250.

2. *Hincmari, Rhemensis Archiepiscopi, Opuscula & Epistola. Accesserunt Nicolai Papæ I. & aliorum ejusdem ævi quædam Epistolæ & scripta, ex
editione Joannis Cordesii. Paris* 1615.
in-8°. *De Cordes* est le premier qui
ait publié ces Ouvrages.

3. *Georgii Cassandri Opera. Paris,*

1616. *in-fol. De Cordes* a pris ſoin de
raſſembler cesOuvrages de *Caſſander*,
qui avoient déja paru ſéparément, &
y a joint une centaine de Lettres,
& deux Dialogues, qui n'avoient
pas été encore imprimés.

4. *Hiſtoire des troubles avenus au
Royaume de Naples, ſous Ferdinand I.
depuis l'an* 1480. *juſqu'en* 1487. *re-
cüeillie par Camille Portio, & traduite de l'Italien en François. Paris* 1627,
*in-*8°. Cette traduction eſt de *Jean
de Cordes.*

5. *Hiſtoire des differends entre le Pape Paul V. & la Republique de Veniſe
en* 1605. 1606. *&* 1607. *par Fra-Pao-
lo, traduite de l'Italien en François.
Paris* 1625. *in-*8°. *It. Paris* 1688. *in-*
8°. *De Cordes* eſt encore Auteur
de cette traduction.

6. *Naudé* dit qu'il a auſſi traduit
de l'Eſpagnol un petit Ouvrage de
Mariana; c'eſt apparemment celui
qui a pour titre: *Diſcours des grands
défauts, qui ſont en la forme du Gou-
vernement des Jeſuites.* 1625. *in-*8°.

Colomiés dans ſa *Bibliotheque choi-
ſie,* dit qu'il a fait une *Diſſertation
touchant la Genealogie de Jeſus-Chriſt;*

C ij

J. DE CORDES.

mais *Naudé* n'en parle point dans son Eloge.

V. *Son Eloge par Gabriel Naudé à la tête du Catalogue de sa Bibliotheque. Le Trésor chronologique de D. Pierre de S. Romuald.* Tome 3. p. 955.

JOACHIM CAMERARIUS.

J. CAME-
RARIUS.

JOACHIM *Camerarius*, naquit le 12 Avril 1500. à *Bamberg*, Ville de Franconie, de *Jean Camerarius*, Sénateur de cette Ville, qui parvint jusqu'à l'âge de 82 ans, sans avoir jamais été ni saigné, ni purgé, & de Marthe *Wecelius*, native de *Steinfurt.* L'ancien nom de sa famille étoit *Liebhard*; mais il fut changé depuis en celui de *Camerarius*, parce que ses Ancêtres avoient possedé à la Cour la Charge des Officiers qu'on appelle en Allemand *Cammermeister.*

Il commença ses études dans sa patrie, sous un Maître assez habile pour ce temps-là, & il y fit tant de progrès en peu de temps, qu'il n'avoit encore que treize ans, lorsque son Maître déclara qu'il ne pouvoit plus

lui rien apprendre, & qu'il falloit lui J. CAME-
en chercher un autre.   RARIUS.

Cette déclaration engagea ses pá-
rens à l'envoyer à *Leipsic*, étudier
sous *George Heltus*, qui touché de son
heureux naturel, en prit le même
soin que si c'avoit été son propre fils.

On peut juger qu'il profita beaucoup en cette Academie, par ce
qu'en dit *Melchior Adam*, que *Ri-*
chard Crocus, sous lequel il étudioit
la Langue Gréque, étant quelquefois
obligé de s'absenter, lui commettoit
le soin de faire la leçon à sa place,
quoiqu'il n'eût alors que seize ans.

Il avoit en effet une passion extraordinaire pour cette Langue, & comme les Livres Grécs étoient alors fort
rares, il prit la peine de copier une
bonne partie d'*Homere*, d'*Herodote*,
& de quelques autres Ecrivains Grécs.
Ayant eu ensuite le bonheur d'ac-
querir un exemplaire d'*Herodote* de la
la premiere édition d'*Alde* faite à *Ve-*
nise en 1502. il s'en applaudit, comme s'il eût trouvé un trésor, le conserva précieusement, & dans une
espece de tumulte qui s'éleva à *Leipsic*
contre les Ecoliers, abandonnant

J. CAME-tout ce qu'il avoit au pillage, se con-
RARIUS. tenta d'emporter ce Livre sous son
habit.

Pierre Mosellanus ayant succedé à
Crocus dans la Charge de Professeur
en Langue Gréque, *Camerarius* continua à s'y appliquer sous lui, & se
mit par l'ardeur avec laquelle il s'y
donna, en état d'y devenir plus habile que ses Maîtres.

Après cinq années de séjour à *Lei-*
psic, *Camerarius* alla à l'âge de 18 ans,
c'est-à-dire en 1518. à *Erford*, où il
se fit recevoir Maître-ès-Arts en 1521.

Les troubles de cette Ville, & la
peste qui s'y faisoit sentir, l'obligerent ensuite à en sortir, & à aller
chercher une autre demeure. Le bruit
que faisoit alors *Luther*, & la réputation de *Philippe Melanchton*, le déterminerent à passer à *Wittemberg*,
pour les voir. Les conversations qu'il
eut avec ce dernier lui inspirerent
pour lui une amitié très-vive ; & il
se forma entr'eux une étroite liaison,
qui subsista toûjours.

Les guerres qui désolerent l'Allemagne en 1525. ne le laissant pas
joüir à *Wittemberg* du repos & de la

tranquillité qu'il fouhaitoit, il les J. CAME-
alla chercher en Pruffe, où il fe reti- RARIUS.
ra avec *Jacques Fuchs.* Il y trouva
tout le monde prévenu de fon mérite ; & il reçut par-tout de grands
honneurs, tant de la part des Sçavans, que de celle des Magiftrats, &
des Princes.

L'année fuivante *Melanchton* ayant
été chargé par le Sénat de *Nuremberg*
de former un College dans cette Ville, & d'y mettre des fujets capables
de lui donner de la réputation, engagea *Camerarius*, qui étoit revenu depuis peu de Pruffe, à y enfeigner les
Langues Gréque & Latine.

Il commença à entrer en exercice
avec fes Collegues cette même année
1526, & fa réputation lui attira plufieurs difciples de la premiere qualité.

La Diette de *Spire*, qui fe tenoit
alors, jugeant à propos d'envoyer
une Ambaffade à l'Empereur *Char-*
les - Quint, qui étoit en ce temps-là
en Efpagne, nomma pour cela *Albert*
Comte de *Mansfeld*, & lui donna
Camerarius pour Interpréte en Langue Latine.

G iiij

J. CAME-
RARIUS.

Ce choix plut beaucoup à *Came=
rarius*, qui étoit fort aife de voir l'Efpagne. Mais il n'alla pas plus loin
qu'*Eslingen*, parce que l'Ambaffade
fut renvoyée à un autre temps.

De retour à *Nuremberg*, il fongea
à fe marier & époufa en 1527. *Anne
Truchfes de Grunfperg*, d'une famille noble & ancienne, avec laquelle il
vêcut d'une maniere fort unie pendant 46 ans, & dont il eut neuf enfans, dont je parlerai plus bas.

Il eut le chagrin la même année de
perdre fon pere, & un de fes freres.

En 1530. le Sénat de *Nuremberg*
l'envoya avec quelques autres perfonnes à la Diette d'*Augsbourg*. Quatre ans après il le choifit pour fon
Sécretaire; mais quoique ce pofte fût
fort lucratif, il le refufa, perfuadé
que l'Ecole étoit fon centre, dont il
ne devoit point fortir.

Le Duc de *Wirtemberg*, *Ulric*, le
fit venir en 1536. à *Tubinge*, pour y
rétablir l'Univerfité que les guerres
avoient fort dérangée; & il y demeura cinq ans, pendant lefquels il lui
rendit fon premier luftre.

Il fembloit qu'il fut deftiné à re=

mettre fur pied les Univerfités d'Al-lemagne. A peine eut-il rétabli celle de *Tubinge*, qu'il fut appellé à *Leipfic* en 1641. par les Ducs de Saxe, pour faire la même chofe à l'égard de celle de cette Ville.

Il y enfeigna jufqu'à la fin de fa vie ; mais fes travaux eurent quelqu'interruption ; car la guerre l'ayant contraint d'en fortir, il fut réduit à roder pendant quelque temps de côté & d'autre, jufqu'à l'an 1547. que voyant les chofes plus tranquilles, il y retourna reprendre fes fonctions.

En 1555. il alla à la Diete d'*Augfbourg*, & paffa enfuite avec *Melanchton* à *Nuremberg* pour des affaires de Religion.

L'année fuivante 1556. il accompagna ce Sçavant, qui ne pouvoit fe paffer de lui, & qui en avoit fait le dépofitaire de fes fecrets & de fes deffeins, à la Diete de *Ratisbone*.

Il eut en 1557. à foûtenir de rudes épreuves. Il perdit une de fes filles, nommée *Marthe*, une de fes petites filles qu'il aimoit tendrement, fon cher ami *Melanchton*, & outre cela *Sabinus*, *Lotichius*, & *Gerbelius*, a-

J. CAME-vec lesquels il étoit en grande liaison.
RARIUS.   En 1568. l'Empereur *Maximilien*
II. curieux de le voir , le fit venir à
Vienne , s'entretint avec lui fur plufieurs points de Doctrine , & après
l'avoir écouté avec bonté , le ren-
voya chargé de préfens.

Il perdit fa femme le 15 Juillet
1573. & depuis ce temps-là fa fanté
s'affoiblit de jour en jour. Differentes infirmités vinrent l'attaquer l'une
après l'autre , & le conduifirent peu
à peu au tombeau.

Il mourut le 17 Avril 1574. âgé de
74 ans , laiffant huit enfans. Cinq
garçons ; *Jean* , Confeiller du Duc
de Pruffe , qui mourut à *Konigfberg* ;
Joachim , Médecin ; *Philippe* , Docteur en Droit , & Confeiller de *Nu-*
remberg ; *Loüis* , Médecin ; & *Gode-*
froy , Officier de *Richard* Comte Palatin : Trois filles mariées , l'une à
Efrom Rudiger ; la feconde à *Jean Hu-*
melius , fameux Mathematicien , lequel mourut avant lui l'an 1562. la
3e. à *Gafpar Jungerman* , Jurifconfulte de *Leipfic.* Il en avoit eu une autre nommé *Marthe* , qui étoit morte
fille en 1557.

Camerarius étoit bien fait de fa J. CAME-
perfonne, adroit à toutes fortes RARIUS.
d'exercices, d'une bonne fanté, &
fort attentif à la conferver par les exercices du corps. Naturellement grave
& férieux, il ne parloit prefque que
par monofyllables, même à fes enfans; grand amateur de la verité, il
avoit une fi forte averfion pour le
menfonge, qu'il ne pouvoit le fouffrir même dans les railleries; parfaitement défintereffé, il ne s'embaraffoit
pas d'amaffer des richeffes, & accoû-
tumoit fes enfans à fe paffer du fu-
perflu. Lorfqu'il écrivoit des Lettres,
même à fes enfans, il en gardoit toûjours une copie. Il étoit fi affidu à
l'étude, qu'il ne la difcontinuoit pas
même en voyageant. Ce qu'il avoit
médité ou de nuit, ou étant à cheval,
il le mettoit enfuite par écrit. Ainfi
l'on ne doit point être furpris du
grand nombre d'Ouvrages, qu'il a
compofés.

Il s'appliqua dans un âge déja a-
vancé à la Langue Françoife, & à l'I-
talienne; il apprit auffi un peu d'Hé-
breu; mais pour ce qui eft des Langues Gréque & Latine, aucun

J. CAME-Auteur de son temps ne l'a égalé.
RARIUS.   Il avoit lû avec application les
Historiens, les Poëtes, les Orateurs,
les Médecins, les Jurisconsultes,
& les Théologiens Grecs & Latins ;
& il étoit très-versé dans toutes ces
sortes de Sciences. C'est ce qui fait
que, suivant *Bœcler*, ses Ouvrages
sont presque universellement esti-
més, & que la plûpart sont devenus assez rares, parce que les con-
noisseurs s'en saisissent aussi-tôt qu'ils
les rencontrent.

Catalogue de ses Ouvrages.

1° *Demosthenis Olynthiaca prima in
Latinum Sermonem translata. Haganoæ.*
1524. *in-8°.*

2°. *Luciani Scriptum contra indoc-
tum, multa tamen librorum suppellectile
tumentem, in Latinam linguam conver-
sum. Wittebergæ.* 1525. *in-8°.*

3°. *Præcepta honestatis atque decori
puerilis,* 1528. *in-8°.* It. *Auctiora.*
1544. *in-8°.*

4°. *Theocriti Græca Poemata cum
præfatione Græca Joachimi Camerarii
ad Georgium Heltum. Haganoæ.* 1530.
in-8°. Cette Edition est toute Gréque.

5°. *Illustrium ac Clarorum virorum*

Memoriæ Scripta Epicedia per Helium J. CAME-
Eobanum Heffum. Item Epitaphia Epi- RARIUS.
grammata compofita à Joachimo *Came-*
rario. Norimbergæ. 1531. *in-8°.*

6. *Dionis Prufænfis Sophiftæ , de eo*
quod non temere credendum , Latine
verfum cum annotationibus. Norimber-
gæ. 1531. *in-8°.* It. avec l'Ouvrage
fuivant : *Apophtegmata & dicta feptem*
Sapientum Græce & Latine cum notis
Leonhardi Lycii. Lipfiæ. 1562. *in-8°.*

7. *Fabii Quintiliani libri duo prio-*
res reftituti , & annotationibus aucti.
Haganoæ 1531. *in - 8°.* It. *Coloniæ.*
1532. *in-8°.* Avec les remarques de
Pierre Mofellanus. It. *Quintiliani Li-*
bri 12. *ex recentione Camerarii , cum*
Sichardi & aliorum notis. Coloniæ. 1534.
in-8°. It. *Adjectis Guilelmi Philandri*
Caftigationibus. Coloniæ. 1536. *in-8°.*
It. *Bafileæ* 1548. *in-8°.* &c.

8. *Aftrologica ex Hephæftione , Vet-*
tio Valente , & aliis Græce , cum non-
nullorum verfione Latina , & Græca
præfatione Camerarii. Norimbergæ 1532.
in-4°.

9. *Norica , five de Oftentis libri*
duo, primum editi, cum præfatione Phi-
lippi Melanchtonis. Witebergæ 1532.

J. CAME-*in*-8°. It. *Cum Julio Obsequente pe-*
RARIUS. *radum Lycosthenem suppleto , & Polydo-*
ri Virgilii libris tribus de Prodigiis. Ba-
silea. 1532. *in*-8°. It. *Lugduni* 1533.
& 1589. in-8°. It. traduit en Italien ,
avec *Julius Obsequens & Polydore Vir-*
gile par *Dominique Maraffi* , & imprimé en cette Langue à *Lyon* 1554. *in*-
8°. avec fig. Il y a bien des contes
dans tous ces Ouvrages.

10. *Johannis Varennii Syntaxis Græ-*
cæ Linguæ cum annotatiunculis Joachi-
mi Camerarii. Colonia. 1532. *in*-8°. It.
Paris. 1548. *in*-8°. It. *Colonia.* 1576.
in-8°.

11. *De Theriacis & Mithridateis Re-*
mediis Commentariolus Item *ad Pam-*
philianum de Theriaca libellus Galeni.
Item *Galena Antidota Andromachi ,*
Theriaca Antiochi. Antidotus Philonis,
conversa in Latinum ; adjectis his & a-
liis quibusdam Græcis diligenter emen-
datis. Norimbergæ 1533. *in*-8°.

12. *Alberti Dureri , Clarissimi Pi-*
ctoris , & Geometræ de Symmetria par-
tium in rectis formis humanorum corpo-
rum libri in Latinum conversi. Norim-
bergæ. 1533. *in-fol.*

13. *Alberti Dureri de Varietate fi-*

gurarum & flexuris partium ac geſtibus J. CAME-
imaginum libri duo , *in Latinum conver-* RARIUS.
ſi. Norimbergæ. 1534. *in-fol. Camera-*
rius étoit intime ami d'*Albert Durer* ,
& leur amitié a duré tant qu'ils ont
vêcu.

14. *Tragædiæ Sophoclis* , *Græce* ,
cum Camerarii notis in Oedipum Ty-
rannum , *Coloneum* , & *Antigonem.*
Haganoæ. 1534. *in-8°.* It. *Cum Notis*
Camerarii in totum Sophoclem , & *exem-*
plo duplicis verſionis Proſariæ , *qua La-*
tine reddidit Ajacem Lorarium & Ele-
ctram. Baſileæ 1556. *in-8°.* Les Notes
de *Camerarius* avec ſes deux traductions ſe trouvent auſſi dans l'Edition
de *Sophocle* , accompagnée des Scho-
lies Gréques , que *Henri Etienne* donna à *Geneve* en 1568. *in-4°.* & dans
une autre que *Paul Etienne* publia à
Geneve en 1603. *in-4°.* avec les Scho-
lies Gréques & une verſion Latine
de *Gui Winſemius.*

15. *Erratum* , *in quo circiter quadra-*
ginta loca Autorum cum veterum , *tum*
recentiorum notantur. Æolia , *carmen*
Elegiacum de Eventis , *ad Mauritium*
Huttenum ; *nomina locaque ventorum*
Græca & Latina. Phænomena , *quæ eſt*

J. CAME- *siderum & stellarum Historiola Carmine*
RARIUS. *Elegiaco ad Danielem Stibarum. Pro-*
gnostica, ad eundem Elegia, quâ supra
trecenta & triginta indicia tempestatum
memorantur. Norimbergæ. 1535. *in-8°.*
It. *Accedunt Victus & Cultus ratio,*
& quid fieri debeat singulis mensibus.
Nec non disticha, ex Græcis versa ple-
raque. Basileæ. 1536. *in-8°.* L'Ouvrage intitulé *Erratum*, qui est à
la tête de ce Recueil, a été réimprimé dans la premiere partie de la *No-*
va librorum rariorum Collectio, publiée
par les soins de *Henri-Augustin Grof-*
chupf à *Hall* en 1709. *in-8°.*

16. *Claudii Ptolemæi Pelusiensis li-*
bri quatuor compositi Syro fratri. 2. *Ejus-*
dem fructus librorum suorum, sive cen-
tum dicta, ad eundem. 3. *Traductio in*
linguam Latinam librorum Ptolemæi
duorum priorum, & ex aliis præcipuo-
rum aliquot locorum. 4. *Conversio cen-*
tum dictorum Ptolemæi in Lat. Joviani
Pontani. 5. *Annotatiunculæ Camerarii*
ad libros priores duos judiciorum Pto-
lemæi. 6. *Matthæi Guarimberti Par-*
mensis opusculum de radiis & adspecti-
bus Planetarum. 7. *Aphorismi Astro-*
logici Ludovici de Rigiis ad Patriar-
cham

cham Conſtantinopolitanum. Norimber-
ga. 1535. *in-4°.*

J. CAME-
RARIUS.

17. *Macrobii opera omnia ſingulari*
diligentia à Joachimo Camerario emen-
data. Baſileæ. 1535. *in-fol.*

18. *Ariſtidis Oratio Ulyſſis nomine*
ad Achillem, cum contraria Oratione
Libanii, ſumpto argumento ex Iliadis li-
bro 9. *V.* 225. *&* 367. *Latine utraque*
verſa. Addita Græca utriuſque loci Ho-
merici Paraphraſi. Haganoæ 1535. *in-8°.*

19. *Theodoriti Epiſcopi Cyrenſis re-*
rum Eccleſiaſticarum libri quinque in
Linguam Latinam converſi à Joac. Ca-
merario. Acceſſit eodem Camerario Au-
tore Catalogus Imperatorum aliquot, ut
& Epiſcoporum in præcipuis Eccleſiis,
necnon Hæreſeon & Catholicorum ali-
quot quorum in Theodoriti ſcripto men-
tio ſit, index; interpretatio denique vo-
cabulorum Ouſia, (Eſſentia) & hypoſ-
taſis (ſubſtantia) & de diſcrimine inter
iſta duo Baſilii Magni Epiſtola. Baſi-
leæ. 1536. *in-fol.* It. avec les autres
Hiſtoriens Eccleſiaſtiques. *Baſileæ* 1544.
in-fol. « Les ſentimens des Sçavans,
» dit *Baillet*, n'ont jamais été parta-
» gés ſur le mérite des traductions de
» *Camerarius*, non plus que ſur ce-

Tome XIX. H

J. CAME- » lui de ses autres ouvrages, où il n'a
RARIUS. » point inseré de Lutheranisme. Il
» étoit le premier Grec de l'Allema-
» gne, & possedoit la bonne Latini-
» té, & outre ces deux qualités d'un
» bon traducteur de l'une de ces deux
» Langues en l'autre, il en avoit en-
» core une, qui n'est pas moins ne-
» cessaire, qui est la connoissance des
» matieres qui sont traitées par les
» Auteurs qu'on traduit. M. *Huet* té-
» moigne que son stile est pur & châ-
» tié, qu'il y a plaisir de le confron-
» ter avec le Grec, qu'il traduit,
» pour voir sa sincerité & la fidélité
» qu'il a gardé à ses Auteurs, & dont
» il ne s'est jamais departi, si ce n'est
» peut-être lorsqu'il a cru devoir a-
» joûter quelques mots pour servir
» d'éclaircissemens aux endroits les
» plus obscurs ; mais cela est fort ra-
» re, & de peu de conséquence.

20. *Narratio stragis Heidelbergensis*
à dissecta turri veteris areis, in quam
fulmen adactum fuisset, exposita Episto-
la Jacobi Micylli, præmissa Epistola
quadam Joachimi Camerarii, cui Mi-
cyllæa respondet. Tubingæ 1537. *in-8°.*

21. *Æsopi Phrigis Fabularum ce-*

leberrimi *Autoris vita. Fabellæ Æſo-* J. CAME-
picæ plures quadringentis, quædam prius RARIUS.
etiam, multæ nunc primum editæ, omnes
autem orationis convenienlè & æquabili
veluti filo pertexta à Joach. Camerario.
Fabulæ item Livianæ duæ, & Gellianæ
aliquot, necnon Politiani, Gerbelii,
Eraſmi narrationes. His acceſſerunt ex-
plicatio nonnullorum, & demonſtratio
Græcorum, de quibus fabella aliqua vel
præcepta decerpta fuerunt ; cum Indice
capitum & locorum quorumdam doctrinæ
& ſententiarum, ad quæ narrationes re-
ferri poſſunt. Tubingæ. 1538. *in-*8°. Ce
Recueil de *Camerarius* a été réimprimé pluſieurs fois.

22. *Dictionarium Varini Phavorini*
Camertis magnum & perutile, cum
Præfatione Joachimi Camerarii. Baſileæ
1538. *in-fol.*

23. *Epigrammata veterum Poetarum,*
atque Epitaphia, cum Epigrammatis
Joach. Camerarii, & Jacobi Micylli.
Baſileæ 1538. *in-*8°.

24. *Commentarius explicationis pri-*
mi libri Iliados & ejuſdem converſio in
Latinos verſus, cum Græco Textu. Ar-
gentorati. 1538. *in-*8°. *Commentarius &*
Metaphraſis in librum Iliadis ſecun-

H ij

J. CAME-
RARIUS.
dum. Argentorati 1540. *in-*4°. Ces deux ont été réimprimés ensemble à *Francfort* en 1584. *in-*8°.

25. *Camerarius* a présidé à la correction du 4e. Tome de l'Edition Gréque des Oeuvres de *Galien* faite à *Basle* en cinq vol. *in-fol.* en 1538. comme il paroît par la Préface, qu'il a mise à la tête.

26. *Theonis Alexandrini in Cl. Ptolemæi magnam construEtionem commentationum libri X I. Græce , Camerarii opera editi. Basileæ* 1538. *in-fol.* A la suite de l'Almageste de *Ptolemée.*

27. *Oratio funebris dicta de Eberhardo primo Duce Wirtenbergensi, cum aliquot Epitaphiis in eundem. Tubingæ.* 1538. *in-*4°.

28. *Commentarii in librum primum Tusculanarum Quæstionum Ciceronis. Basileæ* 1538. *in-*8°. Il y a inseré une longue dissertation sur l'Imitation des anciens Auteurs.

29. *Hippocomicus ,sive de traEtandis Equis libellus. Xenophontis de re Equestri liber Latine. Historiola Rei Nummariæ, sive de Numismatis Græcorum & Latinorum. Tubingæ.* 1539. *in-*8°. It. avec quelques autres Ouvrages de

Xenophon traduits par *Camerarius.Lip-* J. CAME-
ſia. 1556. *in-8°.* RARIUS.

30. *Delecta quædam Epiſtolæ Græcæ.*
Tubingæ 1540. *in-*8°. Ces Lettres Gréques , au nombre de 86. ſont de
Dion , d'*Ariſtote* , de *Phalaris* , d'*Apol-*
lonius de Tyane , de *Platon* , de S. *Ba-*
ſile , &c. Elles ſont ſuivies d'une verſion Latine de differens Auteurs , &
entr'autres de *Camerarius.* Onze autres
Lettres Gréques avec leur verſion ter-
minent ce recueil.

31. *Poematia duo Bucolica Joac.*
Camerarii. Diræ ſeu Lupus , & Quere-
la, ſive Agelaus.Tubingæ. 1540.*in-*8°. It.
parmi ſes *Eclogæ. Lipſiæ.* 1568. *in-*8º.

32. *M. T. Ciceronis Opera à Joach.*
Camerario diligenter caſtigata , additis
Petri Victorii , & ipſius annotationibus.
Baſileæ. 1540. *in-fol. deux vol.* Les notes de *Camerarius* ont été inſerées dans
la belle édition qu'*Iſaac Verburg* a
donnée de *Ciceron* en 1725. à *Amſter-*
*dam. in-fol. in-*4°. & *in-*12.

33. *Theonis Sophiſtæ , primæ apud*
Rhetores exercitationes , innumeris qui-
bus ſcatebant antea mendis repurgatæ ,
& in Latinum ſermonem converſa , ver-
ſione ad calcem voluminis ſeparatim

J. CAME-*subjuncta. Basileæ.* 1540. *in-80.*
RARIUS.   34. *Elementa Rhetorica, sive capita*
Exercitationum studii puerilis, & styli,
ad comparandam utriusque linguæ facul-
tatem. Basileæ 1540. *in-8°.* It. *Aliquot*
locis auctiora. Basileæ. 1545. *&* 1551.
in-8°. It. *Lipsiæ.* 1562. *&* 1580. *in-8°.*

35. *Elegiæ Odeporicæ quinque, &*
carmen Odeporicon Joan. Ludovici
Brassicani. 1. *Metallaria.* 2. *Dyringica*
& Encomium vitæ Rusticæ. 3. *Neme-*
tum. 4. *Saxonica.* 5. *Plumbaria. Cum*
aliis quidam nunc primum editis, ut E-
legia Vangionica de morte Eobani Hessi,
& Paraphrasi Elegiaca Loci : Judæa &
Jerusalem *, noli timere. Argento-*
rati. 1540. *in - 8°.* Ces Elegies de *Ca-*
merarius ont été inserées dans les *De-*
liciæ Poetarum Germanorum. Tom. 2. p.
17. Celle qui est intitulée *Metalla-*
ria , se trouve aussi à la suite de l'*An-*
næberga Michaelis Barthii. Basileæ.
1557. *in-8°.*

36. *Herodoti libri novem , quibus*
Musarum indita sunt nomina , Græce.
Accessere Georgii Gemisti, qui & Pletho
dicitur, de iis quæ post pugnam ad Man-
tineam gesta sunt libri duo , una cum
Joach. Camerarii Præfatione , Anno-

tationibus, *Herodoti vita* ; *deque figuris*, J. CAME-
& *qua usus est dialecto*, *omnia in studio-* RARIUS.
sorum utilitatem diligenter conscripta.
Basilea 1540. & 1557. *in-fol.*

37. *Thucydides cum scholiis antiquis*,
Græce, *additis castigationibus & anno-*
tationibus Camerarii. Basilea 1540. &
1557. *in-fol.*

38. *Homeri Ilias & Odyssea cum*
scholiis Græcis, *Porphyrii Homerica-*
rum quæstionum libro & Opusculo de
Antro Nympharum, *Græce*, *ex reco-*
gnitione Jacobi Micylli & Joach. Ca-
merarii. Basilea 1541. & 1551. *in-fol.*

39. *Theophrasti Opera*, *quæ restant*,
partim hinc inde conquisita, *atque in*
unum veluti corpus redacta, *partim à*
multis mendis, *doctorum virorum in-*
dustria & meliorum exemplarium ope
repurgata. Græce, *adjuncta Prisciani*
Lydii Metaphrasi in Theophrastum de
sensu & Phantasia. Accessit Joach. Ca-
merarii Præfatio. Basilea 1541. *in-fol.*
Il y a dans certains exemplaires une
Préface de *Jerome Gemusæus.*

40. *Præcepta morum ac vitæ*, *accom-*
modata ætati puerili, *prosa oratione*,
& *carmine Elegiaco. De Gymnasiis si-*
ve Exercitationibus & ludis puerorum

J. CAME-
RARIUS. *Dialogus. Ludus septem Sapientum, carmine Latino Iambico. Expositio versuum Solonis, Tyrtæi, Callinoi, Latine. Basileæ.* 1541. *in-8°.* It. *Lipsiæ.* 1544. *in-8°.* & plusieurs autres fois depuis.

41. *Oratio de studio bonarum artium, atque lingua Græca & Latina, prononciata à* Joach. *Camerario in Academia Lipsiensi. Lipsiæ.* 1541. *in-8°.*

42. *Commentarii in Orationem Ciceronis pro Muræna. Lipsiæ.* 1542. *in-8°.* It. dans l'édition des Oraisons de *Ciceron* faite à *Basle* en 1553. *in-fol.*

43. *Oratio Senatoria de Bello Turcico.* It. *Tyrtæi carmina Parænetica & alia non nulla. Tubingæ.* 1542. *in-4°.* Le discours de *Camerarius* a été inseré à la page 113. du 3e. Volume du Recueil de *Nicolas Reusner, De Bello Turcico. Lipsiæ* 1596. *in-4°.*

44. *Synodica, idest, de Nicæna Synodo. Lipsiæ.* 1543. *in-8°.* It. avec sa Chronologie. 1561. &c.

45. *Xenophontis Atheniensis de forma Reip. Lacedæmoniorum : Ejusdem de forma Reip. Atheniensium : Ejusdem de Præfectura & disciplina Equestri liber : Omnia nunc primum in Latinum sermonem conversa à* Joachimo Camerario; *adjunctis*

adjunctis annotationibus quibuſdam , J. CAME-
præmiſſaque Xenophontis vita. Lipſiæ. RARIUS.
1543. *in*-4°. It. Avec les Ouvrages
marqués au *N*°. 29 *Tubingæ* 1556.
in-8°.

46. *Commentarii explicationum in*
Reliquos quatuor Ciceronis libros Tuſ-
culanarum Quæstionum. Baſileæ. 1543.
in-4°. Le Commentaire ſur le premier Livre avoit paru en 1538. Comme je l'ai marqué au *N*°. 28. *Came-*
rarius fit depuis réimprimer ces Commentaires en un ſeul Volume à *Baſle*
en 1548. *in*-4°. On a une édition des
Tuſculanes faite à *Paris* en 1549. *in*-
4°. où l'on a fait entrer une partie
des Notes de *Camerarius* , avec celles
de *George Valla* , de *Philippe Beroalde*,
d'*Eraſme* , & d'autres.

47. *Ciceronis libellus de Partitione*
Oratoria. Lipſiæ. 1544. & 1549. *in*-8°.

48. *Ciceronis Epiſtolæ ad familiares,*
cum Præfatione & caſtigationibus. Lip-
ſiæ. 1544. *in*-8°.

49. *Pſalmus* 133. *de concordia , Ele-*
giaco carmine Græco. Lipſiæ. 1544.
in - 8°.

50. *Libellus Græcæ Grammaticæ Phi-*
lippi Melanchtonis. Lipſiæ 1545. *in*-8°.

Tome XIX. I

J. CAME-
RARIUS.

It. *accuratius & perfectius editus studio Joach. Camerarii ; adjectis tabulis flexionum , verborum circumflexorum & verborum in* μι. *Accessit ejusdem Camerarii liber de Orthographia. Lipsiæ* 1549. *&* 1560. *in-8°.*

51. *Oratio de cultu Pietatis ac virtutis & studiis bonarum artium , exordiis Doctrinæ publicæ dicta , semestri æstivo à Joach. Camerario. Lipsiæ* 1545. *in-8°.*

52. *Historia rerum gestarum in Græcia , succincta interpretatione librorum Xenophontis à Leonardo Aretino exposita. Addita est Narratio præcipuarum rerum temporis secuti prælium ad Mantineam usque ad Alexandrum Magnum. Lipsiæ.* 1546. *in-8°.*

52. *Belli Smalcaldini anno* 1546. *inter Carolum V. Cæsarem & Protestantium Duces gesti origo , progressus , & exitus. Commentarius Græco sermone scriptus à Joach. Camerario , cum versione Latina, & supplemento Simonis Stenii , de Prælio ad Muhlbergam , & captivitate Joannis Friderici , Electoris.* Cet Ouvrage se trouve dans le 3e. Vol. des Historiens d'Allemagne de *Marquard Freher.*

53. *Capita Pietatis & Religionis*

Chriftianæ ,, Verfibus Græcis compre- J. CAME-
henfa ad Inftitutionem ,puerilem , cum RARIUS.
verfione Latina. Lipfiæ. 1547. *in-*8°. It.
Ibid. 1555. & 1569. *in-*8°. C'eft un
Recueil de plufieurs pieces , qui ré-
pondent au titre.

54. *Thomæ Linacri , de emendata
ftructura Latini ₄fermonis libri VI.
cum indicatione locorum ,unde exempla
ab Autore adducta fuerunt , recognita
à Joach. Camerario. Acceffit libellus
ejufdemCamerarii de Arte Grammaticæ
& figuris dictionum. Lipfiæ.*1548. *in-*
8°. It. *Ibid.* 1559. *in-*8°.

55. *Ciceronis de Officiis libri tres ;
De Senectute ; de Amicitia ; Paradoxa;
&SomniumScipionis , cum Prolegomenis.
Lipfiæ.* 1548. & 1558. *in-*8°. Il y a
auffi dans ce Volume des notes d'*E-
rafme* , de *Melanchton* , de *Latomus* ,
& de *Denys Lambin.*

56. *Vocabula rei Nummariæ , Pon-
derum , & Menfurarum Græca , Latina , Hebraica , quorum intellectus
omnibus neceffarius eft ; collecta ex Bu-
dæi , Joach. Camerarii & Philippi
Melanchtonis annotationibus : additæ
funt & Volucrum & Pifcium appellationes ,collecta à Paulo Ebero , & Gaf-*

I ij

J. CAME-*paro* Peucero. *Witteberga.* 1549.
RARIUS. *in-*8°.

57. *Euclidis Elementorum Geome-*
tricorum libri sex conversi in Latinum
sermonem. Lipsiæ. 1549. *in-*8°.

58. *Annotationes in Terentium*, cum
Præfatione. Lipsiæ. 1549. & 1555.
*in-*8°.

59. *Libellus Scholasticus utilis &*
valde bonus, quo continentur Theogni-
dis præcepta, Pythagoræ versus aurei,
Phocylidæ præcepta, Solonis, Tyrtæi,
Simonidis, & Callimachi quædam car-
mina, collecta & explicata Græcis Com-
mentariis à Joachimo Camerario. Basi-
leæ 1550. & 1555. *in-*8°. It. *Cum notis*
Wolfgangi Seberi. Lipsiæ. 1620. *in-*8°.
Ce Livre est tout Grec.

60. *De carminibus ad Veterum imi-*
tationem artificiose componendis præ-
cepta bona & utilia, collecta à Geor-
gio Sabino. Enumeratio eorum quæ in
docendo præcipue sequenda esse videan-
tur, Græce & Latine exposita à Joach.
Camerario. Lipsiæ. 1551. *in-*8°. L'Ouvrage de *Camerarius* a été réimprimé
en 1554. avec ses *Versus senarii de*
Analogiis.

61. *Arithmologia Ethica, Græce. Ba-*

filea. 1551. *in-*8°. Ce font des pré- J. CAMÉ-
ceptes de morale. It. *Auctior, addi-* RARIUS.
ta Latina verfione Joachimi Camerarii
filii, fubjunctifque exemplis diverfis
Exercitii Rhetorici. Lipfia. 1552. *&*
1571. *in-*8°.

62. *Diligens exquifitio nominum qui-*
bus partes corporis humani appellari fo-
lent, additis etiam functionum Nomen-
*claturis ; Grace & Latine. Bafilea.*1551.
in-fol.

63. *Sententia Jefu Siracida, Grace,*
cum annotationibus. Bafilea. 1551. *&*
1555.*in-*8°. *It. cum verfione Latina, &*
*additis novis ad eam Notis.Lipfia.*1568.
*in-*80.

64. *Hymni* 24. *Georgii Fabricii de*
Hiftoria & Meditatione mortis Chrifti,
cum duobus carminibus Camerarii, al-
tero Latino ad Chriftum Salvatorem,
altero Graco de crucifixione. Chrifti.
1552.

65. *Vita fortiffimi & laudatiffimi*
Ducis Mauricii, Saxonia quondam
Electoris, Grace confcripta & in Lati-
num fermonem converfa à SimoneStenio,
Limacenfi Mifnico. Inferée en ces
deux Langues dans le 3e. tome des
Ecrivains d'Allemagne de *Marquard*
Freher.   I iiij

**J. CAME-
RARIUS.**

66. *M. Accii Plauti Comœdiæ quinque, Amphitruo, Asinaria, Curculio,
Casina, Cistellaria, cum notis Camerarii, & præmissa de Carminibus comicis
Dissertatione. Lipsiæ. 1545. in-8°.*

67. *Oratio habita Lipsiæ ad funus Ill.
Principis Mauritii, Ducis Saxoniæ E-
lectoris XVII. Cal. Augusti. Lipsiæ.
1553. in-4o.* It. Avec d'autres Difcours femblables. *Lipsiæ.* 1566. &
1569. *in-8°.* It. Dans le 2e. tome des
*Scriptores rerum Germanicarum Simonis
Schardii.*

68. *Theocriti Eidilia XXXVI. cum
scholiis Græcis. Ejusdem Epigrammata
XIX. Ejusdem Bipennis & Ala. Præter
hæc & Latina Versio carmine non infe-
liciter reddita per Eobanum Hessum,
& Joachimi Camerarii scholia non in-
erudita accessere. Francofurti.* 1553.
in-8o.

69. *Narratio de Eobano Hesso, com-
prehendens mentionem de compluribus
illius ætatis doctis Viris. Epistolæ Eobani
Hessi ad Camerarium & alios quosdam,
familiari in genere cum lepida & face-
ta, tum literata & erudita, cum quibusdam Camerarii scriptis Carmine & aliorum. Norimbergæ.* 1553. *in-8°.*

70. *Propheta Jeremiæ Lamenta con-* J. CAME
verſa in Anapæſtos Latinos, cum aliis RARIUS.
nonnullis verſibus. Lipſiæ. 1554. in-8°.

71. *Verſus ſenarii Græci de Analo-*
giis, ſive de proportione Arithmetica,
Geometrica & Harmonica. Diviſio pue-
rilis inſtitutionis. Enumeratio eorum quæ
in docendo præcipue ſequenda eſſe viden-
tur, Græc. & Lat. proſa. Graphica,
ſive ratio parandi Atramenti, calami
& chartæ, & ipſa ſenariis Verſibus
Græcis expoſita. Omnia nunc primum
partim edita, partim recognita. Lipſiæ.
1554. in-8°.

72. *Querela M. Lutheri, ſive Som-*
nium. Baſileæ. 1554. in-4°.

73. *Syneſii Cyrenæi Oratio ad Arca-*
dium Theodoſii filium de Regno, ſive de
officio Imperatoris, ſive Regis, converſa
in Latinum ſermonem. Addita hiſtoriola
de ipſo Autore. Lipſiæ. 1555. in-8°.

74. *Conciones Synodicæ ſtatis tempo-*
ribus habitæ in Eccleſia Merſeburgenſi à
Rev. Principe Georgio Anhaltino &
Aſcaniæ, &c. Præpoſito Magdeburgen-
ſi; editæ à Joac. Camerario, præmiſſa
ejuſdem ad Ill. D. Joach. Principem
Anhalt. Epiſtola dedicatoria & Narra-
tione. Lipſiæ. 1555. in-fol. La Narra-

J. CAME-tion a été réimprimée à *Leipfic* en
RARIUS. 1696. *in-8°.* avec la vie de *Mélanch-*
ton, & d'*Eobanus.*

75. *P. Virgilii Maronis Bucolicorum*
explicatio à Joach. Camerario, cum in-
dicatione & interpretatione locorum
Theocriti, ab Eobano Heffo. Argentora-
ti. 1556. *in-80.*

76. *De Græcis Latinifque Numero-*
rum notis, & præterea Saracenis & In-
dicis, cum Indicio Elementorum ejus,
quam Logifticam Græci nominant, &
Vocabulorum artis interpretatione, &
aliis quibufdam ad hanc pertinentibus.
Accefferunt explicationes Arithmeticæ
doctrinæ Nicomachi, & alia quædam
ad contemplationem fcientiæ iftius perti-
nentia. Norimbergæ. 1557. *in-8°.* It.
Wittemb. 1569. *in-8°.*

77. *Libellus alter Epiftolas complec-*
tens Eobani & aliorum quorumdam doc-
tiffimorum virorum, necnon verfus Varii
generis & argumenti. Lipfiæ. 1557. *in-*
8°. Le premier Livre eft marqué au
N°. 69. & le 3e. le fera au *N°.* 81.

78. *M. Accii Plauti Comœdiæ XX.*
diligenti & fingulari ftudio emendatius
nunc quam ante unquam ab ullo editæ.
Adjectis etiam Camerarii ad fingulas

Comœdias argumentis & annotationibus. J. CAMI-
Accefferunt jam indicationes multorum RARIUS.
ad lectionem Plautinam conferentes Geor-
gii Fabricii Chemnicenfis. Bafileæ 1558.
in-8º.

79. *De eorum , qui Cometæ appellan-*
tur , nominibus , natura , caufis , fignifi-
catione , cum Hiftoriarum memorabilium
illuftribus exemplis Difputatio atque
Narratio Joach. Camerarii. Lipfiæ 1559.
& 1578. *in-8o.*

80. *Difputatio de piis & catholicis ,*
atque Orthodoxis precibus & invocatio-
ne Numinis divini ; & expofitæ formulæ
harum , tam de facris Scripturis quam a-
liorum ufurpatione defcriptæ , Græce &
Latine. Argentorati. 1560. *in-8o.*

81. *Tertius Libellus Epiftolarum Eo-*
bani Heffi & aliorum quorumdam Viro-
rum autoritate , virtute , fapientia , doc-
trinaque excellentium , editus à Joach.
Camerario. Lipfiæ 1561. *in-8o.*

82. *Capita quædam pertinentia ad*
Doctrinam de Moribus , & civilis ra-
tionis facultatem , quæ eft Ethica & Po-
litica. Lipfiæ 1561. *in-8o.*

83. *Chronologia fecundum Græcorum*
rationem , temporibus expofitis , Autore
Nicephoro Archiep. Conftantinopolitano ,

J. CAME-*converſa in Latinam linguam, & illuſ-*
RARIUS. *trata à Joach. Camerario. Addita eſt
ejus Narratio de Synodo Nicæna, &
acceſſit nova enumeratio Synodorum Oe-
cumenicarum. Baſileæ.* 1561. *in fol.* It.
Lipſiæ. 1574. & 1583. *in-*40.

84. *Poemata Petri Lotichii Secundi,
cum præfatione Joach. Camerarii ad Er-
neſtum Voegelinum & Eraſmum Neuſte-
ter. Lipſiæ.* 1561. *in-*80. *It. Cum præfatione Camerarii ad Chriſtianum Loti-
chium. Lipſiæ.* 1563. *in-*8°.

85. *Annotatio rerum præcipuarum
quæ acciderunt ab anno* 1550. *uſque ad
annum* 1561. Inſeré dans le 3.e tome
des Hiſtoires d'Allemagne de *Marquard Freher.* p. 460.

86. *Ecloga de morte Joh. Stigelii, &
alia quædam Poemata Joach. Camerarii.
Lipſiæ,* 1562. *in-*4°.

87. *Capita quædam propoſita ad diſ-
putandum de felicitate, ſeu vita beata
in terris. Lipſiæ.* 1563. *in-*8°.

88. *Votum ſive Preces, Poematium
de horum temporum miſeria & cladibus.
Lipſiæ* 1563. *in-*8°.

89. *Oratio habita in declaratione
Magiſtrorum optim. diſciplinarum &
artium. Lipſiæ.* 1563. *in-*8°. *Camera-*

rius y fit l'Eloge de *Jean Homilius*, J. CAME.
Mathematicien, mort l'année préce- RARIUS.
dente.

90. *Dialogus de vita decente ætatem
puerilem, quodque hoc ſtudium Deo pla-
ceat, cum reſpondentibus figuris quibuſdam Germanici & Latini ſermonis,
itemque Verſibus variis. Lipſiæ. 1563.
in-8°. It. cum auctuario. Lipſiæ. 1572.
in-8°.*

91. *Hiſtoria de Jeſu-Chriſti ad mor-
tem pro genere humano acceſſione, die-
rum ante Paſcha ſex, & alia indicata
tempora, reſque præterea quædam nar-
rataOratione, quam recitatione ſolemni
pronunciavit M. Martinus Gaſſarus.
Lipſiæ. 1563. in-8°.*

92. *Catecheſis, ſeu initia Doctrinæ in
EccleſiaChriſti,Græce, & Latine. Lipſiæ. 1563. in-8°.*

93. *Epithalamii Verſus de nuptiis,
nobilitate generis, virtute, ſapientia &
humanitate D. Erichi Volemari à Ber-
lips V. Cl. Præfecti Saliſſæ longæ in Du-
ringis. Lipſiæ. 1563. in-4o.*

94. Dans une édition des Poëſies
de *George Sabinus* fait à *Leipſic* en
1563. *in-8°*. on trouve deux Elegies
Gréques de *Camerarius.*

J. CAME-
RARIUS.

95. *Orationes duæ S. Gregorii E-
piscopi Nyssæ, una de Filii & Spiritus
sancti deitate; altera dicta die Pascha-
tis, ante non editæ; conversæ in Latinum sermonem, additis brevibus annotatiunculis. Lipsiæ. 1564. in-8°.*

96. *Ejusdem Gregorii Orationes duæ
aliæ, una de Nativitate Domini nostri
J. C. altera de S. Stephano primo Mar-
tyre, jam primum editæ, conversæ in Latinum Sermonem, cum brevibus annotationibus.*

97. *Capita proposita ad disputandum, ea explicantia & distinguentia,
quibus studium sapientiæ quæ est Philosophia, continetur. Lipsiæ. 1564. in-8°.*

98. *In renunciatione Magistrorum in
Academia Jenensi Oratio, cur Aruspex
apud Xenophontem dicat se duas habere
animas, probam unam & bonam, im-
probam alteram & malam. Jenæ. 1564.
in-4°.*

99. *Oeconomica scripta, quæ extant
titulo Aristotelis, in Latinum sermonem
conversa & explicata; adjunctaque iis
interpretatio Oeconomici libri Xenophontis. Lipsiæ. 1564. in-8°.*

100. On trouve dans l'*Enchiridion
pietatis puerilis* publié en 1564. par

Adam Siber à *Baſle in-8°.* un Poëme J. CAME-
& quelques autres pieces de *Came-* RARIUS.
rarius.

101. *Archytæ decem prædicamenta :*
Anonymi de Logica : quid & quale quid
quomodo definiendum eſſe videatur :
Georgii Pachymerii de ſex definitionibus
Philoſophiæ , &c. Omnia Græce. Cum
Preliminari Epiſtola Græca Joach. Ca-
merarii. Lipſiæ. 1564. in-4°.

102. *Converſa ex Thucydidis hiſto-*
ria quædam in Latinum ſermonem , &
de autore illo , deque ſcriptis ipſius expo-
ſita , necnon explicata aliqua. Witeber-
gæ. 1565. in-8o.

103. *Narrationes duæ facinorum atro-*
cium ſuperioribus annis in Italiæ civitati-
bus duabus diverſo tempore attentatorum,
cognitione digniſſimæ , opera Joach. Ca-
merarii primum Typis expreſſæ. Lipſiæ.
1563. in-8°.

104. *Vita Philippi Me'ancthonis ,*
in qua conſpicere licet Hiſtoriam primæ
Reformationis Eccleſiæ , multaſque alias
res memorabiles , ſcituque digniſſimas.
Lipſiæ. 1566. & 1592. in-8°. It. *Hagæ*
Comitum. 1655. in-12. It. avec les
vies de *George Anhaltinus* & d'*Eoba-*
nus , par les ſoins de *Frederic-Benoiſt*

J. CAME- *Carpzovius. Lipsiæ.* 1696. *in*-8°. On
RARIUS. a inseré au N°. 3226. de la premiere
partie de la Bibliotheque de *Schrader*
imprimée à *Dresde* en 1710. *in*-8°.
d'assez bonnes remarques sur cette
vie.

105. *Historiæ Jesu-Christi, filii Dei,
nati in terris matre santissima semper
Virgine Maria, summatim relata expositio, itemque eorum quæ de Apostolis
Jesu - Christi singulatim commemorari
posse recte & utiliter visa sunt. Lipsiæ.*
1566. *in*-8°.

106. *Capita ad disputandum proposita, consuetudine Academiæ Lipsicæ in
schola Philosophica. Lipsiæ.* 1567. *in*-8°.

107. *De Natura & effectionibus Dæ-
monum libelli duo Plutarchi, de defectu
Oraculorum ex Versione Adriani Tur-
nebi cum ejus notis, & de figura* EI, *con-
secrata Delphis ex Versione Camerarii,
cum ejus explicationibus & proœmio.
Lipsiæ.* 1568. & 1576. *in*-8°.

108. *Libellus continens Eclogas* XX.
*Græcas duas, cæteras Latinas, & alia
quædam Poematia diversis temporibus
& occasionibus composita, quæ sunt* 1°.
Votum seu preces pro pace Germanica.
2°. *Carolus, sive Vienna Austriaca A.*

1532. *obfeffa.* 3°. *Carolus five Tunete* J. CAME-
A. 1534. *Lipfiæ.* 1568. *in-8°.*

109. *Libellus novus Epiftolas & alia
monumenta doctorum Virorum fuperioris
& hujus ætatis complectens. Lipfiæ.*
1568. *in-8°.*

110. *Liber continens continuata ferie
Epiftolas Phil. Melanchtonis fcriptas
annis* 38. *ad Joach. Camerarium ; nunc
primum pio ftudio & accurata confidera-
tione hujus editus. Lipfiæ.* 1569. *in-8°.*
Ces Lettres font curieufes pour
l'hiftoire de ce temps-là.

111. *Orationes decem funebres, additis carminibus Græcis ac Latinis. Addita* XI*. *complectente lugubris mortis Ill.
Principis Elect. Saxonici Augufti filii
Alexandri mentionem. Lipfiæ.* 1569.
in-8°.

112. *Epiftola ad Ifaiam Cæpolitam.*
Cette Lettre qui eft de l'année 1569.
fe voit à la fin du 5ᵉ. livre de la pa-
raphrafe des Pfeaumes d'*Erafme Ru-
dinger* imprimée à *Gorlitz* en 1580.
in-8°. Elle roule fur l'ordre dans lequel les Pfeaumes doivent être pla-
cés.

113. *Aphthonii libellus Progymnaf-
matum in Latinum fermonem converfus;*

J. CAME-
RARIUS.

*Græco scripto , & exemplis compluri-
bus additis. Lipsiæ.* 1570. *in*-8°.

114. *Proposita annis compluribus
Academiæ Lipsicæ, antiqua consuetudine , diebus præcipue festis , quibus solem-
nes conventus Ecclesiastici aguntur, nunc
conveniente serie, & uno libello ad lectionem commodiorem comprehensa, Lipsiæ.* 1570. *in*-8°.

115. *Libellus Plutarchi de virtute
morali , quo exponitur summa doctrina
illius : Itemque adjunctorum scriptorum
Græce editorum interpretatio Latina ;
una cum explicatione præcipuorum locorum , & rerum necessariarum enarratio-
ne , autore Joach. Camerario. Lipsiæ.*
1571. *in*-8°.

116. *Liber Gnomologicus , bonarum
utiliumque sententiarum generalem ex-
positionem Græcam Latinamque continens. Lipsiæ.* 1571. *in*-80.

117. *Aliquot Epistolæ M. Antonii
Flaminii de veritate Doctrinæ & sancti-
tate Religionis , ex Italico in Latinum
sermonem conversæ , necnon narrationes
de Flaminio & aliis quibusdam. Norimbergæ.* 1571. *in*-80.

118. *V. Cl. Georgio Fabricio Chem-
nicensi Epitaphia scripta à V. Cl. Joach.
Camerario ,*

Camerario, Paulo Dolſcio, Adamo Si- J. CAME-
bero, & aliis. Lipſiæ. 1571. *in-4°.* RARIUS.

119. *Notatio figurarum ſermonis in libris quatuor Evangeliorum, & indicata verborum ſignificatio, & orationis ſententia, ad illorum ſcriptorum intelligentiam certiorem, ſtudio Joach. Camerarii. Lipſiæ.* 1552. *in-8°.* It. *Cum locuplete Indice rerum & verborum. Lipſiæ.* 1572. *in-4°.*

120. *Notatio figurarum Orationis & mutatæ ſimplicis elocutionis in Apoſtolicis ſcriptis ad perſpiciendam de intellecto ſermone ſententiam Autorum. Lipſiæ.* 1556. *in-8°.* It. *Acceſſere in librum Actuum & Apacalypſis ſimiles notationes. Lipſiæ.* 1572. *in-4°.* Ces deux Ouvrages ont été réimprimés enſemble ſous ce titre : *Commentarius in novum fœdus elaboratus ſtudio Joach. Camerarii, nunc denuo plurimum illuſtratus & locupletatus. Cantabrigiæ.* 1642. *in-fol.* avec le Commentaire de *Theodore de Beze* ſur le Nouveau Teſtament. It. ſous cet autre titre : *Exegeſis Novi Teſtamenti. Francofurti* 1712. *in-4°. Camerarius* explique dans ce Commentaire à la lettre & ſelon le ſens Grammatical les paroles de ſon texte, ſans ſe

Tome XIX. K

J. CAME-jetter à l'exemple des autres Protes-
RARIUS. tans de son temps, dans la Théologie,
& dans des disputes inutiles. L'étude
qu'il avoit fait des Auteurs Grecs,
tant profanes qu'Ecclesiastiques,
lui a été utile pour cela ; il auroit été
cependant plus exact, s'il avoit eu
quelque connoissance de la Langue
Hébraïque, & s'il s'étoit appliqué à
la lecture de la version Gréque des
Septante, qui lui auroit mieux appris
le stile des Evangelistes, & des Apô-
tres, que ces Poëtes, ces Philosophes,
& ces autres Ecrivains Grecs, qu'il
cite. Au reste il est fort moderé, &
bien éloigné de l'humeur de ces Critiques hardis, qui n'ignorent rien,
il ne se fait point une peine d'avoüer
qu'il n'entend point certaines choses.
(*Simon Commentat. du N. Testament.*
P. 703.)

121. *Xenophontis Atheniensis de Cyri
Regis Persarum vita atque disciplina libri octo, necnon alia quædam ejusdem
Autoris scripta, in sermonem Latinum
conversa, explicationibus alicubi additis. Paris. 1572. in-8°.*

122. *Commentatiuncula, non esse ex
Eventis de Conciliis actionibusque ho-*

minum judicandum ; de Exordio verſus J. CAME-
Ovidiani : Exitus acta probat. *Addi-* RARIUS.
tur Scholium de Congiario. Edente ob
patris valetudinem Ludovico Camerario
filio. Lipſiæ. 1572. *in* - 8°.

123. *Martini Lutheri Epiſtola , miſ-*
ſa ad Theologos Norimbergenſes. Cum
appendice non ſpernenda. Lipſiæ. 1572.
*in-*8°.

124. *Homiliæ , quæ ſunt ſermones ha-*
biti de iis , quæ in chriſtianis Eccleſiis le-
guntur , congregato populo diebus Domi-
nicis & feſtis , excerptæ ex ſcripturis E-
vangelicis , autore Joach. Camerario ;
Græce & Latine. Lipſiæ. 1573. *in-*4°.

125. *Pſalmi ſeptem , qui Pœnitentiæ*
titulo celebrantur , tranſlati in Latinos
verſus Iambicos dimetros , autore non
nominato. Quibus & Threnorum Jere-
miæ Prophetæ , & Pſalmorum quoque a-
liquot carmina adjuncta ſunt , compoſita
à Joach. Camerario. Lipſiæ. 1573. *in-*8°.

126. *Ornatiſſimi cujuſdam Viri de re-*
bus Gallicis ad Staniſlaum Elvidium
Epiſtola ; & ad hanc de iiſdem rebus
Gallicis reſponſio à Joach. Camerario.
Lipſiæ. 1573. *in-*4°.

127. *Phile verſus Jambici de Anima-*
lium proprietate , cum auctuario Joach.

J. CAME-
RARIUS.
Camerarii, exposita nunc primum eodem metro versuum Latinorum à Gregorio Bersmanno Annæbergensi. Lipsiæ. 1575. in-4°. It. Ibid. 1596. in-80. Les prétenduës corrections que *Camerarius* a faites à ce Poëme Grec, loin de perfectionner son texte, y ont fait un tort considerable; parce que ce Critique sans songer aux privileges, où aux licences de la Poësie Politique,* telle qu'est celle de cet Ouvrage, a pris dans le Grec de *Philé* pour des fautes, tout ce qui dérogeoit à la régularité du vers Iambe; & sur ce pied là s'est cru en droit de changer à discretion, ou de déranger les termes de son Auteur, pour transformer ses vers Politiques en Iambes.

128. *Commentarius de generibus Di-*

_____

* Les Vers politiques font ceux dans lesquels on se contente de faire entrer douze syllables, sans aucun égard pour la longueur ou la brieveté de ces syllables, à l'exception que les deux dernieres de chaque Vers doivent être une breve, & une longue; & c'est pour cela seul que cette espece de Poësie passe, quoiqu'abusivement, pour Iambique.

vinationum ac Græcis Latiniſque earum J. CAME-
vocabulis , autore Joach. Camerario RARIUS.
editus ab ejuſdem filio Ludovico , ſub-
junctis Gregorii Berſmanni in funus Ca-
merarii Epicediis. Lipſia. 1576. in-8°.

129. *Meditatio in adverſis , cum con-*
ſolatione Philoſophica Jacobi Sadoleti ,
& Joannis Sambuci & Joachimi Ca-
merarii filii Epiſtolis & Carminibus
ejuſdem argumenti. Francofurti. 1577.
in-8°.

130. *Ethicorum Ariſtotelis explicatio*
Joach. Camerarii , ejus poſt obitum à fi-
liis in lucem edita. Francofurti. 1578.
in-4°.

131. *Politicorum & Oeconomicorum*
Ariſtotelis & Xenophontis Converſio ac
Interpretatio. Francofurti. 1580. in-8°.

132. *Epiſtolarum Familiarium libri*
VI. à filiis editi. Francofurti. 1583. in-
8°. Ces Lettres ſont écrites avec beaucoup de politeſſe , & l'on y peut apprendre bien des choſes curieuſes ſur
l'hiſtoire litteraire de ſon temps.

133. *Opuſcula Moralia à filio Joa-*
chimo Camerario , Medico Norimber-
genſi edita ; in quibus Syneſius de Regno
ad Arcadium , ex verſione Camerarii
Patris , Plutarchi præcepta gerenda Rei-

J. CAME- *publicæ ex Xylandri versione ; Camera-*
RARIUS. *rii Patris præcepta de officio Principis,*
Latino sermone prosario ; Ejusdem Pa-
ræneses scriptæ sermone familiari ad præ-
cipua familiæ adolescentem : Epistolæ duæ
ad Ludovicum Huttenum. Gnomæ, ver-
sibus Latinis senariis. Francofurti.
1583. in-8o.

134. Parmi les Epitaphes des Comtes d'*Ortenbourg* publiés en 1589. à
*Nuremberg in-*4°. il y en a quelques-
unes de *Camerarius.*

135. *Animadversiones ad librum pri-*
mum Lucani. Dans l'Edition de ce
Poëte donnée par *Grégoire Bersman* à
Leipsic en 1589. *in-*12.

136. *Onosander de re Militari ex*
Græco versus. Norimbergæ. 1595. *in-*8°.

137. *Decuriæ XXI. Problematum de*
Natura, moribus, sermone, Græce &
Latine. Apud Hieron. Commelinum.
1595. *in-*8°. It. dans le 4e. tome du
Thesaurus Criticus Gruteri.

138. *Epistolarum ad diversos volu-*
men secundum, libros quinque posterio-
res complectens. Francofurti. 1595.
*in-*8°.

139. *Appendix Problematum Joach.*
Camerarii, varias & diversas quæstio-

nes morales , naturales , Mathematicas, J. CAME-
Poeticas , & Mythologicas comple- RARIUS.
Etens. Apud Commelinum. 1596. *in-*8°.

140. *Regionum quarumdam & Na-
tionum proprietates : Recensente Joach.
Camerario* dans le livre de *Nathan:
Chytræus* intitulé : *Variorum in Europa
itinerum Deliciæ.* 1596. *in-*8°.

141. *De diffidio in Religione , & collatione veterum rituum cum recentioni-
bus. Basileæ.* 1598. *in-*8°. Sans nom
d'Auteur. *Camerarius* composa cet
Ecrit en 1549.

142. *De rebus Turcicis Commentarii
duo Joach: Camerarii , à filiis nunc primum collecti ac editi. Accessere & alia
nonnulla, Francofurti.* 1598. *in-fol.*

143. *De Clade, Anno* 1526. *accepta
in Pannonia ad Morgacium, & de Ludovici Regis interitu. Francofurti.* 1603.
*in-*8°.

144. *Oratio sive Concilium de bello
Turcis inferendo. Isleb.* 1604. *in-*8°.

145. *Definitiones Capitum Doctrinæ
Christianæ. Lipsiæ.* 1605. *in-*8°.

146. *Historica Narratio de fratrum
Orthodoxorum Ecclesiis in Bohemia.,
Moravia, & Polonia, nunc primum edita
ex Bibliotheca Ludovici Camerarii* J.

J. CAME-
RARIUS.

C. *Accesserunt & alia quædam. Heidelbergæ. 1605. in-8o. It. Francofurti. 1625. in-8°.* Cet Ouvrage est très-curieux.

147. *Annotationes quædam in Julii Cæsaris lib. 2. & 4. de bello Gallico, & 3 de bello Civili.* Inserées par *Godefroy Jungerman* dans l'édition de *Cesar*, qu'il a donnée à *Francfort* en 1606. *in-4°*.

148. *Joach. Camerarii de quinque Grammaticis singularum dictionum affectionibus præceptio.* Avec la *Batrachomyomachie* & les remarques de *Leonard Lycius. Lipsiæ. 1607. in-8°.*

149. *Dialogi Græco-Latini. Lipsiæ. 1607. in-8°.*

150. Il a mis en vers Latins les relations de plusieurs de ses voyages, & on les trouve dans l'*Hodæporicon Nic. Reusneri. Basileæ. 1580. in-8°.* En voici les titres : *Iter Nemetum An. 1529.* p. 477. *Iter Hyemale. An. 1557.* p. 480. *Plumbaria. An. 1540.* p. 520. *Metallaria. An. 1524.* p. 538. *Hodæporica Saxonica. An. 1538.* p. 544. *Hodæporica Turingica. An. 1526.* p. 552.

V. *Melchior Adam Vita Philosoph. Freheri.*

Freheri Theatrum virorum Doctorum.
Gefneri Bibliotheca. Les Eloges de M.
de Thou, & les additions de Teiſſier. Jo.
Alb. Fabricii Bibliotheca Græca tom.
13. p. 493.

FRANÇOIS DE LA MOTHE
LE VAYER.

FRANÇOIS *de la Mothe le*
Vayer, naquit à *Paris* l'an 1588.
d'une famille originaire *du Mans*
qui a donné, & qui donne encore
aujourd'hui d'excellens ſujets à la
Robbe.

Il prit dans ſa jeuneſſe le même
parti, & fut long-temps Subſtitut de
M. le Procureur General du Parlement, Charge qu'il avoit heritée de
ſon pere, *Felix de la Mothe le Vayer*,
dont on voit l'Eloge dans la *Biblio-*
theque de la Croix du Maine p. 84. &
qui a publié un Traité Latin de l'Ambaſſade, qui a été imprimé à *Paris*
en 1579.

Mais l'amour qu'il avoit pour les
Lettres l'engagea à s'en défaire, pour
n'avoir plus à s'occuper que de l'étu-

Tome XIX. L

F. DE LA de & de la composition de ses Ou-
M. LE   vrages.
VAYER.   Son mérite & sa réputation lui procurerent en 1639. une entrée à l'Academie Françoise où il fut reçu le 14
Février à la place de M. *de Meziriac.*
    » Quand il fut question de don-
» ner un Precepteur au Roy *Loüis*
» *XIV.* dit *Naudé,* (*a*) on jetta pre-
» mierement les yeux sur M. de *la*
» *Mothe le Vayer,* comme sur celui
» que le Cardinal de *Richelieu* avoit
» destiné à cette charge, tant à cause
» du beau Livre qu'il avoit fait sur
» l'éducation de M. le Dauphin,
» qu'eu égard à la réputation qu'il
» s'étoit acquise par beaucoup d'au-
» tres compositions Françoises, d'ê-
» tre le *Plutarque de la France.* Mais
» la Reine ayant pris la résolution de
» ne donner cet emploi à aucun hom-
» me, qui fût marié, il fallut par ne-
» cessité songer à un autre.
    Cet obstacle lui ayant fait manquer
en 1644. la premiere place, qui puisse
être confiée à un homme de Lettres;
il eut en 1647. la seconde, c'est-à-dire, celle de Precepteur de *Philippe,*
    (*a*) Mascurat. p. 375.

alors Duc d'Anjou, & depuis Duc
d'Orleans, frere du Roy.

Il ne laiſſa pas, ſans qu'on en ſça-
che la raiſon, de faire auſſi la fonction
de Précepteur auprès du Roy, pendant un an, comme le dit M. *Peliſſon*,
& peut-être même davantage. *Pierre
de S. Romuald*, nous apprend que
cette fonction commença au mois de
May 1652. & qu'elle lui fut donnée
ſans aucune ſollicitation ni de ſa part,
ni de celle de ſes amis, mais par le
propre choix de la Reine Mere.

Toutes ces particularités font voir
que ceux qui ont prétendu que *la
Mothe le Vayer* avoit été exclus du
poſte de Précepteur du Roy, à cauſe
du libertinage qui regne dans les Dialogues d'*Oraſius Tubero*, ſe ſont trompés, & n'ont parlé que par conjecture.

La Mothe le Vayer eut les titres
d'Hiſtoriographe de France, & de
Conſeiller d'Etat; mais on ne ſçait
quand ils lui furent donnés.

De ſa premiere femme qu'il perdit
de bonne heure, il eut un fils unique, qui mourut en 1664. âgé de 35.
ans. Le chagrin que lui cauſa cette
mort, lui fit naître la penſée de ſe re-

L ij

F. DE LA
M.
VAYER.

LE tion auprès d'une nouvelle épouse.

manier, pour trouver de la consola-

Ainsi quoiqu'il eût déclamé plusieurs fois dans ses ouvrages contre le
Mariage, dont il disoit connoître les
incommodités aussi-bien qu'aucun
autre, il s'y engagea de nouveau a-
près un long veuvage à l'âge de 76.
ans, en épousant le 30 Décembre
1664. la fille de M. de *la Haye*, autrefois Ambassadeur à *Constantinople*,
qui avoit alors quarante ans. Ces circonstances que nous trouvons dans
une Lettre de *Gui Patin*, datée de ce
même jour, démentent ceux qui
veulent qu'il ait eu alors 78, ou même
80. ans. *Patin* qui lui en donnoit 78
ne sçavoit pas la vraye date de sa
naissance.

Il vécut encore quelques années
depuis ce second Mariage, & mourut
en 1672. âgé de 84 ans.

C'étoit un homme d'une conversa-
tion très-agréable, fournissant infiniment sur quelque matiere que ce
fût; un peu contredisant, à la verité,
mais nullement opiniâtre ni entêté,
parce que toutes les opinions lui
étoient indifferentes.

Si l'on examine le grand nombre F. DE LA
& la qualité des Ouvrages, qu'il a M. LE
mis au jour, on ne croira pas qu'il VAYER.
ait pû avoir d'autre occupation dans
tout le cours de fa vie. Il a tout embraffé dans fes Ecrits, l'ancien, le
moderne, le facré, le profane, mais
fans confufion. Il avoit beaucoup lû,
retenu tout, & fait ufage de tout. Si
quelquefois il ne tire pas affez de lui-
même, pour fe faire regarder comme
Auteur original, du moins il en tire
toûjours affés, pour ne pouvoir être
traité de copifte & de compilateur;
& fa mémoire, quoiqu'elle brille par
tout, n'efface jamais fon efprit. Son
ftile n'eft ni poli, ni châtié; mais fi
tous fes Confreres dans l'Academie
écrivoient plus élégamment que lui,
il avoit plus d'érudition & de lecture
que la plûpart d'entr'eux.

La doctrine répanduë dans fes E-
crits paroît tendre au Pyrrhonifme;
ce qui l'a fait foupçonner d'irreligion.
Il faut cependant lui rendre cette juf-
tice, qu'il prend toute forte de pré-
cautions, & dans une infinité d'endroits, pour faire fentir qu'il ne côn-
fond nullement, & qu'on ne doit

F. DE LA
M. LE
VAYER.

nullement confondre la nature des connoiſſances humaines, dont il nie l'évidence, avec la nature des veritès révélées, dont il reconnoît la certitude.

Les obſcenités qu'il a répandues dans les Dialogues d'*Oraſius Tubero*, & dans la 3e. & la 4e. journée de l'*Hexameron Ruſtique*, ne doivent point prevenir contre ſes mœurs. Sa conduite étoit-très réglée, & aſſez ſemblable à celle des anciens Philoſophes. La paſſion qu'il avoit pour la retraite & la lecture lui faiſoit mépriſer tous les plaiſirs, même les plus permis. Son indifference en ce genre le faiſoit même paſſer pour un bourru & un Miſantrope.

» Sa phyſionomie & ſa maniere de
» s'habiller, dit *Vigneul-Marville*, (a)
» faiſoient juger à quiconque le voïoit,
» que c'étoit un homme extraordinai-
» re. Il marchoit toûjours la tête le-
» vée, & les yeux attachés aux enſei-
» gnes des ruës par où il paſſoit. A-
» vant que l'on m'apprît qui il étoit,
» je le prenois pour un Aſtrologue &
» pour un chercheur de ſecrets, &

(a) Mélanges Tom. 2. p. 310.

» de pierre philoſophale.

Le *Chevreana* (*a*) me fournit un
fait, qui doit trouver ici ſa place. «
» Les Relations des Pays éloignés,
» dit M. *Chevreau*, étoient le diver-
» tiſſement & le charme de M. de *la*
» *Mothe le Vayer*. Comme il avoit la
» mort ſur les levres, M. *Beraier* ſon
» bon ami le fut voir. Il ne l'eut pas
» plûtôt reconnu, qu'il lui demanda:
» *Eh bien! quelles nouvelles avez-vous*
» *du grand Mogol?* Ce furent preſque
» ſes dernieres paroles, & il rendit
» peu après l'eſprit.

F. DE LA
M. LE
VAYER.

Catalogue de ſes Ouvrages.

I. *Diſcours de la contrarieté des humeurs, qui ſe trouvent entre certaines
Nations, & ſingulierement entre la
Françoiſe & l'Eſpagnole: avec deux
diſcours Politiques; l'un ſur la bataille
du Lutzen, & l'autre ſur la propoſition
de Treve aux Pays-Bas en* 1633. *Paris*
1636. *in*-8°. It. *Paris.* 1647. *in*-8°.
It. *Ibid.* 1653. *in*-12. On voit par la
date de la premiere édition de cet
Ouvrage, que *la Mothe le Vayer* ne
s'étoit pas preſſé de ſe produire en
qualité d'Auteur, puiſqu'il avoit a-

(*a*) Tom. 1. p. 100,

L iiij

F. DE LY
M LE
VAYER.

lors 48 ans. Il a donné son Discours de la contrarieté des humeurs, comme une piece traduite de l'Italien de *Fabricio Campolini*, Veronois ; mais il en est le veritable Auteur, & *Campolini* est un personnage imaginaire. Il faut avoüer cependant qu'il a pris beaucoup de choses dans un Ouvrage Espagnol de *Charles Garcia*, imprimé à *Roüen* en 1628. *in*-12. sous le titre d'*Antipatia de los Franceses, y Españoles.*

2. *Petit discours Chrétien de l'immortalité de l'ame, avec le Corollaire, & un Discours Sceptique sur la Musique. Paris* 1637. *in*-8°. It. *Paris* 1640. *in*-8°. It. *Ibid.* 1647. *in*-8°.

3. *Considerations sur l'Eloquence Françoise de ce temps. Paris* 1638. *in*-8°. It. *Paris* 1647. *in*-8°.

4°. *Discours de l'Histoire. Paris* 1638. *in*-8°. & *Paris* 1647. *in*-8°.

5. *De l'Instruction de M. le Dauphin. Paris* 1640. *in*-4°.

6. *De la vertu des Payens. Paris.* 1642. *in*-4°. It. 2ᵉ. *Edition augmentée des preuves des Citations. Paris.* 1647. *in*-12.

7. *De la liberté & de la servitude. Paris* 1643. *in*-12.

8. *Opufcules, ou petits Traités, en* F. DE LA
quatres parties, dont chacune con- M. LE
tient fept Traités. *Paris in-8°.* Tom. VAYER.
1. 1643. Tom. 2ᵉ. & 3ᵉ. 1644. Tom.
4ᵉ. 1647.

9. *Opufcule, ou petit Traité Sceptique, fur cette commune façon de parler:*
N'avoir pas le fens commun. *Paris
1646. in-12.*

10. *Jugement fur les anciens & principaux Hiftoriens Grecs & Latins. Paris* 1646. *in-4°.*

11. *Lettres touchant les Nouvelles
Remarques (de Vaugelas) fur la Langue Françoife. Paris* 1647. *in-8°.* Lorfque M. de *Vaugelas* eut publié fes
Remarques fur la Langue Françoife,
la Mothe-le-Vayer ne put s'empêcher
de publier ces Lettres, où il fe plaint
fortement de la contrainte & des en-
traves qu'il donne au ftile de tous les
Ecrivains par fes remarques, qu'il
prétend être la plûpart ou fauffes, ou
inutiles. Il ne pouvoit fouffrir qu'un
nouveau venu lui fît des leçons, &
lui donnât des fcrupules fur une infinité de mots & de phrafes, dont il
fe fervoit hardiment, de même que la
plûpart des meilleurs Ecrivains de

F. DE LA   son temps. Il ne laissa pas cependant
M. LE   de profiter de l'Ouvrage de *Vaugelas*,
VAYER.   si l'on s'en rapporte à ce qui est dit
dans le *Menagiana (a)* que quand on
y prend garde on trouve une très-
grande difference pour le François
dans les Ouvrages de M. *la Mothe-le-
Vayer*, qui ont paru avant les Remarques de *Vaugelas*, & ceux qu'il
fit imprimer après.

12. *Petits Traités en forme de Lettres
écrites à diverses personnes studieuses.*
Paris 1647. *in-4°.*

12. *La Geographie du Prince. Paris*
1651. *in-8°.*

14. *La Rhetorique du Prince. Paris*
1651. *in-8°.* On y trouve, selon M.
Gibert, (*b*) des idées assés justes de
la Rhétorique, & de ses parties.

15. *La Morale du Prince. Paris*
1651. *in-8°.*

16. *L'Oeconomique du Prince. Paris*
1653. *in-8°.*

17. *La Politique du Prince. Paris*
1654. *in-8°.*

18. *La Logique du Prince. Paris*
1655. *in-8°.*

(*a*) Tom. 3. p. 392.
(*b*) *Jugem. des Sçavans*, tom. 3. p. 927.

19. *En quoi la pieté des François* F. DE LA
differe de celle des Espagnols dans une M. LE
profession de même Religion. Paris 1657. VVYER.
in-12.

20. *La Physique du Prince. Paris*
1658. *in-8º.*

21. *Nouveaux Traités en forme de
Lettres. Paris* 1659. *in-8º.*

22. *Derniers petits Traités en forme
de Lettres. Paris* 1660. *in-8º.*

23. *Prose chagrine. Paris* 1661.
in-12. 3 *Vol.*

24. *La Promenade : Dialogue entre
Tubertus Ocella, & Marcus Bibulus.*
4 *Vol. in-12.* Le 1ᵉ. en 1662. & les
trois autres en 1663.

25. *Homelies Academiques. Paris*
trois *Vol. in-12.* Le 1ᵉ. en 1654. Le
2ᵉ. en 1663. & le 3ᵉ. en 1666.

26. *Problêmes Sceptiques. Paris*
1666. *in-12.*

27. *Doubte Sceptique : Si l'étude des
Belles Lettres est préferable à toute autre
occupation.*

28. *Observations diverses sur la composition & sur la lecture des livres. Paris* 1668. *in-12.*

29. *Deux Discours, le premier, du
peu de certitude qu'il y a dans l'histoire*

F. DE LA
M. LE
VAYER.

le second, de la connoissance de soi-même. Paris 1668. in-12. La Mothe le Vayer étoit fort propre à traiter la matiere contenuë dans le premier Discours; mais il ne paroît pas qu'il soit entré dans un assez grand détail.

30. *Discours pour montrer que les doutes de la Philosophie Sceptique, sont de grand usage dans les Sciences. Paris 1669. in-12.*

31. *Mémorial de quelques conferences entre des personnes studieuses.* Paris 1669. in-12.

32. *Introduction Chronologique à l'Histoire de France. Paris 1670. in-12.* Il écrivoit, dit l'Abbé *Lenglet*, d'une maniere un peu trop languissante pour donner un bon précis d'histoire.

33. *Soliloques Sceptiques.* Paris, 1670. in-12. Tous ces Ouvrages sont peu lûs & peu recherchés maintenant, non-pas qu'il n'y ait de bonnes choses, & qu'on ne puisse les lire utilement; mais parce qu'ils ont perdu la grace de la nouveauté, & que le goût qui regnoit alors est changé.

34. *Hexameron Rustique, ou les six Journées passées à la Campagne, entre*

des perſonnes ſtudieuſes. *Páris* 1670. in-12. *It. Cologne* 1671. *in-*12. *It.* M. *Amſterdam* 1698. *in-*12. Les ſix per- ſonnes qui parlent dans cet Ouvrage ſont. 1°. *Marulle*, nom qui déſigne par alluſion l'Abbé *de Marolles.* 2°. *Simonide*, qui eſt l'Abbé *le Camus*, τιμός, dont *Simonide* eſt dérivé, ſignifiant *Camus.* 3°. *Egiſthe*, c'eſt-à- dire *Chevreau*, du mot Grec ἀγίστος. 4°. *Racemius*, qui eſt *Bautru*, du mot βότρυς. 5°. *Menalque*, ou *Menage*, qui s'eſt lui-même ainſi nommé dans ſes Poëſies, par alluſion à ſon nom. 6°. *Tuberius-Ocella*, qui eſt *la Mothe le Vayer*; *Tuber* ſignifie une éminen- ce, Synonyme de *Motte*, & *Ocella* vient d'*Ocellus*, diminutif d'*Oculus*, Oeil, inſtrument de la Vue : Or le nom originaire de la famille de *la Mothe le Vayer* étoit *le Voyer*, comme nous l'aprenons de *la Croix du Maine.* *Menage* s'eſt plaint que *la Mothe le Vayer* l'eût fait parler dans cet Ou- vrage contre M. *Balzac*, qui étoit ſon ami particulier.

35. *Neuf Dialogues faits à l'imitation des anciens, par Oraſius Tubero. Franc- fort* 1606. *in-*4°. 2. *tom.* La date de

F. DE LA cet Ouvrage est suposée, de même
M. LE que le lieu de l'impression. It. *Mons*
VAYER. 1671. *in*-12. 2. *tom.* It. *Liege* 1673. *in*-
12. 2. *tom.* Il est à remarquer qu'on a
retranché dans l'édition *in*-12. plusieurs endroits trop libres, qui se
trouvent dans l'édition *in* 4°. ce qui
fait rechercher celle-ci préferablement à l'autre ; mais on les a rétablis
dans une nouvelle, beaucoup plus
belle que les précedentes, faite à
Trévoux, sous le titre de *Francfort* en
1716. en 2. Vol. *in*-12. Les sujets des
neuf Dialogues sont, 1°. De la Philosophie Sceptique. 2°. Le Banquet
Sceptique. 3°. De la vie privée. 4°.
Des rares & éminentes qualités des
Asnes de ce temps. 5°. De la Divinité. 6°. De l'ignorance loüable. 7°. De
l'opiniâtreté. 8°. De la Politique. 9°.
Du Mariage. *La Mothe-le-Vayer* s'y
est donné le Nom d'*Orasius Tubero*
d'O'*paris*, la Vuë, & de *Tubere*
Motte.

36. Son fils rassembla en 1653. les
Ouvrages qu'il avoit faits jusques-là,
& les publia ensemble à *Paris in-fol.*
Cette premiere édition fut suivie d'u-
ne autre, augmentée de quelques

Ouvrages, qui parut à *Paris* en 1656. en deux Vol. *in-fol.* Il s'en fit depuis une troiſiéme plus ample & plus exacte, *Paris* 1662. *in-fol.* 3. *Vol.* Toutes ces éditions furent effacées par une quatriéme, qui parut après la mort de l'Auteur, & dans laquelle on fit entrer tous ſes ouvrages, à l'exception de l'*Hexameron Ruſtique*, & des *Dialogues d'Oraſius Tubero.* Elle eſt de l'an 1684. *Paris in-*12. 15. Volumes.

Après avoir parlé des Ouvrages du pere, il eſt bon de dire quelque choſe de ceux du fils, l'Abbé *le Vayer*, qui étant né avec d'heureuſes diſpoſitions pour les Sciences, & ayant été élevé avec ſoin, tenoit déja un rang diſtingué dans la République des Lettres, lorſqu'il mourut à la fleur de ſon âge, comme je l'ai dit ci-deſſus. C'eſt à lui que *Deſpreaux* a adreſſé ſa 4ᵉ. Satyre.

Epitome de l'Hiſtoire Romaine, depuis la fondation de Rome, juſqu'à l'an 760. *par L. Ann. Flórus,* mis en François ſur les traductions de Monſieur frere Unique du Roy; avec une Table Chronologique, & des Remarques, par *François de la Mothe-le-Vayer. Paris* 1656. *in-*8º. La Traduction attribuée

P. DE LA M. LE VAYER.

F. DE LA
M.   LE
VAYER.

à Monfieur, eft vrai-femblablement de l'Abbé *le Vayer* ; les Remarques qui y font jointes font fçavantes & curieufes, & *Coeffeteau* y eft fort critiqué.

Le Parafite Mormon, Hiftoire Comique. Paris 1650. *in*-8°. It. dans le Recueil de pieces compofées contre *Montmaur* donné en 1715. par M. *de Sallengre. Tom.* 2. p. 172. Cet Ouvrage eft de l'Abbé *le Vayer.* Il eft un peu trop badin.

On lui a attribué un Roman, intitulé : *Tarfis & Zelie. Paris* 1659. *in*-12. 6. *Vol.* Mais il n'eft point de lui ; il eft d'un de fes coufins, nommé *François le Vayer de Boutigny*, Maître des Requêtes, mort en 1688.

V. Les *Eloges de M. Perrault tom.* 2. *L'Hiftoire de l'Académie Françoife par M. Peliffon, & par M. l'Abbé d'Olivet. Bayle Dictionnaire.*

PIERRE

PIERRE GUILLEBAUD.

P *IERRE Guillebaud*, plus con-nu sous le nom de *Pierre de S. Ro-* P. GUIL-
muald, qu'on lui donna, lorsqu'il en- LEBAUD.
tra dans l'Ordre des Feüillans, naquit
à *Angoulesme* le 21. Février 1585. de
Jean Guillebauld, & de *Jeanne Mas-*
son. Il n'avoit encore que quatorze
mois, lorsqu'il perdit sa mere, qui
mourut le 15. Avril 1587. à l'âge de
22. ans. Pour ce qui est de son pere,
il vêcut jusqu'en 1621. qu'il mourut
âgé d'environ 53. ans. C'est ce que
nous apprenons par les titres des Epitaphes Latines qu'il leur composa
dans la suite, & qui en faisant connoître son bon cœur & sa tendresse
à leur égard, nous découvre le peu
de talent qu'il avoit pour la Poësie.

Il embrassa de bonne heure l'état
Ecclesiastique, & fut quelques années Chanoine d'*Angoulesme* ; mais
l'amour de la solitude lui fit abandonner ce Benefice, pour entrer dans
l'Ordre des Feüillans. Il en prit l'Habit à *Paris* le 9 Février 1615. & fit

Tome XIX. M

P. GUIL-Profession le 14. du même mois de
LEBAUD. l'année fuivante.

Depuis ce temps-là il fe livra entierement à l'étude , qui faifoit toutes fes délices ; & renonçant à toutes
les charges , il fit de la lecture fa
principale occupation. Ses Ouvrages
font connoître qu'il avoit beaucoup
lû , mais il lui manquoit un efprit de
critique , pour difcerner le vrai d'a-
vec le faux ; ce qui fait qu'on y voit
un mélange de bon & de mauvais, ramaffé fans choix de côté & d'autre.
Outre cela l'éloignement du monde
où il vivoit , lui avoit communiqué
certaines manieres monachales , qui
fe font fentir fans peine dans toutes
fes reflexions , & qui ont fouvent
leur influence fur les faits qu'il rapporte. Ce qu'il y a de meilleur & de
plus utile dans ce qu'il a fait , c'eft
qu'on y trouve des dates & des particularités fur des chofes arrivées de
fon temps , qu'on ne trouve point
ailleurs.

Il mourut à Paris le 29. Mars 1667.
âgé de 81. ans.

Catalogue de fes Ouvrages.

1°. *Hortus Epitaphiorum Selectorum*

ou *Jardin d'Epitaphes choiſis , où ſe* P. GUIL-
voyent les fleurs de pluſieurs Vers fune- LEBAUD.
*bres , tant anciens que nouveaux , tirés
des plus fleuriſſantes Villes de l'Europe.
Le tout diviſé en deux parties. Paris.
1648. in-12.* It. *Paris. 1666. in-12.*
La premiere partie de ce Recueil ,
qui eſt aſſez curieux , contient les
Epitaphes Latines , & la ſeconde les
Françoiſes ; on en voit dans l'une &
dans l'autre de la façon de nôtre Auteur , mais dont la verſification eſt
également mauvaiſe.

2. *Treſor Chronologique & Hiſtorique ,
contenant ce qui s'eſt paſſé de plus remarquable & curieux dans l'Etat , tant Civil qu'Eccleſiaſtique depuis le commencement du monde juſqu'à l'an* 1647.
Paris in-fol. 3. *Vol.* Le 1r. en 1642.
Le 2e. en 1646. & le 3e. en 1647.
Charles Joſeph Moroti , dans ſa Bibliotheque des Auteurs Feuillans , s'eſt
imaginé mal à propos , qu'il y avoit
eu ces trois années trois éditions differentes du Treſor Chronologique.
It. *Seconde édition revûë & augmentée.
Paris* 1658. *in-fol.*

3. *Abregé du Treſor Chronologique
& Hiſtorique , depuis la création du*

M ij

P. GUIL-
LEBAUD. *monde , jusqu'à l'an 1647. Paris 1660.
in-12. 3. Vol. C'est Dom Pierre de S.
Romuald* qui a fait lui-même cet
Abregé. Il n'est pas plus lû , ni plus
estimé que son *Tresor.*

4°. *Ephemerides , ou Journal Chronologique & Historique pour tous les jours
de l'année , depuis le commencement des
siecles , jusqu'en 1684. Paris 1664. in-
12. 2. Vol.*

5. *Historiæ Francorum , seu Chro-
nici Ademari Engolismensis , Monachi
S. Martialis, Epitome , continens brevi-
ter eventus notatu digniores , qui in
diversis Mundi partibus contigerunt , &
præcipue in Aquitania , à Pharamundo
primo usque ad Henricum I. Idque cum
notis , nonnullisque interpollatis , quibusdam etiam additis à D. Petro à S.
Romualdo Tuliensi. Paris. 1652. in-12.*

6. *Chronicon , seu continuatio Chro-
nici Ademari Monachi Engolismensis ,
quæ complectitur præcipue res Aquitani-
cas , tam sacras quam profanas , ab
anno I. Henrici I. Francorum Regis , ad
annum nonum Ludovici XIV. id est ab
anno 1032. ad ann. 1652. Paris. 1652.
in-12.* Ces deux Ouvrages ont été
censurés par *Jean-François de Gondy*

Archevêque de *Paris.* La cenfure, qui eft du 28. Février 1633, porte » qu'ils avoient occafionné beaucoup »de plaintes, parceque le compilateur » fous ombre de continuer une vieil- » le chronique, qui jufques-là avoit » été négligée, pour ne contenir rien » de rare, mais qui eft remplie » (comme dit le continuateur mê- » me) de plufieurs erreurs en l'Hif- » toire & en la Chronologie, & de » plufieurs remarques inconfiderées, » ne faifoit rien autre chofe que l'em- » pirer par fes notes & additions, & » dans la continuation ne s'efforçoit » qu'à debiter des paradoxes, & fe- » mer des maximes dangereufes tant » à l'Eglife qu'à l'Etat ; avec une in- » finité de médifances & calomnies » contre plufieurs perfonnes illuftres » en dignité & en vertu, tant Eccle- » fiaftiques que Séculieres. « Elle a- joûte que l'Auteur ayant été mandé, n'avoit point voulu comparoître, & que les Feuillans approbateurs de fes Ouvrages avoient donné un défa- veu de leur approbation. C'eft pour cela que M. *de Gondy* condamne les deux Livres, comme » contenant

P. GUIL. LEBAUD.

P. Guil-» plusieurs erreurs en la doctrine;
lebaud. » plusieurs fausetés quant à l'Histoi-
» re, & encore étant injurieux aux
» Papes, aux Conciles Généraux,
» aux Rois, aux Reines, & à plu-
» sieurs grands Prélats, dont la mé-
» moire est recommandable pour les
» grands services qu'ils ont rendus à
» l'Eglise & à l'Etat; & de plus
» comme tendant à troubler l'ordre
» de la Hierarchie Ecclesiastique,
» & à commettre les deux puissan-
» ces spirituelle & temporelle l'une
» contre l'autre; à exciter des inimi-
» tiés & dissensions perpetuelles en-
» tre le Clergé & les Religieux,
&c. Cette censure n'eut pas cependant de lieu, car l'Auteur en ayant
appellé comme d'abus, elle fut su-
primée par Arrest du Parlement.

V. *Cistercii reflorescentis Chronologica Historia Autore D. Carolo Jose-
pho Morotio. Augustæ Taurinorum.
1690. in-fol. p. 100.* L'Auteur n'est
pas exact, & rapporte peu de dates; on en trouve davantage en differens endroits des Ouvrages de *Pierre
de S. Romuald.*

PIERRE DANES.

PIERRE *Danes,* (a) naquit à Pa- P. DANES.
ris l'an 1497. d'une famille ancienne & illuftre, & qui fubfiste encore aujourd'hui en cette Ville avec
quelque diftinction.

Il fut mis fort jeune au College de
Navarre, où il fit des progrès furprenans, principalement dans la connoiffance des trois Langues Sçavantes, la Latine, la Gréque & l'Hébraïque. *Jean Lafcaris,* & *Guillaume Bu-
dé* furent fes Maîtres, par rapport à la
Gréque, dans laquelle quelques-uns
ont prétendu qu'il les avoit furpaffé;
mais il ne nous refte rien de lui en ce
genre, qui puiffe faire connoître, fi
ce jugement eft jufte.

Quoiqu'il eût de grands talens
pour briller dans la Faculté de Théologie, il ne jugea pas cependant à
propos de fe mettre fur les Bancs,

(a) L'E, qui dans ce nom, quoiqu'il foit
ouvert, doit cependant y être fans accent,
felon l'ufage qui s'obfervoit autrefois, &
que *Pierre Danes,* & ceux de fa famille
ont toûjours gardé.

P. DANES. & de prendre le bonnet de Docteur. Il ne s'appliqua même à la Théologie, qu'autant qu'il étoit neceffaire abfolument à un hommé qui avoit embraffé l'état Eccléfiaftique. Les Belles-Lettres, qui faifoient fa paffion favorite, l'occuperent bientôt tout entier.

La réputation, qu'il s'aquit par fon habileté dans la Langue Gréque, engagea le Roy *François I.* à le nommer en 1530. premier Profeffeur du Collège Royal en cette Langue. Il répondit parfaitement aux efperances qu'on avoit conçûës de lui, & l'on vit fortir de fon école ce qu'il y eut alors de plus diftingué parmi les Sçavans, tels qu'étoient *Jacques Amyot, Jacques de Billy, Barnabé Briffon, Jean Dorat,* &c.

En 1534. *George de Selve,* Evêque de *Lavaur,* fils du célebre de *Selve,* premier Préfident du Parlement de *Paris,* fut nommé Ambaffadeur à *Venife.* Il étoit ami intime de *Pierre Danes,* à qui même il avoit obligation de la connoiffance qu'il avoit acquife de la Langue Gréque, qui n'étoit pas médiocre, puifqu'elle le mit en état de traduire en François les
Oeuvres

Oeuvres de *Plutarque. Danes*, qui a-P.DANES. voit depuis long-témps conçû le deſſein de faire un voyage en Italie, pour y viſiter les Sçavans, qui y étoient en grand nombre, crut qu'il ne pourroit trouver une occaſion plus favorable que celle-là, & réſolut d'en profiter. Pour en obtenir la permiſſion, il écrivit une Lettre Latine très-éloquente & très-ſpirituelle à l'Abbé de *S. Ambroiſe, Jacques Colin*, Lecteur du Roy, qui étoit chargé du détail du College Royal.

On ne put lui refuſer ſa demande, & quoique le College Royal en dût ſouffrir, on lui permit d'interrompre ſes leçons pour faire le voyage qu'il déſiroit, & pour aller joindre à *Veniſe George de Selve*.

Son ſéjour en Italie ne fut pas oiſif; il y viſita les Bibliotheques, & les Sçavans, travailla à corriger pluſieurs anciens Auteurs ſur la Philoſophie d'*Ariſtote*, pour laquelle il avoit un goût particulier, & compoſa même quelques Traités ſur cette matiere, mais dont aucun n'eſt parvenu juſqu'à nous.

On ne ſçait combien de temps il

Tome XIX. N

P. DANES. demeura à *Venise* ; ce qu'il y a de sûr, c'est qu'il étoit de retour à *Paris* en 1537. puisqu'il fut nommé cette année pour être un de Juges dans l'affaire de *Ramus*, dont on peut voir le détail dans l'article de ce Sçavant, *Tome* 13. *de ces Mémoires.* p. 263. *Govea*, qui l'avoit choisi, connoissoit son attachement pour la Philosophie d'*Aristote*, & *Danes* répondit parfaitement à ses vûës par le zéle avec lequel il s'employa à la condamnation de la Doctrine de *Ramus*, qui étoit opposée à celle de cet ancien Philosophe.

En 1545. Le Roy *François I.* l'envoya au Concile de *Trente*, en qualité d'Ambassadeur, avec *Claude d'Urfé*, Sénéchal de *Forêts*, & *Jean Desligneris*, Président de la troisiéme Chambre des Enquêtes. Dans les Lettres Patentes, qui sont du 1er. Avril, *François I.* loüe les trois Ambassadeurs *à cause de leur probité, de leur pieté solide, leur grande expérience dans les affaires, leur zéle extrême pour le Service de Dieu, & de l'Etat* ; & les constituë ses Procureurs speciaux, pour assister en son nom au Concile,

& pour y propoſer & faire tout ce que ſa
Majeſté même, ſi elle étoit préſente, pro-
poſeroit & feroit de neceſſaire pour la
conſervation de la Foy, l'amandement
des affaires du Clergé, la pacification
des troubles qui ſe ſont élevés depuis peu,
la réformation & la tranquillité de l'E-
gliſe. Enfin pour tout ce qui a coûtume
d'être propoſé, traité, & défini dans les
Conciles.

Danes & ſes Collegues arriverent
à *Trente* le 26 Juin 1546. & ils y ſoû-
tinrent leur caractere avec beaucoup
de dignité & de fermeté. *Danes* y
prononça le 8. Juillet ſuivant une
Harangue, qui fut fort applaudie, &
dont *François I.* fut ſi content, qu'il
ordonna qu'elle fût imprimée auſ-
ſi-tôt.

Henry II. ayant ſuccedé à *François*
I. ſon pere, mort le 31 Mars 1547. le
nomma quelque temps après Précepteur du Dauphin, qui fut Roy dans
la ſuite ſous le nom de *François II.*
Il le choiſit auſſi vers 1556. pour ê-
tre Confeſſeur de ce jeune Prince,
comme il paroît par les Lettres Patentes qu'*Henry II.* donna pour la réforme de l'Univerſité le 12 Janvier

N ij

P. DANES. 1556. où *Danes* , qui est au nombre des Commissaires préposés pour cela, est appellé Confesseur du Dauphin.

George de Selve Evêque de *Lavaur*, étant mort en 1557. *Danes* fut nommé pour lui succeder. Depuis ce temps-là il abandonna presque entierement la Philosophie, & les Belles-Lettres, qui avoient fait jusqu'alors ses délices, pour ne plus s'appliquer qu'aux matieres de Religion.

Il retourna dans la suite à *Trente*, & y assista au Concile pendant toute la troisiéme convocation. Il paroît par une Lettre de *Lansac*, Ambassadeur de France, adressée à *Charles IX.* qui est du 30 Juin 1562. que pour lors *Danes* étoit seul des Evêques François à *Trente* ; & qu'il y faisoit fort bien son devoir.

Genebrard & *Palavicin* rapportent un bon mot qu'il dit alors dans le Concile, & qui l'a rendu très-célebre. *Nicolas Pseaume*, Evêque de *Verdun*, se plaignoit de certains abus, qui regnoient dans la Datterie & dans la Chancellerie de la Cour de *Rome*, au sujet des Provisions des Bénéfices ; comme l'Assemblée l'écou-

toit trop attentivement au gré d'un P. DANES.
Evêque Italien, celui ci ne pouvant
retenir sa colere, dit en Latin ces
mots équivoques : *Gallus cantat.*
Danes se servant de la même équivo-
que, répondit sur le champ : *Utinam*
ad hujus Galli cantum excitaretur Pe-
trus & fleret amare, Palavicin, qui
rapporte ce bon mot, avoüe qu'il servit comme d'un aiguillon, pour
engager les Peres du Concile à travailler serieusement à la réformation
de la Discipline Ecclesiastique.

Quand la question de la Conces-
sion du Calice fut agitée dans le Concile, quelques-uns ayant proposé
qu'elle fût renvoyée au Pape pour ê-
tre terminée, *Danes* s'y opposa fortement, & son avis fut suivi par plusieurs Prélats; il ne prévalut point
cependant, parce que les circonstances changerent.

De retour dans son Diocése, il se
donna tout entier aux fonctions de
l'Episcopat. Sa pieté, sa charité &
son desinteressement lui acquirent
l'estime & l'affection de son peuple.
Thevet nous apprend qu'il employoit
la meilleure partie de son revenu au

P. DANES. foulagement des pauvres , & qu'il
entretenoit à *Paris* plusieurs Ecoliers.
Genebrard rapporte aussi dans son O-
raison funébre cette marque de son
defintereffement. Ayant été député
à *Paris* par le Clergé de fa Province,
avec M *de Vilars* , alors Evêque de
Mirepoix , & depuis Archevêque de
Vienne , on voulut lui affigner pour
les frais de ce voyage mille ou douze
cent livres ; mais il les refufa , difant
que le revenu de son Evêché lui suffisoit ;
que c'étoit la moindre chose qu'il pût fai-
re pour fon Eglise , & pour les voisines,
que d'entreprendre quelque voyage pour
leur rendre service ; qu'elles souffroient
affés par le malheur des temps & par les
vexations des Huguenots.

Se voyant avancé en âge , il fongea
à pourvoir au bien de fon Eglife.
Comme il ne connoiffoit personne
plus digne de lui fucceder que *Gilbert*
Genebrard , qui lui paroiffoit réünir
en fa perfonne tous les talens qui con-
viennent à un Evêque , parce qu'il
n'avoit encore rien témoigné de fa
fureur pour la Ligue , il le demanda pour fon fucceffeur à *Henri III.*
qui le lui accorda volontiers. Mais

aucun Sécretaire d'Etat n'ayant voulu ſigner le Brevet pour *Genebrard*,
Danes préſenta une Requête ſur ce
ſujet aux Etats de *Blois* en 1576. Le
Clergé & la Nobleſſe lui promirent
de faire tout leur poſſible pour le ſatisfaire ; mais le Tiers-Etat refuſa de
ſe joindre aux deux autres, ſous prétexte que ſa demande étoit contraire
au rétabliſſement des Elections que
l'on ſouhaitoit. La véritable raiſon
de ce refus étoit que le parti de la
Robbe favoriſoit *Pibrac*, à qui cet
Evêché étoit promis depuis long-
temps, & qui l'eut effectivement
après Danes. C'eſt un fait qui eſt rapporté par *Guillaume du Taix* dans ſes
Mémoires.

Ce fut là la derniere action remarquable de *Danes*, qui ne fit plus que
languir depuis.

Il mourut le 23 Avril 1577. âgé
de 80 ans, & fut enterré dans l'Abbaye de *S. Germain-des-Prés*, (*a*)
où il s'étoit retiré ſur la fin de ſa vie.
Genebrard ſon fidéle diſciple y pro-

(*a*) M. *de Thou* s'eſt trompé, quand il a
dit qu'il s'étoit retiré & étoit mort chez les
Bernardins de *Paris*.

N iiij

P. DANES. nonça son Oraison funebre quatre jours après, c'est-à-dire, le 27 du même mois.

Quoiqu'il ait beaucoup travaillé, il ne s'est pas fort empressé de communiquer ses Ouvrages au public; ce qu'on a de lui se termine aux pieces suivantes.

Catalogue de ses Ouvrages.

1. *Dodecasticon in laudem Nicolai Menuelis.* Nicolas *Menuel*, Professeur de Rhétorique au College de Navarre, ayant fait imprimer en 1516. une espece de Dictionnaire intitulé: *Isagogica Terminorum Interpretatio. Parisiis;* se fit un honneur d'orner son Livre d'une Epigramme que *Danes* son écolier avoit fait à sa loüange. On la trouve à la page 116. du Recueil de ses Opuscules publié à la suite de sa vie. C'est fort peu de chose.

2. *Justini Historiæ Epitome in Trogi Pompeii Historias. Lucii Flori de Rebus Romanis Epitome. Sexti Rusi Viri Consularis libellus. Paris.* 1519. *in-fol.* *Danes* a eu soin de cette édition, à la tête de laquelle il a mis une Epître où il marque qu'il employoit un tiers de son temps à l'instruction de la jeunesse.

3. *Epiſtola P. Daneſii ad Nicolaum P. DANES. Paſqualigum Venetum.* Cette Lettre, qui contient un jugement ſur l'*Offi-cina Joannis Raviſii Textoris*, ſe voit à la tête de cet Ouvrage dans l'édition de 1522. & à la page 116. du Récueil.

4. *Danes* donna en 1533. les Oeu-vres de *Pline*, l'ancien, corrigées exactement, ſous le nom de *Pierre Bellocirius*, c'eſt-à-dire, *Belletiere*, qui étoit un de ſes domeſtiques. C'eſt celui à qui il laiſſa un legs conſide-rable par un Codicile; ce qui cauſa du trouble dans la famille du Prélat après ſa mort. Cette édition, qui n'a pas fort attiré l'attention des Sçavans, a été omiſe par M. *de Launoy* dans la Liſte des Ouvrages de *Danes*. On en a inſéré la Préface à la page 117. du Récueil de ſes Opuſcules.

5. *Epiſtola ad Jacobium Colinum.* C'eſt la Lettre qu'il écrivit pour ob-tenir la permiſſion de faire le voyage d'Italie; elle eſt dattée du 28 Mars 1534. On la trouve dans un Livre publié par *Alde Manuce*, ſous ce ti-tre: *Epiſtolæ Selectæ Clarorum Virorum de quampluribus optimæ, ad judicandum noſtrorum temporum eloquentiam. Paris*

154 *Mém. pour servir à l'Hist.*
P. DANES. 1556. *in-*12. & dans le Recueil *p.* 119.

6. *Apologetica Epistola pro Francisco I. adversus Imperatorem Carolum V.* Inferée dans le Recueil *p.* 123. *Danes* composa cette Apologie pendant son séjour à *Venise*, elle est bien tournée, solide & sçavante.

7. *Oratio ad Synodum Tridentinam habita die* 8. *Julii anno* 1546. Inferée dans le Recueil *p.* 163. & dans l'Histoire du College de Navarre de *Launoy* tom. 1. *p.* 282.

8. *Instruction de Pierre Danes, Evêque de Lavaur, pour Messieurs de Lansac, & de Lisle Ambassadeurs à Rome & au Concile aux années* 1561 & 1562. Inferée dans le Recueil *p.* 173. Cette instruction est datée du 11. Janvier 1561. Cependant l'Editeur veut que *Danes* l'ait dressée beaucoup plûtôt, c'est-à-dire, pendant son séjour à *Venise*, auprès de *George de Selve*, non point pour MM. de *Lansac* & *de Lisle*, mais pour *de Selve*, qui étoit bien aise d'avoir un Traité de ses devoirs, fait par un aussi habile homme que *Danes*.

9. *De substantia & modis ejus fragmentum.* Dans le Recueil, *p.* 153. Le

public pouvoit fort bien fe paffer de P. DANES. ce fragment, qui ne contient que ce qu'on trouve en mille autres Ouvrages, que perfonne ne s'avife plus de lire.

10. *George de Selve a donné les vies de huit excellens & renommés perfonnages Grecs & Romains, traduites du Grec de Plutarque,* dans la Préface defquelles il dit que *l'honneur de ce travail doit être referé à Pierre Danes, lequel par fon induftrie a mis à chef cette entreprife, que beaucoup avoient tenté fans avoir pû réüffir.*

11. *Recueil des Opufcules de P. Danes, qui n'ont point été imprimés, ou qui l'ayant été font devenus rares.* A la fuite de l'*Abregé de la Vie de P. Danes. Paris* 1731. *in-*4°. On eft redevable de cet Abregé & de ce Recueil à M. Danes, Docteur de la Maifon & Société de Sorbonne, & Confeiller au Parlement.

Je n'entre point ici dans la queftion, fi *Danes* eft l'auteur du Livre *de Ritibus Ecclefiæ Catholicæ,* ou fi le Préfident *Duranti,* ayant acheté une partie des Livres de ce Prélat, y trouva les materiaux de cet Ouvrage, &

P.DANES. les publia fous fon nom. La chofe feroit affés difficile à décider, & n'a rien d'intereffant pour le public. On peut voir ce que M. *Du Pin* dans le *Journal des Sçavans* du 29 May 1702. & l'Auteur des *Effays de Litterature* au mois de Juillet 1702. *p.* 41. ont dit en faveur de *Duranti*, & ce que M. *Danes* y a répondu dans une Differtion qu'il a inferée à la fuite de fa vie de *P. Danes*, & où il attribuë tout l'honneur de ce Livre à l'Evêque de *Lavaur* fon parent.

   V. *Son Oraifon funebre par Genebrard. Thevet Vies des hommes illuftres. Les Eloges de M. de Thou*, & *les additions de Teiffier. Les Eloges de Sainte Marthe. De Launoy Hiftoria Gymnafii Navarræ Parifienfis. Hilarion de Cofte, le parfait Ecclefiaftique p. 360. P. Colomiés ; Gallia Orientalis. A-bregé de la Vie de P. Danes. Paris* 1731. *in-*4°. On y a ramaffé tout ce qui a été dit par les Auteurs que je viens de citer.

DEGORE'E WHEAR.

DEGORE'E *Whear*, naquit
vers l'an 1573. à *Jacobstow* dans
le Comté de *Cornoaille* en Angleterre.

Après avoir fait ses études, il se fit
recevoir Maître-ès-Arts en 1600. &
deux ans après il fut aggregé au Collège d'*Exeter* à *Oxford*. Il le quitta au
bout de six années, & alla voyager
dans les pays étrangers, où il continua à s'appliquer à l'étude, & se
rendit fort habile.

De retour en Angleterre, il trouva un protecteur dans la personne du
Lord *Chandois*, qui le mit en état de
subsister. Mais lorsque ce Seigneur
fut mort, il se vit un peu à l'étroit.
Heureusement il fit connoissance a-
vec *Thomas Allen*, qui convaincu de
sa capacité le produisit auprès de
Guillaume Cambden, & ce Sçavant
le nomma le 16. May 1622. premier
Professeur pour remplir la Chaire
d'Histoire qu'il venoit de fonder dans
l'Université d'*Oxford*. Il fut aussi

D<small>EGORÉ'E</small> peu de temps après fait Principal de
W<small>HEAR</small>. *Glocester-Hall* ; & il a conservé ces
deux postes jusqu'à sa mort.

Elle arriva le 1ᵉ. Août 1647. dans
sa 74ᵉ. année ou environ. Il laissa
une Veuve avec quelques enfans,
qui se virent dans la suite reduits à
une extrême pauvreté.

Catalogue de ses Ouvrages.

1. *De ratione & Methodo legendi
Historias Dissertatio. Oxonii* 1625.
in-8°. It. Sous ce titre : *Relectiones
Hyemales , de ratione & methodo legendi historias civiles & Ecclesiasticas.
Oxonii* 1637. *in-8°.* It. *Cum Mantissa
de Historicis Gentium particularium.
Oxonii* 1662. *in-8°.* Cette addition est
de *Nicolas Horsman.* It. *Accedunt
Gabr. Naudæi Bibliographia Politica,
& Justi Lipsii Epistola ad Nic. Hac-
quevill de Historia. Cantabrigiæ* 1684.
in-8°. It. *cum accessionibus Jo. Christophori Neu ad has Relectiones. Tubingæ
in-8°.* 3. *tom.* le 1ᵉ. en 1700. le 2ᵉ. en
1704. & le 3ᵉ. en 1708. Cet Ouvrage
de *Degorée Whear* est au jugement
de M. l'Abbé *Lenglet,* un des plus
judicieux que nous ayons sur le sujet qui y est traité : Mais il est trop

sec sur les inſtructions & les précep- DEGORE'E
tes, & trop long sur les remarques, WHEAR.
les abregés, & les jugemens qu'il fait
d'Herodote, de Thucydide, & de
quelques autres Hiſtoriens. L'édition
de *Neu*, quoique moins belle que
les autres, leur eſt préferable, à
cauſe des additions qu'il y a faites.
On a une traduction Angloiſe de
l'Ouvrage de *Whear* & de l'addition
d'*Horſman*, faite par *Edmond Bohun*.

2. *Oratio auſpicalis habita in ſcho-
lis publicis, cum primum L. An. Flori
interpretationem aggrederetur Autor.*
Ce Diſcours eſt imprimé à la ſuite
du Livre précédent dans l'édition
d'*Oxford* de 1662. & les ſuivantes.

3. *Parentatio Hiſtorica ; ſive Com-
memoratio Vitæ & Mortis V. Cl. Guliel-
mi Camdeni Clarentii, facta Oxoniæ
in Schola Hiſtorica 12. Novemb. 1626.
Oxonii 1628. in-8°.* It. Cet éloge a
été inseré parmi les *Vitæ ſelectorum aliquot virorum. Londini 1681. in-8°* par
Guillaume Bates.

4. *Dedicatio imaginis Camdenianæ
in ſchola Hiſtorica 12. Nov. 1626. Accedunt Epiſtolarum Euchariſticarum
faſciculus & Chariſteria. Oxonii 1628.
in-8°.*

HIPOLYTE-JULES-PILET
DE LA MESNARDIERE.

H. J. DE LA MES-NARDIE-RE.

HIPOLITE-JULES *Pilet de la Mesnardiere*, naquit à *Loudun* vers l'an 1610.

Après les études ordinaires, il s'adonna à la Médecine dans les écoles de *Nantes*, & s'y fit recevoir Docteur en cette Faculté. Peu de temps après il composa un Ouvrage qui le fit connoître au Cardinal de *Richelieu*. La prétenduë possession des Religieuses de *Loudun* faisoit alors du bruit ; & *Marc Duncan*, Médecin Ecossois, venoit de publier une Dissertation, où il prétendoit prouver qu'il n'arrivoit à ces Religieuses rien d'étonnant, qui ne pût être l'effet d'une imagination dérangée par un excès de mélancolie.

La Mesnardiere crut se signaler en soûtenant la réalité de la possession contre un si habile adversaire ; en quoi les conjectures lui furent favorables.

rables. Son Livre plut infiniment au
Cardinal de *Richelieu*, & l'Auteur
flaté de se voir par-là dans l'estime
du premier Ministre, vint à *Paris*
où il fut d'abord Médecin ordinaire
de *Gaston* Duc d'*Orleans*; c'est le titre qu'il prenoit en 1638. comme on
le voit par le privilege de sa traduction du *Panegyrique de Trajan.*

H. J. DE
LA MES-
NARDIE-
RE.

Mais il ne fut pas long-temps à se
dégoûter de sa profession, puisqu'il
exerça successivement chés le Roy les
Charges de Maître d'Hôtel & de Lecteur ordinaire de sa Chambre; il ne
composa même plus d'ouvrage de
Medecine, dès qu'il se fut une fois
fixé à *Paris*, & on ne l'y vit plus occupé que des Belles-Lettres.

Il fut reçu à l'Académie Françoise
en 1655. à la place de *Tristan l'Her-
mite.*

L'oubli où il est tombé depuis sa
mort, aussi bien que ses Ouvrages,
fait que nous ignorons la plûpart des
particularités de sa vie.

Il mourut le 4. Juin 1663.

Chapelain dans sa *Liste de quelques
Gens de Lettres François vivans en
1662.* parle ainsi de lui. « Il écrit avec

Tome XIX.   O

H. J. DE
LA MES-
NARDIE-
RE.

» facilité & aſſés de pureté, en Vers
» & en Proſe, moins foible en Fran-
» çois qu'en Latin. Son ſtile eſt mou
» & étendu, & dans ſes longues ex-
» preſſions ſe délaïe & ſe perd ce
» qu'il y pourroit avoir de raiſonna-
» ble. Quand il ſe veut élever, il
» dégenere en obſcurité, & ne fait
» paroître que de beaux mots qui ne
» font que ſonner, & ne ſignifient
» rien. Sa paraphraſe, plûtôt que ſa
» traduction du *Panegyrique de Pline*,
» & ſa *Poëtique* le font paroître dé-
» pourvû de jugement, auſſi-bien
» que les pieces de ſon invention,
» qui font le principal du Volume
» de Vers qu'il a publié. Son *Traité*
» *des eſprits naturels*, & ſa *Paraphra-*
» *ſe de quelques Epigrammes de l'Antho-*
» *logie* ne ſont pas mépriſables; & s'il
» n'avoit fait voir que cela, il en ſe-
» roit plus eſtimé. Enfin ce n'eſt pas
» un homme dont on puiſſe rien fai-
» re, ni ſur qui on puiſſe appuyer
» aucun deſſein où il faille joüer tant
» ſoit-peu de cervelle.

Le jugement que M. l'Abbé d'O-
livet porte de *la Meſnardiere*, s'accorde fort bien avec celui de *Chape-*

lain. Car il avoüe qu'on voit dans ſes H. J. DE
Ouvrages plus d'imagination que de LA MES-
jugement ; une attention bien plus NARDIE-
grande à étaler de belles paroles , RE.
qu'à employer des penſées ſolides
& une continuelle envie de ſe faire'
admirer plûtôt que d'inſtruire.

Catalogue de ſes Ouvrages.

1. *Traité de la Mélancolie* ; ſçavoir
ſi elle eſt la cauſe des effets que l'on remarque dans les *Poſſedées de Loudun.*
La Fleche 1635. *in*-8°.

2. *Raiſonnement ſur la nature des*
eſprits , qui ſervent au ſentiment. Paris
1638. *in*-12.

3. *Panegyrique de Trajan par Pli-*
ne ſecond , traduit par H. J. de la Meſ-
nardiere. Paris 1638. *in*-4°. Le traducteur ſans aucun reſpect pour le ſtile
concis de ſon Original , a donné ici
moins une traduction qu'une paraphraſe des plus libres.

4. *La Poëtique. Paris* 1640. *in*-4°.
Cet Ouvrage , quoiqu'aſſés gros , n'eſt
cependant que l'ébauche d'un autre
plus conſiderable. La mort du Cardinal de *Richelieu* , qui l'avoit engagé à ce travail , arrivée deux ans après
la publication de ce Volume , fut

O ij

H. J. DE apparemment la cause qui l'empê-
LA MES-cha de l'achever. Il s'étoit proposé
NARDIE-d'abord d'embrasser toutes les parties
RE. de l'Art Poëtique ; mais il n'a exécuté que ce qui regarde la Tragedie &
l'Elégie. Il donne là-dessus des pré-
ceptes & des exemples. Les précep-
tes sont empruntés des anciens, & il
les expose, non pas avec une brieveté didactique, mais souvent avec un
faste oratoire ; pour les exemples,
il les tire quelquefois de son propre
fond. Mais il n'étoit pas assés bon
Poëte, pour pouvoir servir de Modéle.

5. *Le Caractere Elegiaque. Paris* 1640.
in-4°. C'est une suite de la Poëtique.

6. *La Pucelle d'Orleans, Tragedie.
Paris* 1642. *in*-4°. L'Auteur de cette
piece n'est point nommé ; mais *Samuel Chapuzeau* dans son *Theatre
François*. p. 116. la donne à *la Mesnardiere* ; cependant *Paul Boyer* dans
sa *Bibliotheque universelle* p. 167.
l'attribuë à *Benserade*.

7. *Alinde, Tragedie. Paris* 1643.
in-4°. Cette Tragedie n'a point réüssi.

8. *Lettres de Pline le Consul traduites en François. Paris* 1643. *in*-12.

On ne voit ici la traduction que des trois premiers Livres. *La Mefnardie-re* y tombant dans une extrêmité op-pofée à celle qu'on condamne dans fa verfion du Panegyrique de *Trajan*, a traduit fervilement ces Lettres , & par la torture où il s'eft mis pour les rendre mot à mot , il n'y a laiffé pref-que rien de cette facilité , qui fait le merite du ftyle Epiftolaire.

9. *Les Poëfies de Jules de la Mef-nardiere , Maître d'Hôtel ordinaire de Sa Majefté. Paris* 1656. *in-fol.* Ces Poëfies font fort peu de chofe ; les imitations de l'Anthologie en font partie. Dans l'expofé du Privilege, l'Auteur dit que fes *Compofitions La-tines tant Profe que Vers , ayant été bien reçûës du public ,* il defiroit en don-ner une nouvelle édition. Je ne fçai quand elles ont été imprimées ; on voit feulement quelques-uns de fes Vers Latins dans des Recueils de fon temps.

10. *Lettre du Sieur du Rivage ,* con-tenant quelques obfervations fur le Poë-me Epique *, & fur le Poëme de la Pu-celle. Paris* 1656. *in-4°.* pp. 65. *La Mefnardiere* s'eft caché ici fous le nom de *du Rivage.*

H. J. DE
L A MES-
NARDIE-
RE.

11. *Chant Nuptial pour le Mariage du Roy. Paris* 1660. *in-fol.* C'est un Poëme d'environ sept cens Vers.

12. *Relations de Guerre, contenant le secours d'Arras en* 1654. *Le siege de Valence en* 1656. *& le siege de Dunkerque en* 1658. *Par de la Mesnardiere Lecteur ordinaire de la Chambre du Roy. Paris* 1662. *in-8°.* It. *Paris* 1672. *in-12.*

V. *Son eloge par M. l'Abbé d'Olivet dans l'Histoire de l'Academie Françoise.*

BERNARDIN OCHIN.

B. OCHIN.
BERNARDIN Ochin (en Latin *Ocellus*,) naquit à *Sienne* en Italie l'an 1487. Les progrès qu'il fit dans ses études furent assés médiocres, il ne sçut jamais bien la Langue Latine, & les connoissances qu'il aquit dans la Théologie se bornerent à peu de chose. Mais ses talens naturels suppléerent à ce qui lui manqua de ce côté-là : car il avoit un esprit net, une facilité extrême à s'énoncer, une imagination vive, & il parloit sa

Langue avec tant de grace & de po-B. OCHIN.
liteffe, que fes difcours raviffoient
ceux qui l'entendoient.

S'étant dégoûté du monde de bonne heure, il le quitta pour fe faire
Religieux de l'Obfervance de *S.*
François. Mais il ne demeura pas
long-temps dans cet Ordre ; il en
quitta l'Habit & retourna dans le
monde, où il s'appliqua à l'étude de
la Médécine, & s'acquit la bienveillance du Cardinal *Jules de Medicis*,
qui devint dans la fuite Pape fous le
nom de *Clement VII*.

Cependant touché au bout de quelques années de quelques fentimens
de pénitence, il rentra dans l'Ordre
qu'il avoit abandonné, & s'y diftin-
gua bientôt par fon zéle, fa pieté,
& fes talens. L'opinion qu'on y con-
çut de lui fut fi favorable, qu'il fut
élû quelque temps après Définiteur
Général, & qu'il fe vit enfuite fur
les rangs pour être Général.

Les Annales des Capucins difent
qu'il brigua beaucoup pour obtenir
cette place, mais que le Pape irrité
de voir en lui tant d'ambition, défendit au Chapitre de fonger à lui ; &

B. Ochin. que ce fut-là ce qui lui fit prendre
la résolution de quitter les Cordeliers
pour se jetter chez les Capucins ;
mais il n'est pas trop sûr de se fier
ce qu'on y trouve sur son article ;
puisqu'il paroît qu'on n'y a rien ou-
blié pour le décrier.

L'Auteur de ces Annales a cru
qu'un homme qui avoit apostasié,
& dont la suite de la vie avoit été
remplie de bien des irrégularités, étoit
coupable de tous les crimes qu'il pouvoit lui attribuer, & qu'il ne hasar-
doit rien à le faire passer pour un four-
be & un hypocrite : mais la vie qu'-
Ochin a menée chez les Capucins pendant une partie du temps qu'il y a
demeuré, dément ces imaginations.
Pour peu qu'on reflechisse sur les differentes particularités de sa vie, on
reconnoît sans peine, qu'il a marché
d'abord de bonne foi dans les voyes
de la pieté, & que ce n'est que dans
la suite que l'affoiblissement de sa foi
a causé du dérangement dans ses
mœurs.

Ce fut en 1534. qu'il entra chez les
Capucins, dont la Réforme commençoit à faire du bruit, & qui étoit
établie

établie depuis l'an 1525. ce qui fait
voir l'erreur de ceux qui ont prétendu qu'il avoit été instituteur de cet
Ordre.

B. OCHIN.

Rien n'est plus édifiant que ce
qu'*Antoine Marie Gratiani*, rapporte
dans la vie du Cardinal *Commendon*
(a) de *Bernardin Ochin*. » Son âge,
» dit-il, sa maniere de vivre austere,
» son habitude de Capucin, sa bar-
» be qui descendoit jusqu'au dessous
» de sa poitrine, ses cheveux gris,
» son visage pâle & décharné, une cer-
» taine apparence d'infirmité & de
» foiblesse, & l'opinion qui s'étoit
» répanduë par tout de sa sainteté, le
» faisoient regarder comme un hom-
» me extraordinaire. Les plus grands
» Seigneurs & les Princes souverains
» le réveroient comme un saint. Lors-
» qu'il venoit chez eux, ils alloient
» au-devant de lui, ils le recevoient
» avec tout l'honneur & toute l'af-
» fection imaginable, & le recondui-
» soient de même lorsqu'il partoit. Il
» alloit toûjours à pied dans ses voya-
» ges ; & quoiqu'il fut d'un âge &
» d'une complexion fort foible, on

(*a*) Liv. 2. Chap. 9.

Tome XIX.   P.

B. OCHIN. »ne le vit jamais monté à cheval. Lorf-
» que les Princes le forçoient de loger
» chez eux , la magnificence des Pa-
» lais , le luxe des habits , & toute la
» pompe du fiecle ne lui faifoit rien
» perdre de la pauvreté , ou des auf-
» terités de fa Profeffion ; dans les
» feftins il ne mangeoit que d'une
» forte de viande , la plus fimple &
» la plus commune , & ne bûvoit
» prefque point de vin. On le prioit
» de coucher dans de forts bons lits
» fort richement parés , pour fe dé-
» laffer un peu plus commodément
» des fatigues du voyage ; mais il fe
» contentoit d'étendre fon Manteau ,
»&de fe coucher fur la terre. Lorfqu'il
» devoit prêcher quelque part , le
» peuple y accouroit , les Villes en-
» tieres venoient pour l'entendre , &
» il n'y avoit point d'Eglife affez vafte
» pour contenir la multitude.

Il ne s'acquit pas moins de réputation parmi fes Freres , par fon zéle
pour les Obfervances Régulieres , &
par fes bons exemples ; & cette réputation le fit élire en 1538. Vicaire Géneral de l'Ordre , dans un Chapitre
qui fe tint cette année à *Florence*, Il

gouverna alors avec tant de prudence B. Ochin, & fit obſerver ſi exactement la Régle, qu'il fut élû une ſeconde fois pour la même dignité en 1541. dans le Chapitre qui ſe tint à *Naples.*

Il ne ſongeoit point apparemment à quitter le Froc, & à abandonner l'Egliſe Catholique, lorſque les converſations qu'un Juriſconſulte Eſpagnol, nommé *Jean Valdés*, qui avoit pris goût en Allemagne à la doctrine de *Luther*, lui firent naître des doutes, que ſon ignorance ſur les matieres de Théologie l'empêcherent ac réſoudre. Ce fut à *Naples* qu'il vit ce Juriſconſulte, & ce fut auſſi dans cette Ville, que ſéduit par ſes diſcours, il commença à prêcher pluſieurs choſes contraires à la Doctrine Catholique; ce qu'il continua de faire en quelques-autres Villes d'Italie.

Devenu par-là ſuſpect, il fut en 1542. cité à *Rome*, où il ſe mit en devoir de ſe rendre; mais en y allant de *Verone*, où il avoit reçû cette citation, il trouva à *Florence Pierre Martyr*, ſon ami, auquel il communiqua les avis qu'il avoit reçûs ſur le

P ij

B.Ochin. hafard auquel il s'expofoit par la dé-
marche qu'il vouloit faire. La chofe
bien examinée, ils réfolurent tous
deux de fe retirer en pays de fûreté.
Ochin partit le premier, & prit fa
route vers *Geneve*. *Martyr* fe mit en
chemin deux jours après, & alla gagner la Suiffe. Ceci arriva en 1542.

 Sponde affûre dans fa continuation
de *Baronius*, qu'*Ochin* en quittant
l'Italie, emmena avec lui une fille,
que quelques-uns difent de *Lucques*,
qu'il la conduifit à *Geneve*, & qu'il
l'y époufa d'abord pour donner une
preuve authentique de fon renonce-
ment à la Religion Romaine. Il eft
vrai qu'il fe maria à *Geneve*, mais il
eft incertain fi ce fut dès fon arrivée,
& à une fille qu'il eût amené d'Italie.
L'Auteur qui a debité ces particularités eft fi peu exact fur le chapitre d'O-
chin, qu'on ne peut guéres s'en rapporter à lui dans les faits qui ne font
pas atteftés par des écrivains plus
exacts.

 Ochin ne fe fixa pas à *Geneve*, il
paffa en differens endroits & entr'autres à *Ausbourg*, d'où il alla en Angleterre avec *Pierre Martyr* l'an 1547.

Cranmer, Archevêque de *Cantorbery* B. OCHIN.
les y avoit mandés tous deux, lorf-
qu'après la mort du Roy *Henri VIII.*
arrivée au commencement de cette
année, il eut vû toutes les chofes pré-
parées à l'introduction de la prétenduë Réforme.

Les efperances que ces nouveaux
Réformateurs avoient conçûës de
leurs travaux ne furent pas de longue
durée. Le rétabliffement de la Religion Catholique, qui fe fit en Angleterre après la mort d'*Edouard VI.*
les obligea en 1553. à en fortir. Ils re-
pafferent alors la Mer, & fe retirerent à *Strasbourg.*

Ochin alla demeurer fucceffivement en differens endroits ; & il paroît par une Lettre d'*Olympia Fulvia
Morata*, qu'il étoit à *Basle* au mois
de May de l'an 1555. Mais il n'y demeura pas long-temps, car il fut appellé la même année à *Zurich*, pour
y être Miniftre d'une Eglife Italienne, qui s'y forma vers ce temps-là.
Elle étoit compofée de quelques Re-
fugiés de *Locarno*, un des quatre Bail-
liages que les Suiffes poffedent en Italie, lefquels n'avoient pû obtenir la

B.OCHIN. liberté de professer dans leur patrie la Religion prétenduë Réformée, parce que les Cantons Catholiques s'y étoient opposés.

Mais avant qu'on l'installât dans ce poste, on l'obligea de souscrire à la confession de foi de l'Eglise de *Zurich* ; ce qu'il fit sans peine, en témoignant même que cette confession lui avoit toûjours plû préferablement à toutes les autres.

Ces sentimens vrais ou affectés lui acquirent l'estime & l'amitié de *Henri Bullinger*, qui n'oublia rien pour lui en donner des marques, & voulut qu'il tint un de ses enfans sur les fonds de Batême.

Ochin servit l'Eglise Italienne de *Zurich* jusqu'à l'an 1563. qu'il fut obligé de l'abandonner. Il avoit publié quelque temps auparavant ses Dialogues, qui contenoient entr'autres erreurs celle de la Polygamie. Cet Ouvrage, qu'il avoit fait imprimer sans aucune approbation contre l'ordre établi à *Zurich*, lui fit des affaires auprès du Sénat de cette Ville, qui lui ordonna de réparer en le réfutant le scandale qu'il avoit causé ; mais

comme il ne put ſe réſoudre à le faire, B. OCHIN.
il reçut un ordre de ſortir des Terres
du Canton de *Zurich*.

Il ſe retira à *Basle*, où il fit prier
les Miniſtres & les Profeſſeurs d'obtenir des Magiſtrats la liberté de s'y
arrêter. Quelques-uns d'entr'eux
l'ayant queſtionné ſur la Doctrine de
ſes Dialogues, il leur répondit qu'il
étoit dans les mêmes ſentimens qu'-
eux ſur les points qu'ils lui propoſe-
rent, & il aquieſça même à la propoſition qu'ils lui firent de donner une
déclaration nette & préciſe de ſa foi,
à condition qu'ils lui obtiendroient
la permiſſion de paſſer l'hyver à *Baſle*
avec ſes enfans.

Mais les Magiſtrats ayant entendu
ſa demande, & ayant pris l'avis des
Profeſſeurs ſur ſa Doctrine, ordon-
nerent qu'il eût à ſortir inceſſam-
ment de la Ville, ſe reſervant de dé-
liberer une autrefois touchant les
Dialogues mêmes, & ſur le deshon-
neur qu'il avoit fait à leur Ville,
en la choiſiſſant pour y faire imprimer cet Ouvrage.

Ochin chaſſé ainſi de Suiſſe, prit
le parti de ſe retirer en Pologne ;

B. OCHIN. *Simler* raconte dans la vie de *Bullinger*, qu'en y allant il rencontra le Cardinal de Lorraine, à qui il dit qu'il étoit si malheureux qu'il se voyoit condamné au bannissement, pour un Livre qu'il n'avoit fait que dans la vûë de justifier trente verités de difficile créance; qu'il présenta même au Cardinal quelques exemplaires de ses Dialogues, en le priant de les lire, & que ce Cardinal lui répondit: *Nous les lirons, & s'ils ne nous plaisent pas, nous les jetterons au feu.* Ochin ajoûta qu'il s'engageoit à convaincre de vingt-quatre erreurs les Eglises Réformées; à quoi le Cardinal répondit: *otés-en vingt, & il n'en restera encore que trop.* Beze raconte le même fait, qu'il donne comme une chose très-certaine; mais il fait monter jusqu'à cent le nombre des fausses doctrines qu'*Ochin* s'engageoit de réfuter. Au reste le Cardinal n'eut que du mépris pour un homme si inconstant.

Ochin ne fit pas un long séjour en Pologne; le Nonce *Commendon* l'en fit bientôt sortir par l'Edit qu'il obtint contre les Hérétiques étrangers. Se voyant par-là contraint de cher-

cher encore une nouvelle retraite , il
se mit en chemin pour gagner la Mo- B.OCHIN.
ravie. Comme il y alloit , il fut attaqué de la peste à *Pinczow* , avec ses
deux fils & sa fille. *Gratiani* , qui y
joint sa femme , se trompe sûrement,
car elle étoit déja morte avant qu'il
fût chassé de *Zurich*. Ceux-ci moururent de la maladie ; pour lui il en
réchapa , & continua son voyage vers
la Moravie, où le mal l'attaqua de
nouveau au bout de trois semaines.

Il en mourut à *Slaucow* , sur la fin
de l'année, 1564. âgé de 77. ans.

Rien n'est plus ridicule ni plus
romanesque que ce qu'on lit dans les
Annales des Capucins sur cette mort,
qu'on y fait contre toute raison arri-
ver à *Geneve*. Il ne faut pas omettre
ici ce qu'on y trouve sur ce sujet ;
quand ce ne seroit que pour faire voir
la hardiesse qu'ont certains Auteurs
de forger des choses entierement
éloignées de toute vraisemblance.

Ochin demeurant à *Geneve* , disent
ces Annales, tomba malade , & sen-
tit de grands remords , qui l'obligerent à faire venir secrettement un
Curé du voisinage , à qui il confessa

B.OCHIN. ſes pechés , & demanda d'être réüni
à l'Egliſe Catholique , en abjurant
l'hereſie qu'il avoit prêchée environ
quinze ans. Le Curé lui adminiſtra
le Sacrement de Pénitence , & lui re-
preſenta qu'il falloit faire une retrac-
tation publique de ſes Héréſies. *Ochin*
promit de le faire dès qu'il ſeroit guéri , ou s'il ne guériſſoit pas , de déclarer nettemment ſa converſion à ſes
diſciples,& à ceux qui le viendroient
voir. Ayant été abſous & réüni à l'E-
gliſe ſous cette condition , il ſouhai-
ta communier ; mais le Prêtre trouvant du peril à lui porter le Viatique,
le conſola par ſes paroles de S. Auguſtin : *Crede & Manducaſti.* Le malade ne tarda gueres à déclarer ſon
changement à ſes diſciples qui vinrent le voir , & les exhorta fortement
à quitter comme lui les Héréſies ,
qu'il leur avoit enſeignées.Ils crurent
d'abord qu'il rêvoit ; mais ayant reconnu qu'il parloit ſerieuſement , ils
en avertirent les Magiſtrats. Ceux-ci
leur commanderent de s'informer s'il
perſiſtoit dans ces ſentimens , & en
ce cas de le tuer. Les diſciples exécu-
terent cet ordre , car dès qu'ils eurent

entendu les beaux discours qu'il leur B. OCHIN.
tint touchant sa resipiscence, ils le
poignarderent dans son lit. D'autres
assûrent que par un decret des Magis-
trats on le traîna hors de la Ville &
on le lapida.

On ne s'accorde pas sur les differentes Hérésies dans lesquelles il tomba, après avoir quitté l'Eglise Catholique; il est sûr qu'il embrassa d'abord
la Doctrine des Protestans ; mais il
alla bientôt plus loin ; les uns prétendent qu'il se fit Anabaptiste, après
avoir prêché hautement l'Hérésie des
Macedoniens; d'autres disent en general qu'il combattit le Mystere de la
Trinité ; il faut que ce dernier article
soit vrai, puisque les Antitrinaires le
comptent au nombre de leurs secta-
teurs, & que *Sandius* l'a fait entrer
dans sa *Bibliotheque des Auteurs Sociniens.* Quelques-uns même ont voulu qu'il ait été Athée, mais il paroît
que c'est une chose dite sans fondement.

Catalogue de ses Ouvrages.

1. *Prediche di Bernardino Ochino
da Siena.* 1643. *in-8°.* 4. *Vol It. traduites en Latin. Geneve* 1543. & 1544.

B. Ochin. *in-8°. Quatre Volumes.* It. *Trad. en François.* 1561. *in-8°.* It. *Trad. en Allemand par Joseph Hochsteter. Neubourg* 1545. *in-4°.* Ce sont des Sermons qu'il a prêchés avant que de quitter le Froc. Comme il s'en faut peu qu'on n'y trouve la doctrine des Protestans sur la Justification, les bonnes Oeuvres, la confession, la satisfaction, les Indulgences, le Purgatoire; on pourroit bien les avoir retouchés en Allemagne, où ils ont été imprimés.

2. *Epitre aux Seigneurs de Sienne, par Bernardin Ochin,* auxquels il rend raison de sa foi & de sa Doctrine, avec une autre *Epitre à Mutio Justinopolitain,* par laquelle il rend aussi raison de son département d'Italie, *translatée d'Italien.* 1544. *in-8°.* Je ne connois point l'original Italien de cet Ouvrage, non-plus que de quelques-autres du même Auteur, qui sont extrêmement rares.

3. *Sermons sur l'Epitre de S. Paul aux Galates.* (en Italien) It. *Trad. en Allemand. Ausbourg* 1546. *in-4°.*

4. *Exposition de l'Epitre de S. Paul aux Romains.* (en Italien) It. *Trad.*

en Allemand. 1546. *in-*8°. B.OCHIN.

5. *Marſilii Andreaſii de amplitudine Miſericordiæ Dei Oratio ex Italico Latine converſa per Cœlium Horatium Curionem. Accedunt Bernardini Ochini de officio Chriſtiani Principis Sermones tres, & ſacræ Declamationes quinque, Latine, Rodolpho Gualthero Interprete. Baſilea* 1550. *in-*80.

6. *Prediche, nomate Laberinthi del libero over ſervo Arbitrio, Preſcienza, Predeſtinatione è Liberta divina, e del modo per uſierne. Baſilea in-*8°. ſans date. It. Trad. en Latin ſous ce titre ? *Labyrinthi, hoc eſt de libero aut ſervo arbitrio, de divina Prænotione, Prædeſtinatione, & Libertate diſputatio; & quonam pacto ſit ex iis Labyrinthis exeundum; ex Italico Latine. Baſilea in-*8°.

7. *Apologi nelli quali ſi ſcuoprano gli abuſi, errori, &c. della Sinagoga del Papa è de' ſuoi Preti, Monaci & Frati. In Geneva* 1554. *in-*8°. It. *Trad.* en Latin par Sebaſtien Caſtalion, avec le texte Italien. It. *Trad. en Allemand* par Chriſtophe Wirſung. 1559. *in-*4°. It. *Trad. en Allemand. Dordrecht* 1607. *in-* 8°. Cet Ouvrage, qui eſt diviſé en cinq Livres, eſt extrêmement ſaty-

B.Ochin. rique ; mais l'Auteur y a plus songé
à déchirer l'Eglise qu'il avoit aban-
donnée , qu'à suivre une exacte
verité.

8. *Dialogo del Purgatorio.* 1556. *in-8°.*
It. *Traduit en Latin par Thadée Dunus.*
Zurich in-8°. It. *Traduit en François.*
1559. *in-8°.*

9. *Disputa di M. Bernardino Ochino*
intorno alla presenza del corpo di Giesu
Christo nel Sacramento della cena ; non
mai per l'adietro stampata. In Basilea
1561. *in-8°.* It. *Traduit en Latin ,* in-
8°. sans date.

10. *Il Catechismo , overo Institutione*
Christiana. In Basilea 1561. *in-8°.*

11. *Dialogi Triginta in duos libros*
divisi , quorum primus est de Messia , se-
cundus est cum de variis rebus , tum po-
tissimum de Trinitate. Basilea 1563. *in-*
8°. Cet Ouvrage fut d'abord imprimé
en Italien , ensuite *Sebastien Castalion*
le traduisit en Latin. Ceux qui ont
dit qu'*Ochin* l'avoit composé en Pologne ou en Transylvanie , n'ont pas
fait attention que cela ne pouvoit ê-
tre , puisque c'étoit sa publication
qui l'avoit fait chasser de *Zurich.*
Ceux-là se sont aussi trompés , qui

lui ont attribué un Livre particulier B. OCHIN, fur la Polygamie ; ce qu'il a écrit fur ce fujet compofe le 21e. de fes Dialogues ; & ce fut ce Dialogue qui lui fit tant d'affaires. On doit encore mettre parmi les mécomptes qui fe font debités à fon fujet, la déclamation de quelques Auteurs, qui ont prétendu qu'il n'avoit défendu la Polygamie que pour juftifier fon libertinage & fon incontinence ; car lorfqu'il publia fes Dialogues, il étoit veuf & âgé de 76 ans ; ainfi il n'avoit aucun motif de fouhaiter qu'on permît la Polygamie. Etant veuf il pouvoit fe remarier, & fon âge ne devoit pas lui permettre de fouhaiter plus d'une femme.

Il eft inutile de parler ici du prétendu livre *de Tribus impoftoribus*, qu'on lui a attribué, auffi bien qu'à beaucoup d'autres ; puifqu'on eft pleinement convaincu à préfent que c'eft un livre imaginaire, qui n'a jamais exifté.

V. *Zacharie Boverius, Annales des Capucins. Henri de Sponde dans fa continuation des Annales de Baronius* ; il a copié *Boverius*, Auteur entierement

B. Ochin. fabuleux. *Varillas Histoire de l'Héré-sie, Liv.* 17ᵉ. On sçait que cet Histo-rien ne s'embarassoit pas fort de la ve-rité, & prenoit dans son imagina-tion la plûpart des choses qu'il rap-portoit. *Antoine Marie Gratiani Histoire du Cardinal Commendon.* Cet Auteur est un peu plus exact, quoi-qu'il ne soit pas exempt de fautes. *Sandii Bibliotheca Antitrinitariorum,* le peu qu'en dit cet Auteur n'est pas entierement exact. *Histoire du Soci-nianisme*, p. 229. On y voit toutes les imaginations qui ont été debitées au sujet d'Ochin. *Observationes selecta Halenses, Tom.* 4. *Obs.* 20. & *Tom.* 5. *Obs.* 1. & 2. Ce qui est contenu dans ces trois observations vaut mieux que ce qu'on lit ailleurs de cet Auteur. *Bayle Dictionnaire,* c'est lui qui a le mieux débroüillé tout ce qui regarde *Ochin.*

MARTIN

MARTIN LIPENIUS.

MARTIN *Lipenius*, naquit le 11. Novembre 1630. à *Gortze*, dans le Brandebourg, de *George Lipen*, Laboureur de ce lieu, & de *Marguerite Hermann.*

Il fit ſes premieres études dans les Ecoles de *Brandebourg* & de *Ruppin* ; & paſſa enſuite à *Stetin* en Pomeranie où il fit des grands progrès ſous *Micrælius*, & ſous les autres Profeſſeurs de ce College.

En 1651. il alla faire ſes études Academiques à *Wittemberg*, & s'y appliqua à la Philoſophie & à la Théologie. Après deux années de ſéjour en cette Ville, il y fut reçû Maître-ès-Arts. On lui offrit alors des poſtes aſſez avantageux, mais il ne put ſe réſoudre à quitter ſi-tôt cette Univerſité, ſentant bien qu'il avoit encore beſoin d'inſtruction.

Enfin il accepta en 1659. la place de Correcteur de *Hall* qu'il conſerva pendant treize ans, c'eſt-à-dire juſqu'en 1672, qu'il fut appellé à *Ste-*

Tome XIX. Q

MARTIN *tin*, pour y être Recteur & Profes-
LIPENIUS. seur du College Carolin.

Il quitta cette Ville en 1676 &
passa à *Lubec* pour y être Correcteur;
emploi qu'il a rempli jusqu'à sa
mort.

Il mourut épuisé de travail, de
chagrins & de maladies le 6 Novembre 1692. âgé de 62 ans.

Catalogue de ses Ouvrages.

1. *Disputatio Theologica de Mirabili
Animæ Rationalis Origine. Stetini* 1650.
*in-*4°. C'est une These qu'il soûtint à
Stetin, & qu'il composa lui-même.

2. *Disputatio Ethica de affectibus in
genere. Wittembergæ* 1655. *in* 4°.

3. *Disputatio Politica de Tyrannide.
Witteb.* 1656. *in-*4°.

4. *Biga Problematum Physicorum de
Iridis ante Diluvium existentia, & sermonis in Brutis carentia.* Ibid. 1656.
*in-*4°.

5. *Discursus Metaphisicus de communicationis Quidditate, Veritate & Varietate.* Ibid. 1656. *in-*4°.

6. *Disputatio Metaphysica de Regula.*
Ibid. 1657. *in-*4°.

7. *Disputatio Metaphysica de Mensura & Mensurato.* Ibid. 1657. *in-*4°.

8. *Exercitationes Aretologicæ quatuor* MARTIN
Ibid. 1657. *&* 1658. *in-8°.* LIPENIUS

9. *Diſputatio Logica, de prima Mentis Operatione.* Ibid. 1658. *in-4°.*

10. *Faſciculus diſputationum, quarum prima Jonæ Diaplus Thalaſſius , ex S. Hiſtoria deſumptus , ex Philologia illuſtratus; altera de Navigio Salomonæo & tertia de Ophir. Wittebergæ* 1658. *in-4°.*

11. *Navigatio Salomonis Ophiritica illuſtrata. Halæ* 1660. *in-*12. p. 826. Lipenius s'étend ici fort au long ſur cette matiere qu'il avoit traitée en abregé dans la Diſſertation citée au N°. précédent.

12. *L'heureuſe mort de Chrétien Charles Mylius , Docteur en Droit (* en Allemand *) Hall.* 1663. *in-4°.*

13. *Eloge funebre de Chrétien Rudloff.* (en Allemand.) *Ibid.* 1660. *in-4°.*

14. *Eloge funebre de Marie Catherine Schultzin. Ibid.* 1666. *in-4°.*

15. *Camera Cœleſtis , in quam Caſpar Neeſe , Rev. Dom. Auguſti , Poſtulati Adminiſtratoris Magdeb. Cameræ publicæ Præfectus tranſlatus. Halæ* 1664. *in-4°.*

MARTIN
LIPENIUS.

16. *Vale Hallense Gymnasio Hallensi in quo per XIV. prope annos publicè docuit, die 13. Febr. 1673. dictum. Halæ in-4°.*

17. *Decas Thesium Philosophicarum 1673. in-4°.*

18. *Disputatio publica de Philosophia. Ibid. 1674. in-4°.*

19. *Programma de Dario Medo. Stetini 1673. in-fol.*

20. *Physica Lapidum consideratio. Ibid. 1674. in-4°.*

21. *Dissertatio historica de Mariæ ortu. Ibid. 1675. in-4°.*

22. *Disputatio Metaphysica de Toto & partibus. Ibid. 1675. in-4°.*

23. *Dissertatio publica de cruce Christi. Ibid. 1675. in-4°.*

24. *Dissertatio Moralis de violentis Manibus. Ibid. 1675. in-4°.*

25. *Disputatio Physica de Montibus. Ibid. 1675. in-4°.*

26. *Disputatio Metaphysica de Necessitate & Contingentia. Ibid. 1675. in-4°.*

27. *Programmata Stetinensia.* Ces Programmes, qui sont au nombre de 27, ont été faits en differens temps sur la mort de differentes personnes entierement inconnuës à notre égard.

28. *Integra strenarum Civilium His-*

tória à prima Origine , per diversas Re-
gum, Confulum , & Imperatorum Ro-
manorum, necnon Episcoporum ætates ,
ad noftra ufque tempora deducta , &
quoad Nomen , Auctorem , Materiam ;
feu Munera , Tempus & vota illuftrata.
Lipfiæ & Halæ 1670. *in-*4°. It. Dans
le 12e. Tome des *Antiquités Romaines*
de *Grævius* p. 405. La matiere des E-
trenes a été traitée depuis par *Spon ,*
dans une Brochure publiée en 1673.
& par le *P. Tournemine* Jefuite , dans
une petite *Hiftoire des Etrenes ,* inferée
dans les *Memoires de Trevoux* de
Janvier , *p.* 119.

29. *Strenæ Ecclefiafticæ , quas Jaco-*
bus Herrenfchmidt in ftrenographia Rhe-
tica , & Jofua Stegman in Icone Pietatis
fuo quifque loco & tempore confcripfe-
runt , obtulerunt , ediderunt , in unum
fafciculum collecta , & ex multis aliis
piorum & devotorum virorum meditatio-
nibus aucta. Lubecæ 1677. *in-*4°.

30. *Bibliotheca Realis Theologica ,*
omnium materiarum , rerum , & titu-
lorum in univerfo Sacro-Sancta Theolo-
logiæftudio occurrentium, ordine Alpha-
betico fic difpofita , ut primo ftatim ad-
fpectu tituli , & fub titulis Autores jufta

MARTIN *velut acie collocati in oculos pariter &*
LIPENIUS. *animos Lectorum incurrant. Francofurti*
ad Mœnum 1685. *in-fol.* 2. *Tom.*

31. *Bibliotheca Realis Juridica. Ibid.*
1679. *in-fol.*

32. *Bibliotheca Realis Medica. Ibid.*
1679. *in-fol.*

33. *Bibliotheca Realis Philofophica.*
Ibid. 1682. *in-fol. deux tomes.* Cette
Bibliotheque doit avoir couté bien
du travail à l'Auteur, cependant rien
n'eft plus imparfait ; tel Ecrivain a
compofé un grand nombre d'ouvrages, dont on n'en voit ici que deux
ou trois, qui en récompenfe font
repetés cinq ou fix fois fous differens
titres, aufquels fouvent ils ne con-
viennent guéres. Ajoûtés à cela une
multitude prodigieufe de fautes
d'impreffion dans les noms propres
& dans les dates. Comme *Lipenius*
a compilé une bonne partie de fon
livre fur des Catalogues fouvent très-
fautifs, on ne peut guéres fe fier à lui
fans fe mettre au hazard d'être trompé ; ainfi fa Bibliotheque ne peut
gueres être d'ufage que pour ceux
qui ne recherchent pas l'exactitude
& la verité.

V. *Son Eloge dans le* 1^r. *tome de l'A-thenæ Lubecenſes Joannis Henrici von Seelen.* p. 88.

JEAN DE LA BRUYERE.

JEAN *de la Bruyere* , naquit l'an 1644. dans un Village proche de *Dourdan* , comme nous l'apprenons d'une Note que M. *Clement* a miſe ſur le Catalogue de la Bibliotheque du Roy. Il deſcendoit d'un fameux Ligueur , qui dans le temps des Bar-ricades de *Paris* , exerça la Charge de Lieutenant Civil.

    Il acheta celle de Tréſorier de France à *Caen* ; mais à peine la poſſedoit-il, que M. *Boſſuet* , Evêque de *Meaux* , le mit auprès de feu M. le Duc , pour lui enſeigner l'Hiſtoire , & il y paſſa le reſte de ſes jours en qualité d'hom-me de Lettres , (& non pas en celle de Gentilhomme ordinaire , comme quelques Auteurs l'ont dit ,) avec mille écus de penſion.

    Son Livre des *Caracteres* lui pro-cura une place à l'Academie Fran-çoiſe , où il fut reçû le 15 Juin 1693.

J. DE LA BRUYERE

J. DE LA à la place de M. de *la Chambre.*
BRUYERE Quatre jours avant sa mort , il
étoit à *Paris* dans une compagnie ,
où tout d'un coup il s'apperçut qu'il
devenoit entierement sourd , sans
cependant ressentir aucune douleur.
Il retourna à *Versailles* , où il avoit
son logement à l'Hôtel de Condé &
une Apoplexie d'un quart d'heure
l'emporta le 10 May 1696. âgé de
52 ans.

C'étoit un Philosophe , qui ne
songeoit qu'à vivre tranquille avec
ses amis & ses Livres, sçachant faire
un bon choix des uns & des autres ,
ne cherchant ni ne fuyant le plaisir ,
toûjours disposé à se livrer à une
joye moderée , & ingenieux à la faire
naître ; poli dans ses manieres,& sage
dans ses discours , craignant toute
sorte d'ambition , même celle de
montrer de l'esprit.

Catalogue de ses Ouvrages.

1. *Les Caracteres de Theophraste ,*
traduits du Grec , avec les Caracteres ,
ou les Mœurs de ce siecle. Paris 1687.
in-12. Il s'est fait un grand nombre
d'éditions de cet Ouvrage avec des
augmentations à chacune ; la meilleure

leure eſt celle qui parut immédiate- J. DE LA
ment après la mort de l'Auteur. » M. BRUYERE
» de *la Bruyere*, dit *Menage*, (a) peut
» paſſer parmi nous pour Auteur d'u-
» ne maniere d'écrire toute nouvel-
» le. Perſonne avant lui n'avoit trou-
» vé la force & la juſteſſe d'expreſſion,
» qui ſe rencontrent dans ſon Livre.
» Il dit en un mot ce qu'un autre ne
» dit pas auſſi parfaitement en ſix. Ce
» qui eſt encore de beau chez lui,
» c'eſt que nonobſtant la hardieſſe
» de ſes expreſſions, il n'y en a point
» de fauſſes, & qui ne rendent très-
» heureuſement ſa penſée. Ses Carac-
»teres ſont un peu chargés; mais ils ne
» laiſſent pas d'être naturels. Ce jugement n'eſt pas exactement vrai ;
car on ne peut nier que *la Bruyere*, à
force de vouloir être énergique, ne
ſorte quelquefois du naturel. Au
reſte ces Caractères eurent d'abord
un ſuccès ſurprenant, comme il eſt
facile de le juger par toutes les éditions qui s'en ſont faites coup ſur
coup ; ils commencent cependant à
n'être plus ſi recherchés ; ce que M.
l'Abbé d'*Olivet* attribuë, du moins

(*a*) Menagiana Tom. 4. p. 218.

Tome XIX. R

J. DE LA en partie , à la malignité du cœur
BRUYERE humain. » Tant qu'on a cru , dit-il,
» voir dans ce Livre les portraits de
» gens vivans , on l'a dévoré , pour
» se nourrir du triste plaisir que don-
» ne la satyre personnelle ; mais à
» mesure que ces gens-là ont disparu,
» il a cessé de plaire si fort par la
» matiere. Et peut-être aussi que la
» forme n'a pas suffi toute seule pour
» le sauver , quoiqu'il soit plein de
» tours admirables , & d'expressions
» heureuses , qui n'étoient pas dans
» notre Langue auparavant.

Si *la Bruyere* a eu des admirateurs,
il a trouvé un rude censeur dans la
personne du prétendu *Vigneul-Marville*, qui dans le premier Tome de
ses *Mélanges* , p. 342. s'est attaché à
relever plusieurs endroits de ses Caracteres. Mais ce censeur a été critiqué à son tour par M. *Coste* , qui a
pris la défense de l'Auteur des Caracteres dans un Ouvrage Anonyme ,
qu'il a publié sous ce titre : *Défense
de M. de la Bruyere & de ses Caracteres , contre les accusations & les objec-
tions de M. de Vigneul - Marville.
Amsterdam* 1702. *in-*12. Ouvrage qui

a été joint aux *Caracteres* mêmes dans J. DE LA
quelques éditions faites en Hollan- BRUYERE
de. Le Livre de *la Bruyere* a auſſi été
attaqué dans les *Sentimens critiques ſur
les Caracteres de M. de la Bruyere.
Paris* 1701. *in*-12. Mais il ne paroît
pas que le public ait fait beaucoup
d'attention à ces *Sentimens critiques.*

   Il n'eſt pas inutile d'avertir ici que
dans pluſieurs éditions des *Caracteres* , ſur tout dans celles qui ſe ſont
faites en pays étrangers , on a joint
une clef où l'on a marqué les noms
de ceux dont la Bruyere avoit voulu
parler , ou du moins qu'on s'eſt imaginé qu'il avoit eu en vûë.

   Après la 1e. publication du Livre de
la Bruyere , la République des Lettres ſe vit bientôt inondée de *Caracteres* , faits à l'imitation des ſiens ,
mais qui tomberent peu après dans
l'oubli. Ceux qui ſe ſont le mieux
ſoutenus parurent ſous le titre de
*Suite des Caracteres de Theophraſte &
des Mœurs de ce ſiecle. Paris* 1700. *in*-
12. On les a joint à ceux de *la Bruyere* dans quelques éditions d'Hollande. Ce Livre , dit l'Auteur de la
République des Lettres (a.) eſt d'un

(a) 1700. Avril. p. 466. R ij

J. DE LA Avocat, „ qui demeure à *Roüen* „
BRUYERE „ nommé M. *Aleaume.* Il a de l'ef-
„ prit & de la politeſſe. On trouve
„ dans ſon ouvrage des penſées aſſés
„ bien tournées ; mais il y en a d'au-
„ tres qui n'ont pas le même caracte-
„ re. On prétend auſſi qu'il y a quel-
„ ques fautes dans le langage.

2. *Diſcours prononcé le* 15 *Juin* 1693.
à ſa reception à l'Academie Françoiſe.
Paris 1693. *in-*4°. It. dans les Recueils de cette Academie.

3. *Dialogues ſur le Quietiſme. Paris*
1699. *in-*12. *La Bruyere* n'avoit fait
qu'ebaucher ces Dialogues, dont M.
Du Pin a procuré l'édition, en y
ajoûtant ce qui y manquoit.

V. *Son Eloge par* M. *l'Abbé*
d'Olivet dans ſon Hiſtoire de l'Aca-
demie Françoiſe.

NICODEME FRISCHLIN.

NICODEME *Friſchlin*, naquit N. FRIS-
à *Balingen*, Ville d'Allemagne CHLIN.
dépendante du Duché de *Wirtem-*
berg le 22. Septembre 1547. de *Jac-*
ques Friſchlin, Miniſtre de cette Ville, & d'*Agnes Ruf*.

Quoique ce fût alors une coutume
ordinaire parmi les Sçavans de ſon
pays de changer leurs noms Allemands en d'autres Grecs ou Latins,
il ne voulut point les imiter, croïant
que ce changement ne pouvoit être
qu'injurieux à ſes parens, & étant
bien aiſe que tout le monde connût
par ſon nom qu'il étoit d'origine
Allemande. Ainſi il le conſerva toûjours ſans s'embaraſſer de prendre
celui d'*Hygiænus*, ou celui de *Vege-*
tius, qui ſignifioient la même choſe,
l'un en Grec & l'autre en Latin,
comme il le dit lui-même dans les
Vers qu'il a faits ſur ce ſujet.

Il commença ſes études dans ſa
patrie, & alla les continuer à *Tubin-*
ge. Il ne demeura pas cependant long-

R iij

N. FRIS-
CHLIN.

temps dans cette derniere Ville ; car il n'avoit encore que douze ans lors qu'on l'envoya à *Konisgbrunn*, fameu-fe Abbaye, dont le Duc de *Wirtem-berg* avoit fait une école, qui étoit alors célébre par la réputation de *Joffe Stiger*, qui y enfeignoit.

Il ne fut que deux ans en ce lieu ; cependant il y fit des progrès fi con-fiderables dans les Langues Gréque & Latine, que lorfqu'il en fortit au bout de ce temps, il compofoit fort bien dans l'une & l'autre tant en Profe qu'en Vers.

Il alla enfuite à *Bebenhufen*, mais il n'y trouva pas des Maîtres affés habiles, pour pouvoir fatisfaire avec eux la paffion qu'il avoit d'appren-dre. Ainfi après y avoir demeuré un an & cinq mois, il retourna à *Tu-binge*, où il s'appliqua à la Philofo-phie. Lorfqu'il eut été reçû Maître-ès-Arts à l'âge de dix-huit ans, il recommença à s'adonner plus que jamais aux Belles-Lettres, & à la lec-ture des anciens Auteurs Grecs & Latins.

L'application qu'il y donna ne l'empêcha point de prendre quelque

teinture de la Théologie, de la Mé- N. FRIS-
decine, & des Mathematiques, dans CHLIN.
leſquelles il ne vouloit point être entierement étranger.

Son habileté lui procura bientôt
de l'emploi. Il n'avoit encore que
vingt ans, lorſqu'il fut choiſi pour
profeſſer les Belles-Lettres à *Tubinge*,
& après avoir montré qu'il étoit digne de ce choix, par l'explication des
Epîtres d'Horace, il fut l'année ſuivante 1568. aggregé au nombre des
Profeſſeurs de cette Academie.

Quelque temps après *Philippe Ap-*
pian Profeſſeur ordinaire de Mathematiques, ayant été abſent pendant
un mois ou deux, on le pria de ſup-
pléer à ſon défaut, & il le fit d'une
maniere qui lui attira des applau-
diſſemens.

En 1571. la peſte obligea de trans-
ferer l'Academie à *Eſlingen*, & ce
fut alors que *Friſchlin* fut nommé
pour préſider aux diſputes de Philoſophie, emploi dont il s'acquita
pendant huit ans entiers.

On lui offrit en 1576. la place de
Principal d'un College nouvelle-
ment établi à *Gratz* en Stirie, mais

ſon attachement pour ſon pays natal,
& pour l'Academie de *Tubinge* ne
lui permet point de l'accepter. Il ſollicita cependant lui-même trois ans
après une Chaire à *Fribourg*, qui lui
fut accordée, mais dont il ne prit
point poſſeſſion, parce que le Duc
de *Wirtemberg*, qui craignoit de le
perdre, le retint par ſes promeſſes.
Ce Prince lui avoit déja fait du bien;
car il lui avoit accordé pour une
piece qu'il avoit faite ſur ſon premier Mariage, une rente de bled &
de vin.

Il avoit auſſi reçû quelques bienfaits de l'Empereur, qui lui avoit
donné à la Diete de *Ratisbonne*, la
Couronne Poëtique, & l'avoit armé
Chevalier, pour ſa Comédie de *Rebecca*; & qui depuis lui donna le titre de Comte Palatin, pour trois Pané-
gyriques qu'il avoit faits ſur quelques Empereurs de la Maiſon d'Au-
triche.

Friſchlin n'étoit point aimé, &
ſon eſprit naturellement ſatyrique
& violent lui avoit déja fait pluſieurs ennemis. Un diſcours qu'il
compoſa en 1580. ſur la vie cham-

pêtre, & où il s'emporta violem- N. Fris³
ment contre plusieurs personnes de CHLIN.
consideration, lui en fit un si grand
nombre de nouveaux, qu'il crut ne
pouvoir plus demeurer en sûreté dans
le pays. Il songeoit à en sortir, lorsqu'on lui offrit la direction d'une
Ecole à *Labach* dans la Carniole. Il
accepta cette place avec plaisir, & se
transporta dans cette Ville avec toute
sa famille l'an 1582. après avoir en-
seigné quinze ans à *Tubinge*.

L'air de cette nouvelle demeure
se trouva si contraire au temperamment de sa femme & de ses enfans,
qui y furent presque toûjours mala-
des, qu'il fut obligé d'en sortir au
bout de deux ans, & de retourner à
Tubinge.

Il ne fut pas trop bien reçû dans
cette Ville ; d'ailleurs il lui arriva
une avanture, qui ne lui permit pas
d'y faire un long séjour. On l'accusa
d'avoir commis adultere avec une
servante, qu'on disoit qu'il avoit
violée, après l'avoir enyvrée. Il a-
voüa le fait ; mais il soûtint en même
temps qu'on ne pouvoit lui intenter
un procès criminel pour ce sujet,

N. FRIS-
CHLIN.

parce que par la Loy *Julia*, après cinq ans on ne peut faire aucune poursuite contre ceux qui sont coupables de ce crime, & qu'il y avoit plus long-temps que la chose s'étoit passée. On n'eut cependant point d'égard à cette raison, & on ordonna qu'il se défendît contre ses accusateurs, ou qu'il quittât la Ville.

Il prit le dernier parti, & se retira à *Francfort*, d'où il passa successivement à *Wittemberg*, à *Brunsvic*, où il eut pendant six mois la conduite d'une Ecole, à *Marpourg*, à *Spire*, & enfin à *Mayence*. Il esperoit se fixer dans cette derniere Ville, & y faire imprimer ses Ouvrages; mais comme les fonds lui manquoient pour cela, il écrivit au Duc de *Wittemberg*, pour implorer son assistance, & pour le prier de le secourir dans la disette où il se trouvoit. Ses demandes ayant été rejettées, il crut que certaines personnes, qui ne l'aimoient pas, en avoient été la cause, & leur écrivit des Lettres très-violentes.

Cette imprudence fut cause de sa perte. On le fit arrêter à *Mayence*;

à la requête du Duc , & on le con- N. FRIS-
duifit à *Wittemberg* , où il fut déte- CHLIN.
nu pendant quelque temps dans le
Vieux-Château avec affés de liberté.
Mais le 17 Avril 1590. il fut transferé les yeux bandés au Château
d'*Aurach* , où il demeura jufqu'au
jour de fà mort.

Il follicita long-temps pour obtenir fon élargiffement ; mais voyant
que les follicitations étoient inutiles , il chercha les moyens de fe
mettre lui-même en liberté. Il cou-
pa les draps & les couvertures de fon
lit par bandes , qu'il lia les unes aux
autres , & les attacha aux barreaux de
fa fenêtre. Il voulut enfuite fe glif-
fer le long de cette efpece de corde ;
mais la pefanteur de fon corps ayant
fait rompre ces bandes , il tomba fur
des roches & s'y brifa entierement
le corps. Céci arriva la nuit du 29.
Novembre 1590. & on le trouva
mort le lendemain. Il étoit alors
âgé de 43. ans.

Catalogue de fes Oúvrages.

1. *Epicedion Leonhardi Fuchfii. Tu-
binga* 1566. *in*-4°. Avec l'Eloge fu-
nebrede *Fuchs* par *George Hitzler.*

N. Fris-   2. *Tubingense stipendium, item Gym-*
CHLIN.   *nasia Monastica Ducis Wirtembergici,*
Carmine descripta. Tubingæ 1569.
*in-*4°. *Frischlin* avoit le génie tout à
fait porté à la Poësie, & une si grande
facilité, que les Vers se présentoient
à lui avant même qu'il les eût cher-
chés, au rapport de *Melchior Adam.*

3. *Carmen in Jonam Prophetam he-*
roico Carmine translatum Matthæi
Heinii, Gerensis. Tubingæ. 1570. *in-*40.
A la tête de cet Ouvrage, que le P.
le Long a omis dans sa Bibliotheque
sacrée.

4. *Epigramma in Threnos Jeremiæ*
Carmine Heroico Græco Wolfg. Finc-
kelthusii. Tubingæ 1571. *in-*4°. Avec
cet Ouvrage.

5. *Propemticon Georgio Sigismundo &*
Bernhardino à Mayndorff, fratribus.
Tubingæ 1572. *in-*4°. Avec d'autres
pieces semblables.

6. *In discessum Hieronymi Schurstab.*
Tubingæ 1574. *in-*4°.

7. *In Rhetoricam Martini Crusii.*
Basileæ 1574. *in-*8°. Avec cette Rhetorique. C'est une piece de Vers.

8. *Carmen de Astronomico Horolo-*
gio Argentoratensi. Argentorati 1575.
*in-*4°.

9. *Problema utrum Fortuna aliquam cauſa moventis rationem habeat an ſecus.* N. FRIS-CHLIN, *Tubingæ* 1575. *in-8°.* En Vers.

10. *Rebecca, Comædia. Francofurti* 1576. *in-4°.* It. avec la *Suſanne. Argentorati* 1605. *in-12.* It. Trad. en Allemand. *Francfort* 1589. *in-8o.*

11. *Panegyrici tres de Laudibus Maximiliani II. & Rodolphi II. Rom. Imperatorum. Tubingæ* 1577. *in-4°.* Avec l'Epitaphe de *Maximilien II.* en Vers Elegiaques.

12. *De Nuptiis Ludovici Ducis Wirtembergici libri ſeptem verſu heroico ſcripti. Tubingæ* 1577. *in-4°.*

13. *Callimachi Hymni & Epigrammata ex recenſione Henrici Stephani cum ejuſdem notis, & cum Verſione notiſque Nicodemi Friſchlini. Genevæ* 1577. *in-4°.* L'Epître dédicatoire de *Friſchlin* eſt datée de *Tubinge* l'an 1571. cependant ſa Verſion & ſes Notes n'ont point été imprimées dans cette derniere Ville, comme on l'a marqué par erreur dans les *Actes de Leipſic* de l'an 1697. *p.* 487. mais ſeulement à *Geneve* chez *H. Etienne,* à qui *Friſchlin* envoya ce qu'il avoit fait ſur *Callimaque.* Ceux qui ont

mis l'édition de 1577. à *Paris*, & non point à *Geneve*, se sont aussi trompés, & c'est une faute qui a été commise dans le Catalogue de la Bibliotheque d'Oxford.

14. *Susanna, Comædia. Tubingæ* 1578. *in-8°*. It. *Argentorati* 1595. *in-8°*. It. en Allemand. *Francfort* 1589. *in-8°*.

15. *Hildegardis magna, Comædia. Tubingæ* 1579. *in-8°*. It. *Altorphii* 1609. *in-8°*.

16. *Priscianus vapulans, seu Comedia solæcismos & barbarismos perstringens. Additur Epicedion Jacobo Frischlino parenti scriptum heroico Carmine. Argentorati* 1580 *in-8°*. It. *Erfurti* 1581. *in-8°*.

17. *Dido, Tragædia. Accessit Ludorum Circensium descriptio. Tubingæ* 1581. *in-8°*.

18. *De ratione instituendi puerum ab anno ætatis* 6. & 7. *ad annum usque* 14. *ita ut præter duas aut tres maternas linguas, etiam Latinam discat recte loqui & scribere ; Græcam vero mediocriter intelligere, insuperque rudimenta Dialecticæ & Rhetoricæ ad usum scribendi conferre. Gyssengæ.* 1584. *in-8°*.

It. *Heidelbergæ.* 1621. *in* - 8°.   N. FRIS-

19. *Quæſtionum Grammaticarum li-* CHLIN.
bri octo ex probatiſſimis Autoribus col-
lecti. Venetiis 1584. *in* - 80. *Friſchlin*
ayant été de *Laubach* faire un voyage
à *Veniſe*, y fit imprimer cet Ouvrage
par *Alde Manuce* fils de *Paul.*

20. *Strigilis Grammatica, qua Gram-*
matiſtarum quorumdam ſordes, arti
liberaliſſimæ aſperſæ, deterguntur. Il eſt
dit dans la vie de *Friſchlin*, qu'il fit
imprimer à *Veniſe* cet Ouvrage par
Alde Manuce; ainſi la premiere édition doit être de l'an 1584. Il s'en eſt
fait depuis une autre à *Strasbourg* en
1594. *in*-80. Cet écrit, qui eſt extrêmement violent, ſouleva pluſieurs
Profeſſeurs qui y étoient maltraités,
& *Martin Cruſius* y oppoſa un *Anti-*
Strigilis, qui fut l'origine d'une guerre cruelle, où l'on vit paroître bien
des écrits dans leſquels coulerent des
torrens d'injures.

21. *Prodromus in ſecundum ſceleſtiſſi-*
mi Grammatici Dialogum adverſus
Martinum Cruſium. Urſellis. 1588.
in-8°.

22. *Poppiſmus Grammaticus pro*
ſtrigili ſua Grammatica adverſus M.

N. Fris-*Crusium. Praga* 1587. *in-*8°.

CHLIN.   23. *Anagrammata, hoc est, Horæ subcesivæ. Tubingæ.* 1585. *in-*40.

24. *Aristophanis Comædiæ Græce & Latine, studio Nicodemi Frischlini. Francofurti* 1586. *in-*8°. Sa traduction se trouve aussi dans l'édition de *Leyde* de l'an 1625. *in-*12.

25. *De Nuptiis Wirtembergico-Palatinis. libri* IV. *versu heroico. Tubingæ* 1585. *in-*4°.

26. *De Astronomicæ artis cum Doctrina Celesti & Naturali Philosophia congruentia libri* V. *Francofurti* 1586. *in-*8°. It. *Ibid.* 1601. *in-*8°.

27. *Epithalamium Melioris Jægeri, Tubingæ* 1587. *in-*4°. Avec *Erh. Cellii Nuptiæ secundæ Mel. Jægeri.*

28. *Carmen Panegyricum de quinque Saxoniæ Ducibus. Witteberga* 1588, *in-*8°.

29. *In Tryphiodori Ægyptii, Grammatici & Poetæ, librum de Ilii excidio interpretatio duplex & Notæ ad Græcum Textum. Francofurti* 1588. *in-*4°. Des deux Versions l'une est en Prose & l'autre en Vers.

30. *Grammaticæ Græcæ cum Latina vetere congruentis pars* 1. *&* 2. *libros octo*

octo complectentes. Helmftadii 1589. N. FRIS-
*in-*8$_0$. CHLIN.

31. *Helvetio - Germani. Comædia.*
Helmftadii 1589. *in-*8°.

32. *Operum Poeticorum pars fcenica,*
in qua funt Comediæ fex, Rebecca, Su-
fanna, Hildegardis magna, Julius re-
divivus, Prifcianus Vapulans, Helve-
tio - Germani ; Tragædiæ duæ, Venus,
Dido. Cum figuris. Argentorati. 1589.
*in-*8°. Ces pieces ont été réimprimées plufieurs fois depuis.

33. *Dialogus Logicus contra P. Ra-*
mi fophifticam pro Ariftotele. Addita
ejufdem refutatione fcripta à Conrado
Neubecker. Francofurti 1590. *in-*8°.

34. *Julius Cæfar cum M. T. Cicerone*
redivivus, Germanice redditus. Spiræ
1591. *in-*8°. Je ne fçai ce que c'eft
que cet ouvrage.

35. *Phafma, hoc eft Comædia Pofthu-*
ma de Variis Hærefibus & Hærefiar-
chis. In Jazygibus Metanaftis 1592.
*in-*8°. It. Dans quelques éditions de
fes Poëfies Dramatiques.

36. *Perfii fatyræ cum Paraphrafi.*
Francofurti 1596. *in-*8°.

37. *Paraphraftica expofitio Bucolic.*
& Georgicorum Virgilii. Francofurti
1596. *in-*8°. S

N. Fris-
chlin.

38. *Poematum pars Epica. Item de Tribus Monarchiis Elegiæ tres. Argentorati* 1598. *in-8º.*

39. *Grammatica Latina ab innumeris follecifmis liberata ; Una cùm Paralipomenis Grammaticalibus. Francofurti* 1599. *in-8º.*

40. *Hebræis , feu Regum Judaicorum & Ifraeliticorum Hiftoria , duodecim libris. Argentorati* 1599. *in-8o.* C'eft un Poëme.

41. *Nomenclator trilinguis , Græco-Latino-Germanicus. Opus nova Gnomologici trilinguis & fcientiarum maxime illuftrium ex probatis Autoribus excerptarum acceffione auctum atque illuftratum ftudio & opera M. Gothar. Arthufii Dantifcani. Adjectum eft recens Idioma Gallicanum. Francofurti* 1622. *in-8º.* Il y a une édition anterieure faite à *Francfort* en 1600. *in-8º.*

42. *Operum Poeticorum pars Elegiaca. Item Odarum libri tres. Anagrammatum unus. Argentorati* 1601. *in-8o.*

43. *Facetiæ felectiores. Argentorati.* 1603. *in-12.*

44. *Epiftolæ & Præfationes. Argentorati* 1604. *in-8o.*

45. *Inſtitutionum Oratoriarum libri* N. Fris-
duo editi ab Hier. Megiſero 1604. *in-*8°. CHLIN.

46. *Orationes inſigniores aliquot ;*
Opera Georgii Pfluegeri Ulmani. Ar-
gentorati 1605. *in-*8°. It. 3ª. *Editio. Ib.*
1618. *in-*8°. Les Pieces contenuës
dans ce Recueil , à la tête duquel
l'Editeur a mis la vie de *Friſchlin*
ſont les ſuivantes.

Oratio de Præſtantia ac dignitate P.
Virgilii Maronis Æneidos, Tubingæ VI.
Id. Junii an. 1574. *habita.*

In P. Virgilii Æneida prolegomena.

Oratio de Exercitationibus Oratoriis
& Poeticis ad imitationem Veterum re-
Ete utiliterque inſtituendis , Wittebergæ
anno 1587. *recitata.*

Oratio de ſtudiis Linguarum & libe-
ralium Artium , Tubingæ Cal. Septem-
bris an. 1578. *habita.*

Tria Problemata in utramque partem
agitata , quorum primum eſt de ſeptem
artibus liberalibus , quænam harum præ-
ſtantiſſima ſit ? Secundum de quinque
ſenſibus , quis eorum maximam ex ob-
jecto ſuo voluptatem capiat ? Tertium de
Fortuna ; Utrum illa aliquam cauſæ mo-
ventis rationem habeat , an ſecus ? Ce
dernier Problême eſt en Vers , au

212 Mem. pour servir à l'Hist.

N. Fris-lieu que les deux autres sont en Pro-
CHLIN. se. *Frischlin* les avoit recités à des
Promotions de Bacheliers & de Do-
cteurs.

Oratio de Vita Rustica recitata Tu-
binga, anno 1578. triduo mensis No-
vembris. La vie de *Frischlin* fait voir
que la date de ce discours est fausse,
puisqu'on y marque qu'il est de
l'an 1580.

Oratio in Marcum Vagenerum Fri-
mariensem Saxonem, superioris de Vita
Rustica defendenda causa, anno 1582.
scripta, & demum Praga an. 1587. edita.

47. *Methodus declamandi. Argen-*
torati 1606. in-8°.

48. *Operum Poeticorum Paralipo-*
mena ex recensione Valentini Clessii.
Gera ad Elystrum 1607. in-8°. It.
Darmstadii 1610. in-8°.

49. *Satyra octo adversus Jacobum*
Rabum Apostatam. Gera ad Elystrum.
1607. in-8.

50. *Astrologicarum divinationum*
Phasmata, & Phantasmata fanatica
ventilata, confutata, explosa, simul-
que Astronomia, Physiologia, atque
Theologia congruentia astruitur. Fran-
cofurti 1611. in-8°.

51. *Introductiones Oeconomicæ &* N. FRIS-
Politicæ, Historiis, Fabulis, Allegoriis, CHLIN.
Virtutumque adeo ac Vitiorum imagini-
bus expositæ cum octo Satyris. Franco-
furti 1523. *in-*8°.

52. *Oratio de Scholis & Gymnasiis*
aperiendis, & Elegiæ nonnulla ; editæ
ab Hermanno Friderico Flaydero. Tu-
bingæ 1627. *in-*12.

53. *Andreæ Kragii, Ripensis Dani,*
schola Ramea vel defensio Petri Rami ;
adversus Georgii Liebleri Calumnias.
Basileæ 1582. *in-*8°. *Martin Crusius* a
prétendu que *Frischlin* avoit pris le
nom de *Kragius* Professeur de Physique à *Copenhague*, pour publier cet
ouvrage, & *Frischlin* qui fait mention de cette prétention, ne dit pas
le moindre mot pour la contredire ;
ce qui fait juger qu'il est veritablement de lui. Outre qu'on y reconnoît son stile mordant & satyrique.

V. Sa vie par *George Pflueger*, à la
tête de ses Discours. Elle est fort bien
faite, & tous ceux qui ont parlé de
Frischlin n'ont fait que la copier. *Jaco-*
bi Frischlini Frischlinus redivivus 1599.
Cet Auteur étoit frere de *Nicodeme*.
Melchior Adam vita Philosophorum, p.

165. *Freheri Theatrum virorum docto-*
rum tom. 2. p. 1483. *Felleri Monumen-*
ta inedita p. 477. *Les Eloges de M.*
de Thou , & les Additions de Teissier.

CHRETIEN HUYGENS.

CHRET.
HUYGENS
CHRETIEN *Huygens,* (en Latin *Hugenius,*) naquit à *la Haye*
en Hollande le 14 Avril 1629. de
Constantin Huygens , Seigneur de
Zuylichem , qui a été consecutive-
ment Sécretaire de trois Princes d'O-
range , & de *Susanne van Baerle.*

Le goût qu'il eut toute sa vie pour
les Mathematiques se déclara de bonne heure. L'application qu'il donna
dans sa premiere jeunesse aux Langues
Latine & Gréque , n'empêcha pas
que dès l'âge de neuf ans , il ne fît
des progrès surprenans dans la Musique , l'Arithmetique , & la Géographie , que son pere prit lui-même
le soin de lui apprendre.

A l'âge de 13 ans on l'appliqua
aux Méchaniques , pour lesquelles il
paroissoit avoir des dispositions particulieres. Deux ans après , c'est-à-

dire, en 1644. on lui donna un Maître de Mathematiques, fous lequel
il apprit beaucoup de chofes en peu
de temps.

L'année fuivante il alla étudier
en Droit dans l'Univerfité de *Leyde*
fous le fçavant Jurifconfulte *Vinnius*,
mais cette étude ne l'occupa pas tellement, qu'il n'y continuât auffi celle
des Mathematiques fous le Profeffeur
Schoten.

Il quitta cette Univerfité au bout
d'un an, pour aller à *Breda*, où l'on
venoit d'en ériger une, dont la direction avoit été donnée à fon pere,
& il demeura dans cette Ville l'année 1646. & les deux fuivantes.

De retour à *la Haye* en 1649. il
alla dans le Holftein & en Danemarc
à la fuite de *Henri* Comte de *Naffau*;
il fouhaitoit fort paffer jufqu'en Suede pour y voir *Defcartes*, mais le
peu de féjour que ce Comte fit dans le
Danemarc ne le lui permit pas.

Il voyagea en France en 1655. &
s'y fit recevoir à *Angers* Docteur en
Droit. Il revint dans ce Royaume
en 1660. d'où il paffa l'année fuivante en Angleterre. On le revit

216 *Mem. pour servir à l'Hist.*
CHRET. pour la troisiéme fois en France en
HUYGENS 1663.

Tous ces voyages firent si bien
connoître son merite, que M. *Colbert* songea à le fixer à *Paris*, en lui
donnant une grosse pension. *Huygens* se rendit à ses desirs, & demeura
dans cette Ville depuis l'an 1666. jusqu'en 1681. Mais sa santé qui se dérangeoit de temps en temps, & qui
l'obligea en 1670. & en 1675. d'aller
faire un tour en Hollande pour y respirer l'air natal, l'obligea enfin à y retourner pour toûjours, en abandonnant la France.

Il mourut à *la Haye* le 8. Juin
1695. âgé de 66. ans. Il avoit été reçû en 1663. dans la société Royale de
Londres, & dans l'Academie des
Sciences pendant son séjour à Paris.

Toute sa vie a été occupée à des
recherches curieuses & utiles. Il aimoit la vie paisible & méditative.
Souvent il se retiroit dans la solitude
de la campagne, pour être moins
distrait & moins dissipé ; il n'avoit
pas cependant cette humeur triste &
sauvage, que l'on contracte d'ordinaire dans la retraite.

Catalogue

Catalogue de ſes Ouvrages. CHRET.

1. *Theoremata de Quadratura Hy-* HUYGENS *perboles , Ellipſis , & Circuli , ex dato portionum gravitatis centro. Quibus ſubjuncta eſt* Ἐξέταϲις *Cyclometriæ Cl. V. Gregorii à S. Vincentio editæ anno 1647. Lugd. Bat. 1651. in-4°.* It. inſeré à la p. 309. de ſes *OperaVaria. Lug. Bat. 1724.* C'eſt le premier Ouvrage qu'*Huygens* ait donné au public , & qui fit juger de ce qu'on devoit attendre de lui dans la ſuite.

2. *De Circuli Magnitudine inventa. Accedunt Problematum quorumdam illuſtrium conſtructiones. Lugd. Bat. 1654. in-4°.* It. A la p. 351. des *Opera Varia.*

3. *De Saturni Luna obſervatio nova. Hagæ Com. 1656. in-4°.* It. p. 523. des *Opera Varia.*

4. *Ad C. V. Franc. Xaverium Ainſcom S. J. Epiſtola , qua diluuntur ea quibus* Ἐξέταϲις *Cyclometriæ Grægorii à S. Vincentio impugnata fuit. Hagæ Comit. 1656. in 4°.* It. à la p. 341. des *Opera Varia.*

5. *De Ratiociniis in ludo Aleæ.* A la ſuite du Livre de *François Schoten ,* intitulé : *Exercitationum Mathematicarum libri quinque. Lugd. Bat. 1657.*

Tome XIX. T

CHRET. *in-4°*. It. parmi les *Opera Varia*, HUYGENS *Huygens* avoit compofé cet Ouvrage en Flamand , & *Schoten* , qui avoit été fon Maître en Mathematiques, prit le foin de le traduire en Latin , pour faire voir l'utilité de l'Algebre. *Huygens* eft le premier , qui ait traité cette matiere , qui l'a été depuis par M. *Sauveur* , M. *Bernoulli* , & M. de *Montmort* d'une maniere plus exacte.

6. *Brevis Inftitutio de ufu Horologiorum ad inveniendas Longitudines.* *Huygens* compofa cet écrit en Hollandois , & il fut imprimé en cette Langue en 1657. Il fe trouve en Latin à la p. 193. des *Opera Varia*.

7. *Horologium. Hagæ Comit.* 1658. *in-4°*. *Huygens* avoit déja produit dans l'Ouvrage précedent le deffein d'une nouvelle Pendule ; mais comme des gens envieux de fa gloire lui vouloient ravir l'honneur de l'invention , il compofa celui-ci pour expliquer la fabrique, & les refforts de cette nouvelle machine , & pour montrer qu'elle étoit fort differente de la Pendule des Aftronomes, inventée par *Galilée*. Il fe trouve à la p. 1e. de fes *Opera Varia*.

CHRET.
HUYGENS

8. *Syftema Saturnium, five de caufis mirandorum Saturni Phænomenon, & comite ejus Planeta novo. Hagæ Comitum* 1659. *in*-4°. It. à la p. 533. des *Opera Varia. Galilée* avoit tâché d'expliquer quelques-uns des Phenomenes furprenans de la Planete de *Saturne.* Il avoit d'abord apperçû deux étoiles qui l'accompagnoient, & quelque temps après il fut bien furpris de trouver qu'elles avoient difparu. *Huygens* piqué du defir d'éclaircir ces changemens, perfectionna les Telefcopes, & fabriqua lui-même des verres pour pouvoir confiderer les objets dans leur plus grand éloignement. Il s'attacha enfuite à obferver toutes les Phafes, & les apparences de *Saturne,* & dreffa un Journal de tous les differens afpects de cette Planete, qui varient extrêmement. Il apperçut les deux fatellites, qui l'accompagnent, & deux bras, ou deux pointes, qui fortoient en droite ligne du corps de la Planete, comme un qui la traverfoit. Il reconnut enfuite que ces deux bras formoient une Anfe, & parce qu'après de longues obfervations il apperçut toûjours la mê-

T ij

CHRET. me figure , il en conclut que *Satur-*
HUYGENS *ne* étoit environné d'un anneau solide & permanent , lequel ne change
point de fituation , quoique *Saturne*
tourne fur fon centre dans l'efpace
de moins de 16 jours. Il découvrit
auffi un troifiéme fatellite de *Saturne*,
qui jufques-là avoit échappé aux yeux
des Aftronomes. Ce nouveau fyftême lui acquit l'eftime des plus habiles dans cette Science.

9. *Brevis affertio fyftematis Saturnii*
fui. Hagæ Com. 1660. *in-*4°. It. à la
p. 619. des *Opera Varia.* Cet écrit eft
deftiné à répondre à un autre , qui
avoit attaqué fon fyftême fous ce
titre : *Euftachii de Divinis Septempeda-*
ni in fyftema Saturnium Chriftiani Hu-
genii. Hagæ Com. 1660. *in-*4°.

10. *Lettre du* 5. *Février* 1665. *fur*
les Horloges à Pendule. Inferée dans le
Journal des Sçavans du 23 Février
1665.

11. *Lettre du* 26 *Février* 1665. *fur le*
même fujet. Dans le *Journal* du 16 Mars
1665. & en Latin dans les *Opera Va-*
ria, p. 213.

12. *Relation d'une obfervation faite*
dans la Bibliotheque du Roy à Paris le

12 *May* 1664. *d'un Halo , ou Couron-* CHRET.
ne à l'entour du Soleil , avec un diſ- HUYGENS
cours de la cauſe de ces Meteores & de
celles des Parelies. Paris 1667. *in-*4°.
Huygens fit le diſcours , qui accompagne la Relation , dans une Aſſemblée de Sçavans à la Bibliotheque du
Roy. On trouve cet Ouvrage traduit
en Latin parmi les *Opuſcula Poſthu-*
ma d'*Huygens.*

   13. *Examen du Livre de M. Grego-*
ry , intitulé : Vera Circuli & Hyperbo-
les Quadratura. Inſeré dans le *Journal*
des Sçavans du deux Juillet 1668. It.
en Latin dans les *Opera Varia,* p. 463.

   14. *Lettre à l'Auteur du Journal des*
*Sçavans touchant la Répon*ſ*e que M.*
Gregory a faite à l'examen du Livre ,
intitulé : Vera Circuli & Hyperboles
Quadratura. Inſerée dans le *Journal*
des Sçavans du 12 Novembre 1668.
It. en Latin dans les *Opera Varia ,* p.
472. *Huygens* dans ſon examen du
Livre de *Gregory* avoit prétendu qu'il
y avoit pluſieurs défauts dans la dé-
monſtration que cet Auteur croyoit
avoir donnée de l'impoſſibilité de la
quadrature Analytique du Cercle ;
& M. *Gregory* fit une réponſe à ſes

CHRET. difficultés, qui fut inférée dans les
HUYGENS *Transactions Philosophiques* ; ce qui
l'engagea à écrire cette Lettre, à laquelle M. *Gregory* répliqua dans les
mêmes Transactions : son Ouvrage
& ses deux Réponses se trouvent parmi les *Opera Varia* d'*Huygens*.

15. *Observation de Saturne faite à la
Bibliotheque du Roy*. Dans le *Journal
des Sçavans* du 11 Février 1669. It.
en Latin dans les *Opera Varia*, p.
637.

16. *Lettre sur le mouvement, qui est
produit par la rencontre des corps*. Inférée dans le *Journal* du 18 Mars 1669.
It. en Latin dans le Recueil des Ouvrages Posthumes.

17. *Lettre touchant la Lunette Ca-
troptrique de M. Newton* ; dans le *Journal* du 29 Février 1672. It. en Latin
parmi les *Opera Varia*, p. 757.

18. *Lettre touchant les Phenomenes
de l'eau purgée d'air*. Dans le *Journal*
de Juillet 1627. It. en Latin parmi
les *Opera Varia*, p. 769.

19. *Lettre touchant la figure de la
Planete de Saturne*. Dans le *Journal*
du 12 Décembre 1672. It. en Latin
parmi les *Opera Varia*, p. 638.

20. *Lettre touchant une nouvelle ma-* CHRET
niere de Barometre qu'il a inventée. HUYGENS
Dans le *Journal* du même jour. It. en
Latin parmi les *Opera Varia*, p. 276.

21. *Horologium Ofcillatorium. Pa-*
rif. 1673. *in-fol.* It. parmi les *Opera*
Varia , p. 27. *Huygens* eft le premier qui ait trouvé le moyen de donner de la juftefse aux Horloges , en y
appliquant un Pendule , & en ren-
dant toutes les vibrations égales par
le moyen de la Cycloïde.

22. *Lettre touchant une nouvelle in-*
vention d'Horloges très-juftes & très-por-
tatives. Dans le *Journal* du 25 Février
1675. It. en Latin parmi les *Opera*,
Varia, p. 253.

23. *Lettre touchant une nouvelle ma-*
niere de Microfcope. Dans le *Journal*
du 15 Août 1678. It. en Latin parmi
les *Opera Varia*, p. 764.

24. *Nouvelle invention d'un Niveau*
à Lunette qui porte la preuve avec foi ,
& que l'on verifie & rectifie d'un feul
endroit. Dans le *Journal* du 29 Janvier 1680. It. en Latin parmi les *O-*
pera Varia , p. 254.

25. *Demonftration de la juftefse de ce*
Niveau. Dans le *Journal* du 26 Fé-

CHRET. vrier 1680. It. en Latin parmi les
HUYGENS *Opera Varia*, 258.

26. *Réponse à une remarque faite par
M. l'Abbé de Catelan contre sa pro-
position* 4e. *du Traité des Centres du
Balancement.* Dans le *Journal* du 29
Juin 1682. It. en Latin parmi les *Opera Varia*, p. 222. La remarque de
l'Abbé *de Catelan*, qui a donné occasion à cette réponse, se trouve dans
le premier Journal de la même année. Cet Abbé répliqua à *Huygens* par
deux écrits inserés, l'un dans le *Journal* du 20 Juillet suivant, & l'autre
dans celui du 14 Septembre, & fit
de plus dans celui du 7 Septembre de
la même année, une *objection contre le
mouvement en Cycloide des Pendules.*
Plusieurs Sçavans Mathematiciens
prirent part à cette dispute, & M.
Bernoulli de Basle voyant que M.
Huygens n'avoit encore rien répondu
à l'Abbé *de Catelan*, le fit pour lui,
par une Lettre inserée dans le *Journal*
du 24 Avril 1684.

27. *Réponse à la Replique de M.
l'Abbé Catelan touchant les centres d'a-
gitation.* Dans le *Journal des Sçavans*
du 3. Juillet 1684. It. en Latin parmi

les *Opera Varia*, p. 231. Il ne paroît CHRET.
pas que l'Abbé *de Catelan* ait repli-HUYGENS
qué à M. *Huygens* ; mais il le fit à M.
Bernoulli , & infera fon écrit dans le
Journal du 11 Septembre 1684. Celui-
ci ne voulut pas demeurer en refte à
fon égard , & réfuta fon écrit par un
autre qui fe trouve dans les *Acta Eruditorum Lipfienfia* de l'an 1686. p.
356. fix ans après M. le Marquis *de
l'Hopital* ayant vû cette piece de M.
Bernoulli , écrivit à M. *Huygens* fur
ce fujet. Sa Lettre fe trouve dans
l'*Hiftoire des ouvrages des Sçavans* du
mois de Juin 1690. p. 440.

28. *Remarques de M. Huygens fur
la Lettre de M. le Marquis de l'Hopital , & fur l'Ecrit de M. Bernoulli.* Inferées au même endroit, p. 449. It. en
Latin parmi les *Opera Varia* , p. 246.
Ce font là toutes les pieces qui ont
paru dans cette difpute. On les trouve toutes en Latin dans le premier
Volume des *Opera Varia* d'*Huygens.*

29. *Solution du problême propofé par
M. de Leibnits : Trouver une ligne de
defcente , dans laquelle le corps pefant
defcende uniformement , & approche
également de l'Horifon en temps égaux.*

CHRET. Dans les *Nouvelles de la République*
HUYGENS *des Lettres* du mois d'Octobre 1687.
p. 1110. It. en Latin parmi les *Opera*
Varia, p. 290.

30. *Astroscopia Compendiaria, Tubi*
Optici molimine liberata. Haga Comit.
1684. *in*-4°. It. parmi les *Opera Va-*
ria, p. 261.

31. *Traité de la Lumiere, où sont ex-*
pliquées *les causes de ce qui arrive dans*
la Reflexion, & dans la Réfraction,
& *particulierement dans l'étrange ré-*
fraction du Cristal d'Irlande, avec un
discours de la cause de la pesanteur. Leyde 1691. *in*-12. It. traduit en Latin
dans ses *Opera reliqua*, tom. 1. p. 1.

32. *Lettre touchant le Cycle Harmo-*
nique. Inserée dans l'*Histoire des Ou-*
vrages des Sçavans du mois d'Octobre 1691. p. 78. It. en Latin parmi
les *Opera Varia*, p. 745.

— 33. *Solutio Problematis de linea Ca-*
tenaria. Dans les *Acta Eruditorum*,
Lipsiensia de l'an 1691. p. 281. It. parmi les *Opera Varia*, p. 292.

34. *Construction d'un Problême de*
Geometrie. Trouver une ligne droite é-
gale à une partie donnée de la ligne Lo-
garithmique. Dans l'*Histoire des Ou-*

vrages des Sçavans du mois de Février CHRET.
1693. p. 244. It. en Latin, parmi les HUYGENS
Opera Varia, p. 507.

35. *De Problemate Bernoulliano in
Actis Lipfienfibus anni* 1693. *propofito.*
Dans les *Acta Eruditorum*, de lamê-
me année p. 475. It. parmi les *Opera
Varia*, p. 516.

36. *Conftructio Univerfalis Problematis à Joanne Bernoullio propofiti.*
Dans les *Acta Eruditorum* de l'an 1694.
p. 338. It. parmi les *Opera Varia*, p.
518.

37. *Epiftola ad G. G. Leibnitium.*
Sur le même fujet. Inférée aux mêmes endroits.

38. *Remarque fur le Livre de la Ma-
nœuvre des Vaiffeaux de M. Renau.*
Inférée dans la *Bibliotheque Univer-
felle*, tom. 25. p. 195. & dans le *Journal des Sçavans* du 9 May 1695. It. en
Latin, parmi les *Opera Varia*, p.
292. M. *Renau* ayant répondu à cette
Remarque dans les Journaux du 16
& du 23 May 1695. M. *Huygens* y
oppofa.

39. *Réplique à la Réponfe de M. Renau.* Dans l'*Hiftoire des Ouvrages des
Sçavans* du mois d'Avril 1694. p.

CHRET. 355. It. en Latin , parmi les *Opera*
HUYGENS *Varia* , p. 305.

     40. ΚΟΣΜΟΘΕΩΡΟΣ *sive de terris ce-*
lestibus earumque ornatu conjectura , ad
Constantinum Fratrem , Guilielmo III.
Magnæ Britanniæ Regi à Secretis. Ha-
gæ Comit. 1698. *in-*4°. It. parmi les
Opera Varia , p. 641. It. traduit en
François sous ce titre : *Nouveau Trai-*
té de la pluralité des Mondes par feu
M. Huygens , traduit du Latin en Fran-
çois par M. D. Paris. 1702. *in-*12. p.
277. Le traducteur de ce Livre est M.
du Four , ordinaire de la Musique du
Roy, qui a mis à la tête de sa traduction une Préface sçavante & bien
écrite, dans laquelle il le releve avec
beaucoup d'esprit , & en expose tout
le fond avec beaucoup de netteté.
Les Journalistes de *Trévoux* ont eu
tort de douter que cet Ouvrage fût
de M. *Huygens* ; il est incontestable-
ment de luï , & il en avoit même fait
imprimer la premiere feüille pendant
sa vie , mais sa mort arrivée alors
l'empêcha d'aller plus loin. Il se propose d'y faire voir qu'on ne sçauroit
prouver que les Planetes ne sont
point habitées, & qu'il est au con-

traire probable qu'elles le font.

41. Dans un Recueil publié ſous le titre de *divers Ouvrages de Mathematique, & de Phyſique par Meſſieurs de l'Academie Royale des Sciences. Paris* 1693. *in-fol.* On trouve quelques pieces d'*Huygens*, qui ont été inſerées dans ſes *Opera Varia.*

42. *Opuſcula Poſthuma, quæ continent Dioptricam, Commentarios de Vitris figurandis, Diſſertationem de Corona & Parheliis, Tractatum de motu & de vi centrifuga, Deſcriptionem Automatî Planetarii. Lugd. Bat.* 1703. *in-* 4°. p. 460. *Huygens* avoit legué par ſon Teſtament à l'Univerſité de *Leyde* ſes Ecrits de Mathematique, & avoit prié Meſſieurs de *Volder*, & *Fullenius*, dont le premier étoit Profeſſeur en Philoſophie & en Mathematiques à *Leyde*, & l'autre l'étoit à *Franeker*, d'examiner ces ouvrages, & d'en publier ce qu'ils trouvcroient en état de paroître. C'eſt ce qu'ils ont exécuté dans ce Volume. M. *Huygens* avoit écrit en Flamand le ſecond des Traités qu'il contient, & qui concerne l'art de former & de polir les verres de Lunettes à longue vûë, auquel il

CHRET. s'étoit beaucoup appliqué ; mais M.
HUYGENS *Boerhave* Professeur en Médecine à
Leyde s'est donné la peine de le tra-
duire en Latin.

43. *Opera Varia. Lugd. Bat.* 1682.
in-4°. p. 775. Ce Recueil, qui renferme la plûpart des pieces que M.
Huygens avoit données féparément,
est divifé en quatre parties, dont la
1ᵉ. contient les Ouvrages de Mecha-
nique, le 2ᵉ. ceux de Geometrie, le
3ᵉ. ceux d'Aftronomie, & le 4ᵉ. ceux
qui n'ont pû être rangés fous aucun
de ces titres. M. *Gravefande* a eu foin
de cette édition, dans laquelle il a
fait entrer plufieurs additions aux E-
crits qu'elle contient, qu'il a tirées
des manufcrits de l'Auteur. Les pieces qui étoient originairement en Latin ou en Flamand ont été traduites en
Latin par *Jean Oofterdyk Schacht* fils
d'un Profeffeur en Médecine de
Leyde.

44. *Opera Reliqua. Amftelodami*
1728. *in*-4°. *Deux Tomes.* Ce nouveau
Recueil a été auffi donné par les foins
de M. *Gravefande.* Le premier Tome
contient les Traités de la Lumiere
& de la Pefanteur, que les Libraires

avoient fait traduire en Latin ; mais dont la traduction n'étant pas exacte a été revûë avec ſoin par le traducteur des autres ouvrages d'*Huygens.* Le ſecond renferme ſes Oeuvres Poſthumes qui avoient déja été imprimées en 1703. mais avec quelques corrections & additions.

V. *Sa vie à la tête de ſes Opera Varia.*

JOACHIM FREDERIC FELLER.

JOACHIM - FREDERIC *Feller,* naquit à *Lipſic* le 26 Décembre 1673. de *Joachim Feller,* Profeſſeur en Poëſie dans cette Ville, & d'*Anne Dorothée Rappolt.*

Il fit ſes études avec tant de rapidité que dès l'an 1688. il fut reçû Docteur en Philoſophie. Deux ans après il commença ſes voyages littéraires. Il demeura quelque temps à *Wittemberg* chez *Kirchmaier* & à *Fribourg* chez *Bayer,* dont il viſita avec ſoin la Bibliotheque. En paſſant à *Zuickau,* dont ſon pere étoit natif,

J. F. il fut chargé par le Senat de cette Vil-
FELLER. le de dresser le Catalogue de la Bibliotheque de *Chrétien Daumius*,
qu'il avoit acquise après sa mort.

Comme cette Bibliotheque étoit
composée pour la plus grande partie
de Livres de Belles-Lettres, & de
Critiques, on peut juger par la com-
mission qu'on donna à *Feller*, de l'i-
dée qu'on avoit de son habileté en
ces sortes de choses, & des connoissances qu'il y acquit en parcourant
tant de Volumes.

Il s'occupoit agréablement d'un
exercice si conforme à son goût,
lorsqu'il reçut la triste nouvelle de la
mort de son pere, qui l'obligea de
retourner à *Lipsic*. Il n'y eut pas plûtôt mis ordre à ses affaires domestiques, qu'il retourna à *Zuickau* continuer le travail qu'il avoit commencé, & ne quitta cette Ville, que lors
qu'il fut fini.

De retour à *Lipsic*, il s'adonna en
1693. à l'étude du Droit sous les
Professeurs *Titius*, *Menckenius*, &
Franckenstein. En 1696. il commença
ses voyages ; en passant à *Wolfembu-
tel* il eut occasion de voir M. *de
Leibnits*

Leibnits, qui ayant conçû de l'eſtime J. F. pour lui, le retint pendant trois ans, FELLER. & ſe ſervit beaucoup de lui dans ſes travaux litteraires, & principale-ment dans la compoſition de ſon Hiſtoire de la Maiſon de Brunſvic, pour laquelle *Feller* eut ſoin de lui ramaſſer un grand nombre de pieces du moyen âge.

En quittant M. *de Leibnits*, il s'at-tacha à *Job Ludolf*, qu'il alla trouver à *Francfort ſur le Mein*, & qu'il aida dans la compoſition de la ſeconde partie de ſon *Théatre du monde*, ou de ſon *Hiſtoire Univerſelle*. Ce ſça-vant homme ne fit cependant pas u-ſage de tous les materiaux que *Fel-ler* lui fournit; car comme il étoit a-lors fort âgé, & qu'il ſe hâtoit de fi-nir ſon Livre, il ne voulut pas pren-dre la peine de des mettre en œuvre, & ſe contenta ſouvent de copier le *Theatre de l'Europe*, & d'autres Li-vres ſemblables.

En 1701. il paſſa à *Nuremberg*, où il demeura quelque temps chez *Go-defroy Thomaſius*, fameux Médecin de cette Ville, frere de ſa belle-me-re, qui avoit une riche Bibliotheque,

Tome XIX. V

J. F.
FELLER.

qu'il visita avec beaucoup d'avidité & d'attention.

Il fit ensuite un voyage en France, où à la faveur des récommandations de M. *de Leibnits*, il acquit la connoiffance du Marquis *de l'Hopital*, de MM. *Godefroy*, *Bulteau*, *Toinard*, *de Longuerue*, &c.

Il retournoit dans fon pays, & paffoit à *Ratisbonne*, au milieu de l'année 1702. lorfque M. *Schrader* envoyé du Duc de *Zell*, de la Maifon de *Brunfvic*, le retint pour être Précepteur & Gouverneur de fon fils unique.

Il demeura auprès de lui jufqu'à l'an 1706. que le Duc de *Weymar* le fit fon Sécretaire, à la récommandation de fon Chancelier *Rappolt*, oncle de *Feller*.

A peine eut-il été nommé à cet emploi, qu'il eut occafion de faire le voyage de *Vienne* avec M. *Lyncker* qui alloit faire hommage à l'Empereur au nom des Ducs de *Weymar*, & il demeura quelques mois en cette Ville.

Il fut depuis envoyé deux fois, en 1708. & en 1720. à *Vittemberg*, pour y dreſſer un état des pieces contenuës J. F. dans les Archives que la Maiſon de FELLER. Saxe a dans cette Ville, & il s'acqui- ta de cette commiſſion avec beaucoup d'adreſſe & de fidélité.

Il épouſa en 1708. *Anne-Eliſabeth Wolf*, fille d'un Marchand de *Naum- bourg*, dont il a laiſſé deux garçons & une fille.

Après avoir langui quelques an- nées, il mourut le 15 Février 1726. âgé de 53 ans.

Catalogue de ſes Ouvrages.

1. *Monumenta Varia inedita, va- riiſque linguis conſcripta, nunc ſingulis trimeſtribus prodeuntia, è Muſeo Joach. Frid. Felleri Secretarii Winarienſis. Jenæ* 1714. *& Seq. in-4°.* Cette eſpe- ce de Journal, qui contient des cho- ſes aſſez curieuſes, eſt diviſé en dou- ze parties, leſquelles ont paru ſuc- ceſſivement en differens temps, & compoſent un volume de 644. pages.

2. *Hiſtoire Généalogique de la Mai- ſon de Brunſvic & de Lunebourg depuis Guelphe I. juſqu'à Albert & Jean.* (en Allemand,) *Lipſic* 1717. *in-8°.* Cet- te Hiſtoire eſt curieuſe & recherchée.

3. *Otium Hanoveranum, ſive Miſ-*

J. F.
FELLER.

cellanea ex ore & Schedis G. G. Lei-
bnitii quondam notata & descripta, cum
ipsi in colligendis & excerpendis rebus
ad Historiam Brunsvicensem pertinenti-
bus operam navaret Joach: Frid: Felle-
rus. Præmissum est supplementum vitæ
Leibnitianæ. Lipsiæ 1718. *in-*8°. Quoiqu'il y ait de fort bonnes choses dans
ce Recueil, on a trouvé à redire que
Feller y ait inseré des pieces que M.
de Leibnits n'avoit point écrites pour
être publiées.

4. Il a beaucoup augmenté & corrigé l'*Histoire des Heros Saxons*, composée en Allemand par Sigismond
de Birken, qui a paru par ses soins
à Nuremberg en 1713. *in-*8°.

V. Son Eloge dans le neuviéme
supplement des *Acta Eruditorum.*
Lipsiensia, p. 133.

ENGELBERT KÆMPFER.

ENGELBERT *Kæmpfer*, na- E KÆM quit le 16 Septembre 1651. à FER. *Lemgow*, petite Ville du Cercle de Weſtphalie, qui appartient au Com- te de *la Lippe*, de *Jean Kæmpfer* Miniſtre de l'Egliſe de *S. Nicolas* dans cette Ville, & de *Chriſtine Drep- per* fille de *Joachim Drepper*, qui avoit été Miniſtre dans la même Egliſe.

Son pere ayant remarqué en lui de grandes diſpoſitions pour les Scien- ces, réſolut de ne rien négliger pour les cultiver. Il l'envoya d'abord à *Hameln* dans le Duché de *Brunſwick*, où il fit ſes premieres études, & en- ſuite à *Lunebourg*, à *Hambourg*, & à *Lubec*, où il ſe diſtingua par ſon application à l'étude, & par les pro- grès qu'il fit dans les Langues ſça- vantes, dans l'Hiſtoire, dans la Géo- graphie, & dans la Muſique Vocale & Inſtrumentale.

Il fit enſuite quelque ſéjour à *Dant- zick*, & y donna les premieres mar- ques de ſon ſçavoir, par un diſcours

E. Kæmp-qu'il prononça publiquement en 1673
FER.   *de Majestatis divisione.*

Il se rendit après cela à *Thorn*, &
de-là à *Cracovie*, où après avoir étudié trois ans la Philosophie, & les
Langues Etrangeres, il fut reçû Docteur en Philosophie.

Il quitta cette Ville pour aller à
Konisgberg en Prusse, & il s'y appliqua pendant quatre années à l'étude
de la Médecine & de l'Histoire naturelle, à laquelle son genie & son
inclination le portoient, aussi-bien
que les intentions de son pere.

Il passa ensuite de Prusse en Suede, où ses talens & sa conduite lui
firent bientôt une réputation écla-
tante dans l'Université d'*Upsal*, & à
la Cour du Roy *Charles XI.* On lui
fit même des offres avantageuses pour
l'arrêter dans ce Royaume ; mais
comme il vouloit voyager dans les
pays étrangers, il n'accepta aucune
de ces offres, & leur préfera l'emploi de Sécretaire de l'Ambassade,
que la Cour de Suede alloit envoyer
au Roy de Perse.

Le but principal de cette députa-
tion étoit d'établir un commerce

entre les deux Royaumes ; mais com-E. Kæmp-
me cet établissement ne pouvoit réüf-fer.
fir, à moins que les Czars *Jean* &
Pierre, qui gouvernoient ensemble
la Russie, ne consentissent à laisser
passer dans leurs Etats à des conditions raisonnables les Marchandises
d'Europe & de Perse, l'Ambassadeur,
Loüis Fabricius, avoit été chargé de
passer d'abord à la Cour de *Moscou*,
& d'y conclure un traité sur cette matiere.

Kæmpfer partit de *Stokholm* le 20
Mars 1683. avec les présens du Roy
de Perse, & traversa les Provinces
d'*Alandie*, de *Finlande*, d'*Ingerma-*
nie, jusqu'à *Nerva* où étoit l'Ambassadeur. Une méprise dans les Lettres
de créance de ce Ministre, où l'on
avoit mis le nom du Roy de Perse
ayant celui des *Czars*, & l'obstina-
tion du Waywode de *Novogorod*,
à refuser de le faire défrayer & con-
duire avec son cortege, selon la te-
neur des Traités faits entre les deux
Couronnes, les retinrent un temps
considerable sur les Confins de la
Russie. Mais ces difficultés ayant été
enfin ajustées à l'amiable, ils conti-

E. KÆMP- nuerent leur route vers *Moscou*, où
FER. l'Ambassadeur fit son entrée publique le 7. Juillet.

Les Négociations de Russie ayant
été finies en moins de deux mois, ils
partirent pour la Perse, & arriverent
vers le milieu de Décembre à *Siamachi*, Capitale de la Province de
Schirwan dans la Géorgie, où ils
furent obligés de séjourner quelque
temps jusqu'à ce que le Gouverneur
eût fait sçavoir leur arrivée à la Cour,
& eût reçû des ordres sur la maniere
dont il devoit les traiter, & sur le
chemin qu'il leur devoit faire prendre. *Kæmpfer* profita de ce temps
pour visiter le voisinage de *Siamachi*,
herborisant par tout, & observant
les ouvrages les plus remarquables de
la Nature & de l'art. C'est à ces courses laborieuses & sçavantes, que nous
devons la description curieuse &
exacte qu'il nous a donnée dans ses
Amœnitates Exoticæ de l'origine & des
Fontaines de Naphte dans la penin-
sule d'*Okesra*; & plusieurs autres sin-
gularités qu'il trouva dans ce lieu.

Au retour des Exprès envoyés à la
Cour de Perse, ils partirent pour s'y
rendre

rendre au mois de Janvier de l'année E. KÆMP-
suivante, & étant arrivés à *Hispahan* FER.
ils y eurent audience du Roy le 30.
Juillet.

Leur séjour en cette Ville fut de
près de deux années, & *Kæmpfer* en
profita avec soin pour satisfaire sa
curiosité. Quoique ses recherches
principales & favorites eussent pour
but de perfectionner la Physique &
l'Histoire naturelle, il ne se renfer-
ma pas dans ce sujet, si vaste & si
étendu qu'il soit. L'Histoire politique des Etats, la succession, & les
actions remarquables de leurs Princes, les Coutumes, & les mœurs des
pays, le trafic, le commerce, les
antiquités, l'état des Sciences & des
Arts, & plusieurs autres choses semblables, attiroient encore son attention, comme il paroît assés par ses
ouvrages.

L'Ambassadeur de Suede ayant
terminé ses Négociations à la fin de
l'année 1685. se prépara à retourner
en Europe. Mais la curiosité de *Kæmpfer* n'étoit pas satisfaite, & il le quitta alors dans le dessein de voyager en
d'autres pays. On lui avoit offert

l'employ de premier Médecin d'un
Prince Géorgien, avec des appoin-
temens considerables ; mais il aima
mieux entrer au service de la Compagnie Hollandoise des Indes Orientales, en qualité de Chirurgien en
chef de la Flotte, qui croisoit alors
dans le Golphe de Perse ; place, qui
comme il le dit lui-même dans une
de ses Lettres, étoit moins honorable
que celle qu'il avoit occupée auparavant, mais qui convenoit mieux à
ses vûës.

Il partit au mois de Novembre
1685. pour *Gamron* ou *Benderabassi*,
Ville célebre par son commerce sur
le Golphe Persique, & le Cortege de
l'Ambassadeur lui fit l'honneur de
l'accompagner jusqu'à un mille d'*Hispahan*.

Il s'arrêta quelque temps à *Schiras*,
en partie pour faire les recherches necessaires sur les vins fameux qui doivent leur nom à cette Ville, & en
partie pour visiter les restes de l'ancienne *Persepolis*.

L'air des *Gamron* est mal sain, par
la chaleur excessive qu'il y fait, & par
le manque d'eau ; *Kæmpfer* l'éprouva

dès son arrivée par une fièvre mali- E. KÆMP-
gne, qui lui causa des délires pen- FER.
dant quelques jours. Sa fièvre diminuant se changea en hydropisie, &
l'hydropisie en fièvre quarte; & ce
fut par ces dégrés extraordinaires qu'il
recouvra la santé, mais non pas sa
force & sa vigueur. Dès qu'il put se
lever, il se retira à la campagne,
pour se rétablir par le changement
d'air, & pour faire de nouvelles observations, principalement sur les
choses que le mauvais air du pays,
& d'autres difficultés l'avoient empêché jusques-là d'examiner à fond.

Cette retraite de *Gamron*, & ces courses l'occuperent un Eté entier, &
nous ont valu plusieurs observations
curieuses, qui sont répanduës dans
ses Livres.

Il ne partit de ce lieu qu'à la fin de
Juin 1688. La Flote, à bord de laquelle il étoit, avoit ordre de toucher
à divers établissemens que les Hollandois ont dans l'Arabie heureuse,
dans les Etats du grand Mogol, sur
les Côtes de *Malabar*, dans l'Isle de
Ceylan, sur le Golphe de *Bengale*,
& dans l'Isle de *Sumatra*. Ce fut

pour lui une occasion de visiter ces
differentes Contrées ; il ne lui manqua que de pouvoir y séjourner davantage, pour grossir le nombre de
ses observations.

Il arriva à *Batavia* au mois de
Septembre 1689. & y passa quelques
mois. Cette place est si connuë par
les descriptions qu'en ont fait plusieurs Auteurs, qu'il se contenta de
quelques recherches sur son sujet,
pour satisfaire sa curiosité particuliere
& donna sa principale attention à
l'Histoire naturelle du pays.

Il quitta cette Ville au mois de
May 1690. & s'embarqua en qualité
de Médecin de l'Ambassade, que la
Compagnie Hollandoise des Indes
Orientales envoye tous les ans au *Japon*. Pour mieux mettre ce voyage à
profit, il obtint la permission d'être
à bord du Vaisseau qui devoit toucher à *Siam*, & se procura ainsi le
moyen de voir ce Royaume.

Après avoir visité aussi en passant
le Royaume de *Camboie*, la Chine
Méridionale, & les Pays voisins, il
se rendit au *Japon*, où il eut plusieurs
occasions favorables pour rechercher

ce qu'il y a de curieux dans cet Empire.

Il en partit pour *Batavia* au mois
de Novembre 1692. & de *Batavia*
pour revenir en Europe au mois de
Février de l'année ſuivante. Il reſta
près d'un mois au Cap de Bonne-Eſ-
perance, & arriva enfin à *Amſterdam*
au mois d'Octobre 1693.

L'année ſuivante au mois d'Avril,
il prit le degré de Docteur en Médecine dans l'Univerſité de *Leyde*, après
avoir donné des preuves de ſon habileté par une Theſe inaugurale,
dans laquelle il communiqua au
monde ſçavant dix obſervations ſingulieres ſur l'Hiſtoire Naturelle.

De retour en ſa patrie, il avoit
deſſein de mettre d'abord ſes Recueils
& ſes Mémoires en ordre, & de faire
part au public de ce qu'il avoit ob-
ſervé dans ſes voyages. Mais le Comte
de *la Lippe* ſon Souverain, prévenu
de ſon merite & de ſa capacité,
l'ayant choiſi pour ſon Médecin &
celui de ſa famille, & ſa réputation
lui ayant procuré beaucoup de pratique, il ne put exécuter ce deſſein
auſſi promptement qu'il l'auroit ſou-
haité. X iij

Il se maria en 1700. avec *Marie-Sophie Wilstach*, fille unique d'un riche Marchand de *Stolzenau*, dont il eut trois enfans, un fils & deux filles, qui moururent tous dans leur enfance.

Ses longues courses, les fatigues attachées à sa profession, & plus que tout cela encore, les chagrins que lui causerent les dettes qu'il avoit contractées pour fournir à ses dépenses, avoient fort dérangé sa constitution, & dans les derniers temps de sa vie, il fut souvent incommodé de la colique, dont il eut deux rudes attaques, l'une en Novembre 1715. & l'autre au commencement de 1716. Cette deniere le tint trois semaines au lit. Cependant il se rétablit si bien, qu'il se trouva en état d'accompagner le Comte de *la Lippe*, & sa famille aux Bains de *Pyrmont*, en qualité de leur Médecin. Il en revint en bonne santé au mois de Juillet au Château de *Steinhof*, près de *Lemgow*, qui lui appartenoit, & qui étoit un bien héreditaire de sa famille. Mais le 5. Septembre suivant il lui prit des foiblesses, & un vomissement de

fang, qui le conduifirent peu à peu E. KÆMP-
au tombeau. FER.

Il mourut le deux Novembre de
cette année 1716. âgé de 65 ans, &
fut enterré dans l'Eglife de *S. Nicolas à Lemgow.*

Catalogue de fes Ouvrages.

1. *Amœnitatum exoticarum Politico-
Phyfico-Medicarum Fafciculi V. quibus continentur variæ Relationes, Ob-
fervationes & Defcriptiones rerum Per-
ficarum & ulterioris Afiæ multa atten-
tione in Peregrinationibus per univerfum
Orientem collectæ. Lemgoviæ* 1712. *in-*
4°. p. 912. Cet Ouvrage, qui n'eft
proprement qu'un effay de ce qui a
paru dans la fuite du même Auteur,
eft rempli d'obfervations fingulieres,
curieufes & utiles.

2. *Hiftoire Naturelle, Civile & Ecclefiaftique de l'Empire du Japon*, compofée en Allemand par *Engelbert Kæmpfer*, traduite en Anglois fur le manufcrit
de l'Auteur par *M. G. Scheuchzer* de la
Societé Royale & du College de Médecine à Londres. *Londres* 1727. *in-fol.*
deux Volumes. It. Traduite en François
fur la Verfion Angloife. *La Haye* 1729.
in-fol. deux *Vol.* On eft redevable de

X iiij

E. KÆMP- la publication de cette Histoire, que
FER. la mort a empêché *Kæmpfer* de donner lui-même au public, au Chevalier *Hans Sloane*, qui avoit acheté
tous ses manuscrits & ses desseins,
& c'est à sa sollicitation & sous ses
yeux que le traducteur Anglois a travaillé. L'excellence, & les curieuses
recherches de l'Ouvrage ont engagé
M. *Des-Maizeaux* à la traduire aussi
en François; ce qu'il a fait avec cette exactitude qui accompagne tout
ce qui sort de sa plume.

V. *Son Eloge* à la tête de l'*Histoire
du Japon*, & dans les *Nova Litteraria Lipsiensia* 1728. p. 67.

HERMAN CONRINGIUS.

H*ERMAN* Conringius, na- H. Con-
quit le 9. Novembre 1606. à RINGIUS.
Norden en Frise, d'*Herman Conringius*, Ministre de cette Ville, & de
Galatée Copin, dont il fut le neuviéme enfant.

Il n'avoit encore que cinq ans,
lorsqu'il fut attaqué de la peste, qui
regnoit dans le pays, & qui enleva
toutes ses sœurs. Les douleurs d'une
operation qu'on lui fit alors sous la
mammelle droite, où l'on mit le feu,
l'épouvanterent tellement, qu'il ca-
cha deux bubons qui lui vinrent ensuite aux aines. Mais la bonté de
son temperamment, & la force de la
nature empêcherent que cette imprudence ne lui fût funeste. Le mal
dégenera cependant en une gale maligne, qui l'affligea si fort, qu'il fut
pendant quelques mois sans pouvoir
marcher, & qu'il ne recouvra ses
forces que long-temps après.

Cette maladie fut cause qu'on ne
commença à lui apprendre à lire qu'à

l'âge de six ans ; mais la vivacité de
son esprit & la bonté de sa mémoire
lui firent bientôt regagner le temps
qu'il avoit perdu.

Une Satyre sur les Poëtes couron-
nés, qu'il fit à l'âge de 14 ans, étant
tombée entre les mains de *Corneille*
Martin, Professeur en Philosophie à
Helmstadt, lui fit concevoir tant
d'estime pour lui, qu'il écrivit aussi-
tôt à son pere, pour le prier de le lui
envoyer, promettant de le diriger
dans ses études Academiques.

Conringius se rendit donc à *Helm-*
stadt l'an 1620. & alla loger chez
Martin ; mais il ne joüit pas long-
temps des instructions & de la bienveillance de ce Professeur, qui mourut l'année suivante 1621.

Il trouva ensuite une retraite chez
Rodolphe Diepholdius, Professeur en
Langue Gréque, qui possedoit parfaitement l'Histoire & la Géographie,
& il demeura deux ans chez lui, occupé uniquément de ses études, dans
lesquelles il fit des progrès très-con-
siderables.

Au bout de ce temps, ses parens
le rappellerent dans sa patrie ; mais il

n'y fit pas un long féjour, car la pefte H. Con-
& la guerre, qui affligerent alors le ringius.
pays, l'obligerent à s'en retourner à
Helmftadt, où il continua fes études
avec une ardeur inconcevable.

En 1625. il paffa à *Leyde*, & s'y
appliqua quelque temps à la Théologie, fans deffein cependant de s'y
attacher; car la Médecine y fit le
principal objet de fon étude.

Après cinq années de féjour en ce
lieu, il retourna à *Helmftadt*, où il
efperoit avoir une Chaire de Profeffeur en Philofophie naturelle. Il ne
fut point trompé dans cette efpe-
rance; on lui en donna une en 1632.

Les defordres inféparables des guerres, qui défoloient alors l'Allemagne, avoient fait déferter l'Univerfité
d'*Helmftadt*, & plufieurs Profeffeurs
s'étoient retirés à *Brunfvic*. *Conrin-*
gius les y fuivit, & demeura quelque temps dans cette Ville.

De retour à *Helmftadt*, il fe fit recevoir le 21 Avril 1636. Docteur en
Philofophie & en Médecine, & époufa le même jour *Anne-Marie Stuck*,
fille de *Jean Stuck* Profeffeur en
Droit de cette Univerfité, dont il
a eu onze enfans.

H. Con-
ringius.

Peu de temps après ce mariage, on
le transfera de sa Chaire de Philosophie naturelle à une autre de Médecine, avec cette marque de distinction, qu'on augmenta d'un quart les
gages de cette derniere.

Les occupations que lui donna
ce nouveau poste, ne l'empêcherent
pas de pratiquer la Médecine avec
beaucoup de succès, & même de
donner quelque temps à l'étude du
Droit, principalement de celui d'Allemagne, dans lequel il se rendit
très-habile.

La réputation qu'il acquit alors ne
demeura pas renfermée dans les bornes de l'Université d'*Helmstadt*. La
Princesse Regente du Duché de Frise
l'engagea en 1649. à la venir visiter
dans une maladie qu'elle avoit, &
elle fut si contente de lui qu'elle l'honora du titre de son Médecin & de
son Conseiller. L'année suivante,
Christine Reine de Suede l'attira dans
ce Royaume, dans le dessein de l'y
fixer. *Conringius* fit le voyage ; mais
les conditions les plus avantageuses,
qui lui furent offertes, ne purent le
déterminer à abandonner le séjour

d'Helmſtadt, où il retourna comblé des bienfaits de cette Reine, & avec le titre de ſon Conſeiller & de ſon Médecin.

Le Duc de *Brunſvic* pour le recompenſer de ſon attachement pour une Univerſité qu'il affectionnoit, augmenta ſes gages, & lui donna de plus une Chaire de Droit. Ces nouvelles faveurs firent prendre à *Conringius* la réſolution de demeurer toûjours à *Helmſtadt*, quelque poſte qu'on lui offrît ailleurs.

Juſques-là il ne s'étoit appliqué au Droit que par goût & par inclination ; mais la Charge de Profeſſeur en cette ſcience, dont il ſe vit revêtu, l'engagea à s'y donner avec une nouvelle ardeur. L'habileté & les connoiſſances qu'il y acquit, le firent bientôt employer dans des affaires de conſéquence, & il fut ſouvent choiſi depuis pour régler des differends entre pluſieurs Princes de l'Empire & des Etats voiſins.

Sa réputation s'étendit juſqu'en France, & le Roy *Loüis XIV.* le jugeant digne de ſes liberalités, lui donna l'an 1664. une penſion de

H. CON-
RINGIUS.

mille livres , qui lui a été payée pen.
dant quelques années.

Il jouit toûjours d'une parfaite fanté ; mais enfin le travail , & quelques chagrins domestiques altererent
son temperamment;& après avoir vû
ses forces diminuer peu à peu , il
mourut le 12 Décembre 1681. âgé
de 75 ans. On lui fit cette Epitaphe.

Hoc tumulto clauditur Regum Prin-
cipumque Consiliarius , Juris Natura-
lis Gentium publici Doctor , Philosophiæ
omnis peritissimus , Practicæ & Theore-
ticæ , Philologus insignis , Orator , Poe-
ta , Historicus , Medicus , Theologus.
Multos putas hic conditos ? Unus est.
Hermannus Conringius sæculi Miracu-
lum. Posuit Henricus Meibomius.

Il n'y a point d'exageration dans
cette Epitaphe , car on peut dire avec
verité que *Conringius* a été le plus
sçavant Allemand de son temps ,
qu'il a excellé dans toutes sortes de
genres , & que tous ses Ouvrages
méritent d'être lûs , mais principalement ceux de Jurisprudence. Il en
a fait un nombre prodigieux , qu'il
faut rapporter ici , sans omettre ses
Theses , qui roulent pour la plû-

part sur des matieres curieuses.
Catalogue de ses Ouvrages.

1. *Jacobi Berengarii Carpensis de
fractura Cranii Tractatus. Lugd. Bat.
1629. in-8°. Conringius* a été l'Editeur de cet Ouvrage, à la tête duquel il a mis une Préface, mais sans
se nommer.

2. *De Origine formarum disputatio.
Lugd. Bat. 1629. in-4°.*

3. *Orationes duæ in laudem Aristotelis. Helmstadii 1633. in-4°.*

4. *Lessus, seu Carmen heroicum funebre in obitum Dorotheæ Principis. Ib.
1635. in-4°.*

5. *De subjectione & Imperio. Ibid.
1635. in-4°.*

6. *Tacitus de Moribus Germanorum,
cum Præfatione. Helmstadii 1635. in-
4°. It. secunda Editio cum notis criticis
& excerptis Monumentorum priscorum
de rebus Germaniæ antiquæ. Ibid. 1652.
in-4°. It. Editio 3ª. auctior. Ibid. 1689.
in-4°.* On voit à la tête une très-lon-
gue Préface sur l'usage de l'Histoire,
& la connoissance de l'Empire d'Allemagne.

7. *De Jure. Helmstadii 1637. in-4°.*

8. *Aristotelis Politica, Latine ex in-*

H. CON- *terpretatione Giphanii, cum Præfatione*
RINGIUS. *Conringii Helmstadii* 1637. *in-*8°. It.
Ibid. 1656. *in-*40. La Préface est am-
ple & curieuse.

 9. *De optimis naturalis Philoso-*
phiæ Autoribus. Ibid. 1637. *in-*4°.

 10. *De speciebus, unitate, contrarie-*
tate, partibus, & æternitate motus. Ibid.
1638. *in-*4°.

 11. *Introductio in naturalem Philo-*
sophiam, ac naturalium Institutionum
liber unus. Helmstadii 1638. *in-*4°.

 12. *De Terris, earumque ortu &*
differentiis. Ibid. 1638. *in-*4°.

 13. *De Aquis. Ibid.* 1638. & 1680.
*in-*4°.

 14. *De difficili Respiratione. Ibid.*
1639. *in-*4°.

 15. *De Rebus publicis in genere. Ibid.*
1639. *in-*4°.

 16. *De Apoplexiæ natura, causis &*
curatione. Ibid. 1640. *in-*4°.

 17. *De Regno & Tyrannide. Ibid.*
1640. *in-*4°.

 18. *De Morbis ac Mutationibus Re-*
rum publicarum. Ibid. 1640. *in-*4°.

 19. *De Variolis & Morbillis. Helm-*
stadii 1641. *in-*4°.

 20. *De Imperatore Romano - Ger-*
manico,

manico. *Ibid.* 1641. *in - 4°.*   H. Con-

21. *De Germanici Imperii Civibus.* RINGIUS.
Ibid. 1641. *in-4°.*

22. *De Urbibus Germanicis. Ibid.*
1641. *in-4°.* It. *Ibid.* 1652. *in-4°.*

23. *Discursus Novus de Imperatore
Romano-Germanico. Helmstadii* 1642.
in-4°. Quoique cet Ecrit porte le
nom de *Conringius* , cet Auteur n'a
point voulu le reconnoître pour son
ouvrage , & ses héritiers l'ont désa-
voüé.

24. *Epistola ad Danielem Senner-
tum.* Inserée dans les *Paralipomena Sen-
nerti. Witteberga* 1642. *in-4°.* Cette
Lettre est du 24 Juin 1637.

25. *De Oligarchia. Helmstadii* 1643.
in-4°.

26. *De Democratia. Ibid.* 1643.
in-40.

27. *De Legibus. Ibid.* 1643. *in-40.*

28. *De Ducibus & Comitibus Imperii Germanici. Ibid.* 1643. *in-4°.*

29. *Exercitationes de Fermentatione.*
A la suite du Livre d'*Antoine Gunthier
Billichius* , intitulé : *Anatomia Fer-
mentationis Platonica. Francofurti.* 1643.
in-4°. & *Lugd. Bat.* 1646. *in-8°* It. à la
suite du Livre *de sanguinis generatione.*

Tome XIX.   Y

H. CON-
RINGIUS.

30. *Rolandi Capelluti de Curatione*
pestiferorum Apostematum Tractatus ,
ex Bibliotheca Herm. Conringii. Fran-
cofurti 1643. *in-8º.* On voit à la tête une Préface de *Conringius.* Cet
Auteur a paru de nouveau en 1648.
avec les Observations de *Salmuth* ,
comme je le dirai plus bas.

31. *De sanguinis generatione & motu*
naturali. Helmstadii 1643. *in-4º.* It.
Lugd. Bat. 1646. *in-8º.*

32. *De Origine Juris Germanici.*
Helmstadii 1643. *in-40.* C'est la premiere Edition. It. 2ª. *Editio. Ibid.*
1649. *in-40.* It. 4a. *Editio* 1695. *in-4º.*
It. 5a. *Editio. Jenæ* 1719. *in-4º.* Cette
derniere est fort augmentée.

34. *De Palpitatione Cordis. Helm-*
stadii 1643. *in-40.*

35. *De Phrenitide. Ibid.* 1643. &
1645. *in-40.*

36. *De Peripneumonia. Ibid.* 1644.
in-4º.

37. *De Mania. Ibid.* 1644. *in-4º.*

38. *Dissertatio de Septemviris , seu*
Electoribus Germanorum Regni & Im-
perii Romani. Helmstadii 1644. *in-4º.*

39. *De Imperio Germanorum Roma-*
no liber unus. Ibid. 1644. *in-40.* It. *ex*

Autographo Autoris auctus. Ibid. 1694. H. CON-

*in-*4o.

40. *De Vita & Morte. Ibid.* 1645.
*in-*4°.

41. *De Majeſtatis Civilis autoritate
& officio circa ſacra. Ibid.* 1645. *in-*40.

42. *De Habitus Corporum Germani-
corum antiqui ac novi cauſis liber ſingu-
laris. Helmſtadii* 1646. *in-*40. It. *Editio* 2a. *aucta. Ibid.* 1652. *in-*4°. It. *Editio* 3a. *multo auctior. Ibid.* 1666. *in-*4°.
It. *Cum Annotationibus Jo. Philippi
Burggravii. Francofurti* 1727. *in-*8°.

43. *De Rigore & Horrore. Helmſtadii.* 1646. *in - *4°.

44. *De Calido innato ſive igne Ani-
mali liber unus. Ibid.* 1647. *in-*4°.

45. *De Judiciis Reipublicæ Germanicæ. Ibid.* 1647. *in-*40.

46. *Exercitatio de Conſtitutione Epiſcoporum Germaniæ. Ibid.* 1647. *in-*4°.

47. *Leonis III. Papæ Epiſtolæ ad
Carolum Magnum , primum editæ &
notis illuſtratæ ab H. Conringio. Helmſtadii* 1647. *in-*40. It. *Editio* 2a. *auctior
& emendatior. Ibid.* 1655. *in-*40.

48. *Pro Pace perpetuò Proteſtantibus
danda conſultatio Catholica. Autore
Irenæo Eubulo. Frideburgi. Apud Ger-*

H. CON-
RINGIUS. *manum Patientem.* 1648. *in*-4°. It. réimprimée avec des augmentations sous
cet autre titre : *De Pace Civili inter
Imperii ordines Religione diffidentes per-
petuo conservanda libri duo. Helmstadii*
1677. *in*-4°. On prétend que cet Ouvrage ne contribua pas peu à la paix
de *Munster*, qui fut concluë la même
année 1648. *Conringius*, qui s'y est
caché sous le nom d'*Irenæus Eubulus*,
s'est proposé d'y refuter un Livre intitulé : *Judicium super quæstione : An
pax, qualem desiderant Protestantes,
sit secundum se illicita, ex principiis
Christianis, sententia Veteris Ecclesiæ,
summorumque Pontificum deductum.
Opera Ernesti de Eusebiis. Ecclesiopoli*
1647. *in*-4°. Livre que *Conringius*
prétend être d'*Henri Wagnereck*,
Jesuite, & que d'autres donnent,
peut-être avec moins de fondement,
à *Fabio Chigi*, qui étoit alors Nonce à Munster.

49. *De Majestate Imperantium. Helmstadii* 1648. *in*-4°.

50. *De Asiæ & Ægypti antiquissi-
mis Dynastiis adversaria Chronologica,
Helmstadii* 1648. *in*-4o. It. dans le
Syntagma variarum Dissertationum ra

riorum, publié par les foins de *Jean* H. Con-
George Grævius. Ultrajecti 1701. *in-4°*. RINGIUS.
Cette Differtation, qui eft affés curieufe, tend à foûtenir le fentiment
attribué à *Herodote*, qui ne donne
que 520 années de durée à l'Empire
des Affyriens.

51. *Philippi Salmuthi Obfervationum
Medicarum Centuriæ tres Pofthumæ ;
cum Herm. Conringii Præfatione de
Doctrina Pathologica. Accedit Rolandi Capellutii Libellus de Pefte. Brunf-
vigæ* 1648. *in-4°*.

52. *De Hermetica Ægyptiorum vetere & nova Paracelficorum Medicina.
Helmftadii* 1648. *in-4°. It. Editio* 2ª.
infinitis locis emendatior & auctior. Ibid.
1669. *in-4°*.

53. *Thomæ Fieni libri Chirurgici
XII. primum editi cura H. Conringii,
Francofurti* 1649. *in-4°*.

54. *De Lacte Differtatio Phyfiologi-
ca. Helmftadii* 1649. & 1678. *in-4°*.
It. Avec une Differtation d'*Antoine
Deufingius* fur le même fujet. *Groningue* 1655. *in-8*₀.

55. *Georgii Wicelii via Regia. Ac-
ceffere varia, quibus cum alia multa
docentur, tum neceffitas Reformationis*

H. CON-
RINGIUS.
Ecclesiæ Romanæ , simulque Concilii
Tridentini iniquitas ostenditur. H. Con-
ringius in unum volumen redegit & in
singula præfatus est. Helmstadii 1650.
in-4°.

56. *De Conciliis & circa ea summa*
Potestatis autoritate. Ibid. 1650. in-4°.

57. *De Regno. Ibid. 1650 in-4°.*

58. *De Antiquitatibus Academicis*
Dissertationes sex. Ibid. 1651. in-4°. It
plurimis locis emendatæ. Accessit supple-
mentorum ejusdem argumenti liber unus.
Ibid. 1674. in-4°.

59. *De Purgatorio Animadversiones*
in Joannem Mulmannum , & Program-
mata sacra circa dies festos publice pro-
posita ; cum ipsius Mulmanni Assertio-
nibus de Purgatorio. Helmstadii 1651.
in-4°. Mulmann étoit un Lutherien
Allemand , qui s'étoit fait Catholique , & ensuite Jesuite ; & qui a composé quelques Livres de controverse.

60. *De ratione status. Helmstadii*
1651. in-4°.

61. *De gravissimo cordis affectu ,*
syncope. Ibid. 1651. in-4°.

62. *Epistola ad Hieronymum Jorda-*
num Medicum Urbis Gottingensis. A

la tête du Livre de ce Médecin, qui a pour titre : *De eo quod divinum aut supernaturale est in Morbis humani corporis. Francofurti* 1651. *in*-4°. H. CONRINGIUS.

63. *Naamanis Bensenii Exercitatio Politica de summæ Potestatis subjecto vindicata à Joannis Figlovii aliorumque ineptiis & calumniis, quas parturiit liber de Imperio absolute & relate considerato, oppositus V. Cl. Herm. Conringio. Præmissa est Conringii Epistola de hoc ipso Negotio. Helmstadii* 1651. *in*-4°.

64. *De Electione Urbani VIII. & Innocentii X. Pont. Max. Commentarii historici duo. Adjecta sunt Bulla Gregorii XV. de Electione Pontificis ; Joannis Francisci Lotini de Conclavi ; Dissertatio Anonymi de Creatione Pontificum ; Pii IV. & Gregorii XV. Bulla de Conclavi ejusque ceremoniis ; cum H. Conringii Proemio. Helmstadii* 1651. *in*-4°.

65. *De Optima Republica. Ibid.* 1652. *in*-4°.

66. *De boni Conciliarii in Republica munere. Ibid.* 1652. *in*-4°.

67. *De Politia, sive Republica in specie sic dicta. Ibid.* 1652. & 1680. *in*-4°.

68. *Exposition fidelle du Droit de
l'Archevêque de Breme sur cette Ville*
(en Allemand) 1652. *in-4°.*

69. *Epistola ad Thomam Bartholinum.* Cette Lettre, qui est datée du
6 Février 1652. se trouve dans la 2e.
Centurie des *Epistolæ Medicinales
Thomæ Bartholini. Hafniæ* 1663. *in-8°.*

70. *De Cive & Civitate in genere
considerata. Helmstadii* 1653. *in-4°.*

71. *De Republica in communi.* Ibid.
1653. *in-4°.*

72. *Sebastiani Schefferi, Mœno-
Francofurtensis, Introductio in universam
Artem Medicam, singulasque ejus partes; quam ex publicis præcipue Disserta-
tionibus V. Cl. Heim. Conringii con-
cinnatam, eodem Præside ad 3. Cal.
Maii in Auditorio Medicorum publice
examinandam proposuit. Helmstadii*
1654. *in-4°.* On y voit une Lettre
curieuse de *Conringius* sur les Médecins Arabes. Cette introduction a
été réimprimée avec de grandes augmentations par les soins de *Gunt.
Christ. Schelhamer à Helmstadt* en
1687. *in-4°.*

73. *De finibus Imperii Germanici libri duo; quibus Jura finium, à primo
Imperii*

Imperii exordio ad hæc noſtra uſque tem-
pora propugnantur. Helmſt. 1654. *in-4°.*
It. Editio altera libro tertio auctior. Lipſiæ
1680. *in-4°. It. Editio nova, cui ac-*
ceſſerunt I. *Liber quartus continens va-*
rias eaſque noviſſimas finium mutatio-
nes, modernumque eorum ſtatum, juxta
diverſas recenteſque Europæ conventio-
nes pacificas. II. *Conringii Exercitatio-*
nes Academicæ de Republica Imperii
Germanici, infinitis locis aucta & emen-
datæ. Francofurti 1693. *in-4°.* Le quatriéme Livre ajoûte à cette édition
n'eſt point de *Conringius.*

74. *De Republica antiqua veterum*
Germanorum. Helmſtadii 1654. *in-4°.*

75. *Concuſſio fundamentorum fidei*
Pontificiæ. Ibid. 1654. *in-4°. Conrin-*
gius prétend attaquer ici l'infaillibi-
lité des Conciles Généraux.

76. *Defenſio Eccleſiæ Proteſtantium*
adverſus duo Pontificiorum argumenta,
petita à ſucceſſione Epiſcoporum ac Pref-
byterorum ab Apoſtolis uſque derivata.
Ibid. 1654. *in-4°.*

77. *Epiſtola ad Joachimum Joannem*
Maderum. A la tête de l'Epître de
S. Clement aux Corinthiens, impri-
mée en 1654. par les ſoins de *Maderus.*

H. CON-   78. *Responsio ad Valerianum Mag-*
RINGIUS.   *num pro sua concussione fundamentorum*
fidei Pontificiæ. Adjectus est Valeriani
Magni libellus concussioni oppositus.
Helmstadii. 1654. *in-4°.*

79. *Responsio altera pro sua concus-*
sione fundamentorum fidei Pontificiæ ad
Valeriani Magni Epistolam nuperri-
mam. Ibid. 1654. *in-4°.*

80. *Animadversiones in Christophori*
Haunoldi libellum concussioni funda-
mentorum fidei Pontificiæ oppositorum.
Ibid. 1654. *in-4°.* On y a joint le Livre d'*Haunold*, qui a pour titre :
Pro infallibilitate Ecclesiæ Romanæ No-
tæ Responsoriæ.

81. *Examen libelli à Vito Erbermano*
concussioni fundamentorum fidei Pontifi-
ciæ oppositi. Ibid. 1654. *in-4°.* Le Livre d'*Erbermam*, qui est intitulé : *In-*
terrogationes Apologeticæ ad Herm.
Conringium, se trouve à la fin.

82. *De Pleuritide. Ibid.* 1654. *in-4°.*

83. *Archiepiscopi Mechlinensis (Ja-*
cobi Boonen) rationes ob quas à promul-
gatione Bullæ, qua proscribitur Corn.
Janfenii Augustinus, abstinuit ; cum
Præfatione Conringii. Helmstadii 1654.
in-4°.

84. *De Imperii Romano-Germanici* H. Con-
Republica Acroamata sex Historico-Po- RINGIUS.
litica. Ebroduni. 1654. *in-4°.* Quoique cet Ouvrage porte le nom de
Conringius, ses héritiers ne l'ont point
reconnu pour le sien.

85. *De differentia Regnorum. Helmstadii* 1655. *in-4°.*

86. *Epistola de Electione Alexandri
VII. Papæ opposita appendici Examinis
Erbermanniani. Accessit Appendix ip-
sa. Helmstadii* 1655. *in-4°.* It. *Ibid.*
1657. *in-4°.* Avec quelques autres
pieces sur le même sujet.

87. *Cyriaci Trasymachi Epistola ad
Andream Nicanorem de Justitia armo-
rum Suecicorum in Polonos, perque ea
liberata à magno periculo Germania.
Helmstadii* 1655. *in-4°. Conringius*
s'est caché sous le nom de *Cyriacus*
dans cet Ouvrage, qui a été réimprimé la même année à *Hambourg*, en
Allemand.

88. *Assertio Juris Moguntini in Coronandis Regibus Romanorum. Moguntiæ* 1655. *in-4°.* Sans nom d'Auteur.
It. avec le nom de *Conringius. Francofurti* 1655. *in-4°.* It. *auctior & emendatior, Helmstadii* 1655. & 1664. *in-4°.*

Z ij

H. Con-It. dans la premiere partie d'ün Re-
RINGIUS. cueil intitulé : *Nova variorum scripto-*
rum Collectio. Halæ 1716. *in-8°.*

89 *Differtatio ad Legem I. Codicis*
Theodofiani de ftudiis liberalibus urbis
Romanæ & Conftantinopolis. Helmftadii
1655. *in-4°.* It. *Editio fecunda ,* cui ac-
cefsère *Differtatio de iis quæ in ftudiofo*
quovis requiruntur , qui *in Academia*
velit ftudiorum fruflum capere ; & ex-
cerpta ex *Joachimo Hoppero de vera Ju-*
rifprudentia *, & de Legum Romanarum*
interpretatione. Ibid. 1674. *in-4°.*

90. *Epiftola ad Samuelem Stockufium.*
A la tête du Livre de cet Auteur :
De Lithargyri fumo noxio. Goflaviæ
1656. *in-12.*

91. *De Dyfenteria. Helmftadii* 1656.
in-4°.

92. *De Calculo Renum & Veficæ.*
Ibid. 1656. *in-4°.*

93. *Narratio Caufarum ob quas Ca-*
rolus Guftavus *, Rex Sueciæ coaflus eft*
Regem Poloniæ bello adoriri. Accedunt
Litteræ eorumdem Regum & Præfatio
Herm. Conringii. Helmftadii 1656. *in-*
4°. Cet écrit avoit été imprimé auparavant à *Stetin* l'année précedente
in-4°.

94. *De Controverſiis Sueco-Polonicis,* H. CON-
ſive de Jure, quod in Sueciam Regi, ad RINGIUS.
*Livoniam Regno Poloniæ nullum com-
petit, Hectoris Joannis Mithobii Diſſertatio cum Præfatione Hermani Conringii. Helmſtadii* 1656. *in-*4°. Quelques-
uns prétendent que cet Ouvrage eſt
de *Conringius* même, qui s'y eſt caché ſous le nom de *Mithobius*; cependant comme il n'eſt point dans la
liſte que ſes héritiers ont donnée de
ceux qui ſont veritablement de lui,
il eſt probable que c'eſt une fauſſe
prétention.

95. *Simonis Starovolſcii Polonia, Li-
thuania, Ruſſia, Pruſſia, Pomerania,
Maſovia, Samogitia, Livonia, nunc
denuo recognita & aucta. Acceſſerunt
Tabulæ Geographicæ & Præfatio Herm.
Conringii. Wolferbyti* 1656. *in-*4°.

96. *Joachimi Hopperi Seduardus,
ſeu de vera Juriſprudentia libri* 12. *cum
Præfatione H. Conringii. Brunſvigæ*
1656. *in-*4°. Cet Ouvrage, qui avoit
déja été imprimé pluſieurs fois, eſt
en forme de Dialogue entre les fils
d'*Opperus*. L'Auteur lui avoit donné
le nom de *Seduardus*, à cauſe d'un
d'entr'eux qui le portoit. La Préface

H. CON-que *Conringius* a ajoûtée à son édi-
RINGIUS. tion est très-ample & très-curieuse.

97. *Iterata Dissertatio de jure coronandi Regis Romanorum pro Electore
Moguntino contra Colonienses Vindicias. Moguntiæ* 1656. *in-*4°. *Conringius* n'a pas mis son nom à cet Ouvrage.

98. *Iteratarum Vindiciarum Juris
coronandi pro Archidiæcesi Coloniensi
examen. Francofurii* 1656. *in-*4°. Le
nom de l'Auteur a été supprimé dans
cette édition ; mais il parut dans une
autre, qui fut fait à *Helmstadt* en
1664. *in-*4°.

99. *Castigatio libelli cui Titulus: Anti-
Conringiana defensio juris Coloniensis in
coronandis Romanorum Regibus. Francofurti* 1656. *in-*4°. Sans nom d'Auteur. It. *auctior & emendatior. Helmstadii* 1664. *in-*4°. Avec le nom de *Conringius* à la tête. *Baillet* qui fait mention de quelques-uns de ces Ouvrages dans le second tome de ses *Anti*,
p. 123. n'en a connu que les secon-
des éditions.

100. *Castigatio Appendicis alterius
examinis Erbermanni.* Dans un Recueil
de Pieces sur l'élevation d'*Alexandre*

VII. au Pontificat. *Helmftadii* 1657. H. CON-
in-4°. Il en avoit déja paru quelques- RINGIUS.
unes deux ans auparavant.

101. *De Fermentatione. Helmftadii*
1657. *in*-4°.

102. *Vicariatus Imperii Palatinus
defenfus* 1658. *in*-4°. Son nom ne paroît point à la tête de cet Ouvrage.

103. *De Ortu & Mutationibus Regnorum. Helmftadii* 1658. *in*-4°. It. *Ib.*
1680. *in*-4°.

104. *De fœderibus. Ibid.* 1659. *in*-4°.

105. *De febre Hethica. Ib.* 1659. *in*-4°.

106. *De incubatione in fanis Deorum
Medicinæ caufa. Ibid.* 1659. *in*-4°.

107. *Epiftola ad Joannem Conradum
Durrium, Philofophum Altdorfinum.* A
la tête de *Michaelis Piccarti Ifagoge in
Lectionem Ariftotelis. Altdorfii* 1660.
in-4°. *Conringius* y loüe beaucoup
l'Ouvrage de *Piccart*, & felicite
Durrius des foins qu'il prenoit de
cette édition.

108. *Epiftola ad Baronem de Blu-
menthal, Equitem ordinis Joannitici.* A
la tête du Livre intitulé : *Burcardi
Niderftedii Maltha vetus & nova.
Helmftadii* 1660. *in-fol.* Cette Lettre
eft intereffante, comme toutes celles

Z iiij

H. Con- que *Conringius* a écrites dans des oc-
RINGIUS. casions semblables.

109. *De Legatis. Helmstadii* 1660.
*in-*4°.

110. *Epistola ad Gerhardum Titium
S. Theologiæ Professorem.* A la tête de
l'Ouvrage de *Titius*, qui a pour titre:
*Castigatio Animadversionum Viti Er-
bermanni Jesuitæ. Helmstadii* 1660. *in-*
4°. Cette Lettre est fort longue, &
Conringius y répond à ce qu'*Erber-
mann* avoit dit contre lui dans ses
Animadversiones.

111. *Epistola ad Henricum Meibo-
mium.* A la tête des Opuscules His-
toriques d'*Henri Meibomius*, imprimés à *Helmstadt* en 1660. *in-*4°.

112. *Epistola ad Ducem Brunsvicensem.* Dans le Livre intitulé : *Gratulationes Natalis Octogesimi secundi ad
Ser. D. Augustum Ducem Brunsvicensem. Wolfenbutteli* 1660. *in-*4°.

113. *Epistola ad Andream Frolin-
gium, Logices in Academia Julia Professorem.* A la tête du Livre de *Bar-
thelemi Viotti de Demonstratione. Helmstadii* 1660. *in-*40. *Conringius* se propose dans cette Lettre, qui est fort
longue, de prouver que les démons.

trations ſont d'uſage, non-ſeulement
dans les Mathematiques, mais encore
dans toutes les autres Sciences, &
même dans la Théologie.

114. *Machiavelli Princeps, cum a-
liis nonnullis, ex Italico partim nunc
demum verſis, partim caſtigatis; curante
Herm. Conringio. Helmſtadii 1660. in-
4°. It. nonnullis locis auctiora. Ibid.*
1686. *in-4°.* par les ſoins de ſon fils.

115. *Animadverſiones Politicæ in
Machiavelli Principem. Ibid. 1661.
in-4°. It. Auctiores. Ibid. 1686. in-4°.*

116. *De Bibliotheca Auguſta, quæ eſt
in Arce Wolffenbuttelenſi Epiſtola, qua
ſimul de omni re Bibliothecaria diſſeritur.
Helmſtadii 1661. in-4°. It. Editio ſecunda cura filii è Manuſcripto paterno au-
ctio r. Ibid. 1684. in-40*

117. *Epiſtola ad Joannem Horneium,
Græcarum Litterarum Profeſſorem.* A la
tête du Livre ſuivant, traduit par
*Horneius. Metrophani Critopuli confeſ-
ſio Catholicæ & Apoſtolicæ in Oriente
Eccleſiæ. Helmſtadii 1661. in-40.*

118. *De Morbis ac Mutationibus
Oligarchiarum earumque remediis.Ibid.*
1661. *in-4°.*

119. *Epiſtola ad Petrum Lambecium.*

H. Con-
RINGIUS.

H. CON-RINGIUS. A la tête du 2e. livre des *Origines Hamburgenses Lambecii. Hamburgi.* 1661. *in-* 4°.

120. *Epistola ad Joannem Bunonem.* A la tête de l'*Introductio Phil. Cluverii in Geographiam, Annotationibus & Tabulis illustrata à Joanne Bunone. Wolfenbutteli* 1661. *in-*4°. Cette Lettre roule sur la Géographie.

121. *Epistola ad Joannem Henricum Hottingerum.* A la tête du livre de ce Sçavant, intitulé : *Cippi Hebraici.* 2. *editio. Heidelbergæ* 1661. *in-*8°.

122. *Epistolæ duæ ad Ducem Brunsvicensem.* Dans le livre intitulé : *Gratulationes in Natalem Octogesimum tertium. Wolfenbutteli* 1661. *in-*40.

123. *Epistola ad Ducem Brunsvicensem.* Dans un Recueil semblable pour sa 84e. année.

124. *De Civili prudentia liber unus. Helmstadii* 1662. *in-*4°.

125. *De Civitate Nova. Ibid.* 1662. *in-*4°.

126. *De ratione curandi inflammationes. Ibid.* 1662. *in-*40.

127. *De Natura & dolore Dentium. Ibid.* 1662. *in-*40.

128. *De morbo Hypocondriaco. Ibid.* 1662. *in-*40.

129. *Epiftola ad Samuelem Rache-* H. Con-
lium. Cette Lettre eft à la tête des RINGIUS.
Commentarii Græcorum in Ariftotelis
Ethica ad Nicomachum , cura Sam.
Rachelii. Helmftadii 1662. *in*-4°.

130. *Animadverfiones in Fratrum*
Walenburgiorum Conringii laudati &
correcti partem priorem de Vocatione
extraordinaria primorum Ecclefiæ Re-
formatorum ; quibus etiam fua concuffio
fundamentorum Fidei Pontificiæ ab ini-
quo contra Evangelicos abufu vindica-
tur. Ibid. 1663. *in*-4o.

131. *Propolitica , feu brevis Intro-*
ductio in Civilem Philofophiam , cum
adjectis nonnullis ejufdem Conringii ,
& Hopperi de varia & vera Jurifpru-
dentia. Ibid. 1663. *in*-4o.

132. *Scioppii Pædia Politices , &*
Naudæi Bibliographia Politica , ut &
ejufdem argumenti alia ; cura Herm.
Conringii. Helmftadii 1663. *in*-4°.

133. *De Prudentia peregrinandi.*
Ibid. 1663. *in*-4o.

134. *De Militia lecta , mercenaria,*
& focia. Ibid. 1663. *in*-4°.

135. *De Bello & Pace. Ibid.* 1663.
in-4°.

136. *De Vectigalibus. Ibid.* 1663.
in-4°.

H. Con-   137. *De recta Legum ferendarum ra-*
RINGIUS. *tione & in specie de Legum Constitutione*
in Imperio Germanico. Ibid. 1 6 6 3.
*in-*4°.

138. *Dissertatio de Ærario boni*
Principis rectè constituendo , augendo ,
& conservando. Ibid. 1663. *in-*4°.

139. *Epistola ad Ducem Brunsvi-*
censem. Dans le livre intitulé : *Gra-*
tulationes in Natalem Octogesimum
quintum. Wolfembuteli. 1663. *in-*4°.

140. *Epistola ad Joannem Buno-*
nem. A la tête de *Germania Antiqua*
Philippii Cluverii contracta per J. Buno-
nem. Wolfembuteli 1663. *in-*4°.

141. *Epistola ad Laurentium Gisele-*
rum , Medicinæ Doctorem. A la tête
du livre de ce Médecin, qui a pour
titre : *Observationes Medicæ de Peste*
Brunsvicensi. Brunsvici. 1663. *in-*4°.

142. *De re Nummaria in Republica*
quâvis rectè constituenda. Helmstadii
1663. *in-*4°.

143. *Epistola ad Justum Georgium*
Schottelium, J. U. D. A la tête du livre de ce Sçavant , *de Lingua Germa-*
nica. Brunsvici 1663. *in-*4°.

144. *Epistola ad Johannem Heni-*
chium S. Theologiæ Doctorem. A la tête

du livre de ce Théologien, *De Gratia* H. Con-
& Prædestinatione. *Rhintelii* 1 6 6 3. RINGIUS.
in-4°.

145. *De Majestatis Civilis autoritate
& officio circa leges. Helmstadii* 1664.
in-4°.

146. *De bello contra Turcas pruden-
ter gerendo libri varii selecti & uno volumine editi, cura Herm. Conringii.
Ibid.* 1664. *in-4°.*

147. *Epistola ad Samuelem Rache-
lium.* A la tête des Lettres Provin-
ciales de M. *Pascal*, réimprimées en
Latin par les soins de *Rachelius*. A
Helmstadt en 1664. *in-4°.*

148. *Epistola ad Georgium Caspa-
rem Kirchmaierum.* A la tête du Commentaire de ce Sçavant sur *Tacite,
de Moribus Germanorum. Wittebergæ.*
1664. *in-4°.*

149. *Epistola ad Joannem Heni-
chium.* A la tête de ses *Institutiones
Theologicæ. Brunsvici* 1664. *in-4°.*

150. *Epistola gratulatoria Natalis
Octogesimi sexti ad Ser. D. Augustum
Ducem Brunsvicensem.* Dans un Recueil de Pieces semblables. *Helmstadii* 1664. *in-4°.*

151. *Epistola duæ ad Ducem Bruns-*

H. Con-*vicenfem*. Dans les *Gratulationes Na-*
RINGIUS, *talis Octogefimi feptimi. Ibid.* 1665.
in-4°.

152. *In Juftini Hiftorici Præfationem
& libri primi caput I. Exercitationes
duæ. Ibid* 1665. *in-4°.*

153. *De importandis & exportandis.
Ibid.* 1665. & 1673. *in-4°.*

154. *De recta in optima Republica
educatione. Ibid.* 1665. *in-4°.*

155. *De antiquiffimo ftatu Helmftadii & Viciniæ conjectura. Helmftadii*
1665. *in-4°.*

156. *Scipionis Claramontii de con-
jectandis cujufque moribus & latitanti-
bus animi affectibus libri X. Cura H.
Conringii. Helmft.* 1665. *in-4°.*

157. *De Comitiis Imperii Germanici. Ibid.* 1666. *in-4°.*

158. *De præcipuis Negotiis in Comitiis Imperii Germanici olim & hodienum
tractari folitis. Ibid.* 1666. *in-4°.*

159. *De Commerciis & Mercatura.
Ibid.* 1666. *in-4°.*

160. *Epiftolæ hactenus fparfim editæ,
nunc uno volumine comprehenfæ. De
varia Doctrina. Helmftadii* 1666. *in-*
4°. Ce font fes Lettres, qui fe trouvent à la tête de fes Ouvrages, ou

qui ont été mises par d'autres à la H. Con-
tête des leurs. La plûpart sont curieu- RINGIUS.
ses & interessantes.

161. *De Judiciis in Republica rectè
instituendis. Ibid.* 1666. *in-*4°.

162. *De Legibus.* 1666. *Ib. in-*4° Cette
These est differente de celle que j'ai
marquée au N°. 27.

163. *De forma Judiciorum in Republica rectè instituenda. Ibid.* 1666. *in-*4°.

164. *Epistola gratulatoria Natalis
Octogesimi octavi, ad Ser. D. Augustum Ducem Brunsvicensem. Qua simul
pium Principis, de nova S. Scripturæ
Germanicæ versione, institutum à sinistris
suspicionibus ac susurris vindicatur.
Helmstadii* 1666. *in-*4°.

165. *Epistola ad Jacobum Thoma-
sium.* A la tête du livre de *Jean Nel-
delius*, intitulé : *Institutio de usu Or-
gani Aristotelici in disciplinis omnibus.
Ibid.* 1666. *in-*4°.

166. *Vindicatio in Epistola gratulatoria ad Augustum Ducem Brunsvicensem de sacra Ebræo codice ab iniquissi-
mis Calumniis Matthiæ Wasmuthi.
Ibid.* 1667. *in-*4°.

167. *De causa Judiciorum efficiente,
materiali, & finali. Ibid.* 1667. *in-*4°.

H. CON-   168. *AgricolaDux in Tacitum. Ibid.*
RINGIUS.   1667. *in*-4°.

169. *Pietas Academiæ Juliæ adver-*
sus Calumnias , tum aliorum , tum Æ-
*gidii Strauchii asserta. Ibid.*1668. *in*-4°.
It. *traduite en Allemand par Christophe*
Schrader. Ibid. 1668. *in*-4°. C'est la
défense de *George Calixte* , de *Conrad*
Horneius , & de *Frederic - Ulric Ca-*
lixte , attaqués par *Strauchius* , Professeur de *Wittemberg.*

170. *De Legatione. Ibid.* 1668. *in*-4°.

171. *DeContributionibus. Ibid.*1669.
in-4°. It. *Ibid.*1675. *in*-4°.

172. *Actio injuriarum in Matthiam*
Wasmuth. Ibid. 1669. *in*-4°.

173. *De Officialibus Imperii Roma-*
no - Germanici. Ibid. 1667. *in*-4°.

174. *De Privilegiis recte conferendis*
& revocandis. Ibid. 1669. *in*-4°.

175. *De Majestate , ejusque juribus*
circa Sacra & Profana. Ibid. 1669.
in-4°.

176. *Lampadius de Republica Ro-*
mano - Germanica , cum annotatis Her.
Conringii ad partes priores duas, ac ter-
tiæ capita septem. Helmstadii 1671.
in-4o.

177. *Johannis Bodini Responsio ad*
Paradoxa

Paradoxa Maleftretti de Caritate re- H. Con-
rum ejufque remediis. Acceſſerunt ejuf- RINGIUS.
dem Diſſertationes de Ærario & re
Nummaria, ut & qua Hopperus docuit
de bonorum Cæſareorum ſecundum LL.
Juſtinian. curatione. Ibid. 1671. *in-*4°.
Conringius a eu ſoin de cette édition.

178. *Jani Dubravii de Piſcinis libri*
V. Accedunt ejuſdem argumenti ex-
cerpta ex M. T. Varrone, Columella,
Plinio, Conſtantino Porphyrogeneta,
Petro Creſcentienſi, Conrado Heresba-
chio. Omnia Herm. Conringii cura ab
innumeris mendis purgata, cum ejuſ-
dem Præfationibus, ibid. 1671. *in-*4°.

179. *De Sale, Nitro, & Alumine,*
ibid. 1672. *in-*4°.

180. *Cenſura Diplomatis, quod Lu-*
dovico Imperatori fert acceptum Cœno-
bium Lindavienſe. Qua ſimul res Imperii
& Regni Francorum illuſtrantur. Cum
Appendice & litera Stephani Baluzii,
ad Authorem, ibid. 1672. *in-*4°.

181. *De Civili Philoſophia, ejuſque*
optimis ſcriptoribus, ibid. 1673. *in-*40.

182. *Diſſertationes de ſudore Chriſti*
ſanguineo, & aliis paſſionem Chriſti il-
luſtrantibus. A la fin du livre Allemand de *Jean Albrecht,* ſur la Paſ-

Tome XIX. A a

H. Con-sion de Jesus-Christ. *Hildes.* 1674.
RINGIUS. *in-* 12.

183. *Exercitationes Academicæ de Republica Imperii Germanici infinitis locis mutatæ & auctæ, inque unum volumen redactæ. Helmstadii* 1674. *in-4*. It. *editio secunda, cui accessit Dissertatio de Capitulatione Cæsarea. Lipsiæ* 1677. *in-*40.

184. *De Nummis Ebræorum Paradoxa. Accesserunt exercitatio Academica de Republica Ebræorum, & Commentariolus de initio anni sabbatici, & tempore messis Ebræorum. Helmstadii* 1675. *in-*40.

185. *Animadversio in libellum Germanicum, tituloque hoc Latino præfixo,* Novena S. Antonii de Padua, *Hannoveræ nuper editum. Helmstadii* 1675. *in-*40. *Conringius* a joint, suivant sa coutume, l'écrit qu'il attaquoit au sien.

186. *Admonitio de Thesauro Rerum publicarum totius orbis Quadripartito Genevæ hoc anno publicato. Helmstadii* 1675. *in-*4°. Quelques-uns ont attribué à *Conringius* le *Thesaurus Rerum publicarum,* dont il s'agit ici, mais fort mal à propos.

187. *De dominio Maris. Ibid.* 1676. *in-*4°.

188. *De dominio eminente fummæ poteftatis civilis. Ibid.* 1677. *in-*4c.

189. *Ariftotelis Politicorum Paratila. Ibid.* 1677. *in-*4°.

190. *Difcuffio eorum quæ Animadverfioni in Novenam Antonianam oppofuit Dionyfius Werlenfis, Capucinus.* *Helmftadii* 1677. *in-*4°. L'ouvrage du Capucin, auquel *Conringius* s'eft propofé ici de répondre, & qu'il a inferé en partie dans le fien, eft intitulé : *Philanton, five Animadverfio in Animadverfionem, quam D. Herm. Conringius in Novenam S. Antonii de Padua infeliciffime attentavit. Hannoveræ* 1676. *in-*40.Ce premier fut fuivi d'un fecond, qu'il publia comme une replique à *Conringius* fous ce titre : *Philanton Vindicatus, five Herm. Conringius ob Andabaticam fuam* 1677. *Helmftadii editam difcuffionem jufte, fed mifericorditer caftigatus. Hannoveræ* 1678. *in*40.

191. *De Neceffariis Civitatis partibus. Helmftadii* 1679. *in-*40.

192. *De Maritimis Commerciis. Ib.* 1680. *in-*40.

A a ij

H. CON-
RINGIUS.

H. Con-
ringius.

193. *Epistola ad Joannem Christo=*
phorum Wagenseilium. Cette Lettre ,
qui est du 25 May 1681. se trouve
dans le 5e. tome p. 350. de l'*Historia*
Bibliotheca Fabricianæ.

194. *De Senatu liberarum Rerum*
publicarum. Helmstadii. 1681. in-4°.

195. *Epistola ad Henricum Meibo=*
mium Juniorem. A la tête du premier volume *Rerum Germanicarum Meibomii.*
Ibid. 1688. *in- fol.*

196. *De Chemicis Principiis Corpo=*
rum Naturalium. Ibid. 1683. *in-4°.*

197. *Hermanni Conringii Epistola-*
rum Syntagmata duo una cum Responsis.
Præmissa Conringii Vita , scriptorum
Index , & de his Doctorum Virorum
Judicia. Helmstadii 1694. *in-4°.* La
premiere partie de ce Recueil contient les Lettres de *Conringius* , au
Prince *Ferdinand de Fürstenberg* ,
Evêque de *Munster* & de *Paderborn* ,
& la seconde celles qu'il avoit écrites à M. *Baluze.*

198. *Conringiana Epistolica , sive*
Animadversiones variæ eruditionis ex
B. Herm. Conringii Epistolis Miscella-
neis nondum editis libatæ , cura Christo-
phori Henrici Reitmeieri. Helmstadii

1708. *in*-12. It, *Editio auctior. Lipsiæ* H. CON-
1719. *in*-8°. Cette seconde édition RINGIUS.
est quatre fois plus ample que la
premiere.

199. *Herm. Conringii Musæ erran-*
tes. Dispersas collegit ediditque Justus
Christophorus Boehmer.   Helmstadii
1708. *in*-8°.

200. *Binæ Epistolæ ad Joan. Christ.*
de Boineburg. Inserées dans les *Acta*
Litteraria Burc. Gott. Struvii. Fascie 1.
tomi 2. p. 114. Ces deux Lettres, qui
sont fort longues, roulent sur la
controverse.

201. *Henrici Conringii de scriptori-*
bus XVI. post. Christum natum sæculo-
rum Commentarius, cum Prolegomenis
antiquiorem Eruditionis Historiam sisten-
tibus, notis perpetuis, & additionibus,
quibus Scriptorum series usque ad finem
sæculi XVII. continuatur. Wratislaviæ
1727. *in*-4°. Les notes sont ce qu'il y a
de plus curieux, parce que le texte
ne contient presque que des noms ;
elles sont de *Gotlob Kranz*, Inspec-
teur des Ecoles de *Breslau.*

Tous ces Ouvrages de *Conringius*
ont été réünis, & imprimés ensemble à *Brunsvic* l'an 1731. en six volumes *in-folio.*

V. *Sa vie par Melchior Smid à la*
tête de ses Lettres données en 1694.

ANTOINE FAVRE.

A. FAVRE ANTOINE *Favre*, (en Latin *Faber*,) naquit à *Bourg* en
Bresse le 4. Octobre 1557. de *Phili-*
bert Favre, Avocat Fiscal du Duc de
Savoye en Bresse, & de *Bonne de*
Chaillon, tous deux alliés aux premieres Maisons de la Savoye.

On l'envoya de bonne heure à
Paris, où il fit ses études d'Humanités, de Rhetorique & de Philosophie dans le College des Jesuites.

Il passa ensuite à *Turin*, & s'y appliqua au Droit sous *Alde Manvie*,
éleve d'*Antoine Govea*, avec tant
d'ardeur, qu'il y donnoit jusqu'à
quatorze heures par jour. Il y fut
reçu Docteur à l'âge de 22 ans, &
soûtint pour cela une These sur toutes les matieres du Droit, qui lui fit
beaucoup d'honneur.

Il fut quelque temps Avocat au
Senat de *Chamberry*, & s'y distingua
tellement par son éloquence & son

habileté, que le Duc de Savoye, A.FAVRE
prévenu de son merite, lui envoya
des Provisions de la Charge de *Juge-*
Mage des Provinces de Bresse, Bugey,
Valromey, & Gez, que son Ayeul
& son Bisayeul avoient remplie avec
beaucoup d'honneur; quoiqu'il n'eût
pas alors l'âge de trente ans, qui
étoit requis pour cela.

Il ne demeura que trois ans dans
ce poste, d'où il fut tiré par le même
Prince pour remplir une place de Sénateur dans le Sénat de *Chamberry.*

La réputation de science & de
probité, qu'il acquit pendant près
de douze années qu'il s'acquita des
fonctions de cette Charge, engagea
M. & Mme de *Nemours* à prier le
Duc de Savoye de le leur donner
pendant quelque temps pour présider à leur Conseil du Duché de Génevois, & pour travailler à l'accom-
modement des contestations qu'ils
avoient avec le Duc de *Ferrare.* Ce
Prince leur accorda ce qu'ils souhai-
toient, avec cette marque de distinction pour *Antoine Favre*, qu'il
lui permit de joüir des honneurs &
des émolumens de sa Charge de Sé-

A. FAVRE nateur, malgré son absence ; ce qu'il fit pendant quatorze ans qu'il fut Président du Génevois. Les occupations que lui donnerent cette place ne l'empêcherent pas de faire un voyage en Italie, & d'y séjourner trois ans en deux differentes fois, tant auprès du Duc de *Modene*, qu'à *Rome*, pour demander au nom de la Duchesse de *Nemours* une partie de la succession du Duc de *Ferrare*.

Il vint aussi dans la suite à *Paris*, à la priere de la même Duchesse, qui voulut lui faire dresser, & lui confier son testament. Après neuf mois de séjour en France, il alla présider à *Annecy*, par ordre du Duc de Savoye, & il s'acquitta de cette Charge avec une integrité & une habileté qui firent naître à ce Prince le dessein de l'élever à quelque chose de plus considerable. Ainsi lorsqu'il commençoit à songer à se retirer, pour ne plus s'occuper que de son salut, c'est-à-dire, en 1610. il fut nommé par le Duc, Premier Président du Sénat de *Chamberry*. Cette faveur fut bientôt après suivie d'une seconde ; car ce Prince lui envoya au mois de
Juillet

Juillet de la même année des Lettres A. FAVRE
Patentes de Gouverneur de la Savoye,
& de toutes les Provinces deçà les
Monts.

Ayant été envoïé en 1618. à *Paris* avec
le Prince *Maurice* Cardinal de Savoye, & *S. François de Sales*, pour y
traiter & conclure le Mariage du
Prince de Piémont, *Victor-Amedée*,
avec *Chriſtine de France*, le Roy *Louïs
XIII.* à qui il fut préſenté, prevenu
de ſon mérite, lui offrit la Charge de
Premier Préſident du Parlement de
Touloufe, qui vint alors à vaquer ;
mais *Favre* s'excuſa de l'accepter,
en témoignant que rien n'étoit capable de le détacher du Service du Duc
de Savoye.

Il mourut à *Chambery* le 1. Mars
1624. âgé de 66. ans, & fut enterré,
comme il l'avoit ordonné par ſon
teſtament, dans l'Egliſe de *Sainte
Marie Egyptienne*, près de cette Ville, où il avoit fait conſtruire ſon
tombeau, & où ſes deux femmes
étoient enterrées.

Il avoit épouſé en premieres nôces
Benoite Favre, d'une famille differente de la ſienne, de laquelle il eut

Tome XIX. B b

A. Favre sept fils, dont *Claude Favre de Vau-*
gelas, fut le second, & quatre filles,
& qui mourut après vingt-cinq ans
de mariage. Il se remaria à *Philiberte*
Martin de la Perouse, dont il n'eut
point d'enfans, & qu'il vit aussi mourir, après avoir vécu avec elle près
de dix-huit ans.

» *Favre* est, dit *Denis Simon* dans
» sa *Bibliotheque des Auteurs du Droit*,
» celui des Jurisconsultes Modernes
» qui a porté le plus loin ses idées sur
» le Droit. C'étoit un esprit vaste,
» qui ne se rebutoit pas des plus gran-
» des difficultés ; mais on l'accuse
» d'avoir décidé un peu trop hardi-
» ment contre les opinions commu-
» nes, ainsi que l'a remarqué M. *Ex-*
» *pilly*. Quelques-uns blâment la li-
» berté que s'est donné cet Auteur,
» d'ajoûter & de retrancher dans les
» Loix, & de reprendre *Papinien*.
» *Bachovius*, Auteur Allemand, qui
» a écrit contre la seconde partie de
» son Livre *de Erroribus Pragmatico-*
» *rum*, le maltraite pour ce sujet d'u-
» ne maniere trop outrée. *Jerôme Bor-*
» *gias de Naples* a aussi censuré son
» Livre *de Conjecturis* : mais leurs cri-

» tiques ne font pas toûjours juftes, **A.FAVRE**
» & ils convainquent moins par leur
» propre autorité que par celle des
» autres. On convient que *Favre* a été
» plus retenu dans fon Code, où il
» fe borne fouvent à l'autorité des
» chofes jugées, que dans fes autres
» ouvrages, où il fe donne un plus
» libre effort.

M. *Claude Jofeph de Ferriere* fouf-
crit à ce jugement dans fon *Hiftoire
du Droit Romain*, & ajoûte que » Fa-
» vre pouffe trop loin fes fubtilités,
» & qu'il faut fe tenir fur fes gardes
» pour s'en défendre & ne s'y point
» laiffer aller; car en fortant des opi-
» nions communement reçuës, il
» fort auffi quelquefois des principes;
» en un mot, que cet Auteur eft fub-
» til au-delà de ce qu'on peut dire,
» maisqu'il s'en faut bien qu'il foit fûr.

Catalogue de fes Ouvrages.

1. *Conjecturarum Juris Civilis libri
20. Lugd.* 1580. *&* 1581. *in-4°.* It.
Aurelia Allobrogum. 1609. *in-4°.* « Le
» but de l'Auteur dans cet Ouvrage,
» eft d'éclaircir entierement plufieurs
» opinions obfcures& nouvelles dans
» la Jurifprudence, & même contrai-

A.FAVRE » res aux sentimens des anciens In-
» terprétes du Droit, mais qui pour-
» tant peuvent être soûtenuës, la
» plûpart ne paroissant pas opposées à
» la raison ; & parce qu'il ne veut
» rien décider sur cette diversité
» d'opiniöns, qui se combattent
» entre - elles, il leur donne le nom
» de conjectures. (*Taisand.*)

2. *De Erroribus Pragmaticorum &
Interpretum Juris. Lugduni* 1598. *in*-40.
It. *Geneva* 1604. & 1615. *in*-40. It.
Lugd. 1658. *in*-40.

3. *Rationalia in Pandectas. Geneva*
1604. *in*-4º. Cet Ouvrage est divisé
en trois parties, dont la troisiéme
ne va que jusqu'au titre du Digeste
de Pignoribus exclusivement ; ce sont
des especes de loix qu'il a faites sur
chaque titre, qu'il explique suivant
les principes du Droit, & dont il tire des conséquences certaines.

4. *Jurisprudentia Papiniana scien-
tia, ad ordinem Institutionum Imperia-
lium efformata. Lugduni* 1607. *in*-40.
Favre vouloit comprendre dans cet
Ouvrage les principes de tout le
Droit, suivant l'ordre des Institutes ;
mais il n'en a fait que le premier livre.

5. *Codex Fabrianus definitionum fo-* A. FAVRE
*rensium, & rerum in Sabaudiæ Senatu
tractatarum in novem libros distributus,
secundum ordinem Titulorum Codicis.
Lugduni* 1606. *in-fol.* It. *Francofurti*
1612. *in-fol.* It. *Lugduni* 1661 *in-fol.*

6. *De Montisferrati Ducatu contra
Ducem Mantuæ, pro Duce Sabaudiæ
consultatio. Lugduni* 1619. *in-4º.*

7. *De Religione tuenda in Republica.
Francofurti* 1665. *in-4º.* Avec les
notes de *Fritschius.*

8. *De Variis Nummariorum debito-
rum solutionibus adversus Carolum Mo-
linæum.* Je ne sçai quand a paru cet
Ouvrage, qui est cité par Taisand.

9. *Centurie de Quatrains Moraux,*
imprimés d'abord séparément, & ensuite avec ceux de *Pybrac.*

10. Son *Testament*, qui est fort
long, se trouve à la p. 218. des *Vies
des Jurisconsultes* de *Pierre Taisand.* Il
est daté du 15 Février 1624.

V. *Son Eloge par M. Taisand de
ses Vies des Jurisconsultes. Paris* 1721.
*in-4º. La Bibliotheque des Auteurs du
Droit par Denis Simon,* tome. 2. *L'Histoire du Droit Romain de M. de Ferriere,* p. 440.

Bb iij

CLAUDE FAVRE, SIEUR
DE VAUGELAS.

CLAUDE Favre, Sieur de
Vaugelas, naquit à *Chambery*
vers l'an 1585. d'*Antoine Favre*, dont
je viens de parler, & de *Benoîte Favre*.
M. *Pellisson* dit dans son *Histoire de*
l'Academie Françoise, qu'il fut leur
sixiéme fils ; mais il se trompe sûrement ; car le Président *Favre* marque
dans son testament, qu'il étoit le second de cinq garçons qu'il avoit à
sa mort.

Il eut en partage la Baronie de
Peroges, qui venoit de sa mere, &
une pension de deux mille livres,
que son pere lui avoit obtenuë du
Roy *Louis XIII.* dans le voyage
qu'il fit à *Paris* en 1619. à la suite du
Cardinal de Savoye, pour traiter du
Mariage de *Christine de France*. Ce fut
cette pension, qui ayant été long-
temps sans être payée, lui fut enfin
rétablie par le Cardinal de *Richelieu*,
quand il s'engagea à travailler au
Dictionnaire de l'Academie Françoise.

Il alla fort jeune à la Cour, & y
paſſa tout le reſte de ſa vie. Il fut
Gentilhomme ordinaire, & depuis
Chambellan de M. le Duc d'*Orleans*,
qu'il ſuivit conſtamment dans toutes ſes retraites hors du Royaume. Il
fut auſſi ſur la fin de ſes jours Gouverneur des enfans du Prince *Thomas*.
Mais quoiqu'il ne négligea rien de
ce qui pouvoit contribuer à ſa fortu-
ne, qu'il fût en réputation à la Cour,
& qu'il ne fût pas débauché, les divers voyages qu'il avoit faits à la ſuite de ſon Maître, & d'autres ren-
contres fâcheuſes ont été cauſe qu'il
eſt mort pauvre, & que ſon bien n'a
pas été ſuffiſant pour payer ſes créan-
ciers.

Il fut reçu à l'Académie Françoiſe en 1634. & il en a été un des principaux ornemens.

Il mourut au mois de Février de
l'an 1650. comme le rapporte *Gui-
chenon*, Hiſtorien très-exact, & qui
étoit ſon ami particulier; ainſi il eſt
plus ſûr de s'en rapporter à lui qu'à
M. *Pelliſſon*, qui le fait mourir en
1649. Il étoit alors âgé d'environ
65 ans. Sa mort vint d'un abſcès dans

C. FAVRE
S. DE VAU-
GELAS.

B b iiij

C.Favre S.de Vau- gelas. l'eſtomac, qui s'étoit formé durant le cours de pluſieurs années, & qui lui cauſoit de temps en temps une douleur de côté, qu'on attribuoit à la rate. Enfin ayant été extrêmement tourmenté pendant cinq ou ſix ſemaines de cette même douleur, il ſe ſentit ſoulagé, & croyant être bientôt guéri, il voulut aller prendre l'air dans le Jardin de l'Hôtel de Soiſſons, où il avoit un appartement. Mais le lendemain matin ſon mal le reprit avec plus de violence. De deux valets qu'il avoit, il envoya celui qui étoit demeuré auprès de lui, appeller du ſecours : mais avant le retour de celui-là, l'autre étant ſurvenu, le trouva qu'il rendoit l'abſcès par la bouche, & lui demanda tout étonné ce que c'étoit ; à quoi *Vaugelas* répondit froidement & ſans émotion : *Vous voyez, mon ami, le peu que c'eſt que de l'homme.* Après ces paroles il n'en prononça plus, & n'eut que quelques momens de vie.

C'étoit un homme agréable, d'une belle taille, & d'un bon eſprit. Il étoit civil & poli juſqu'à l'excès, particulierement envers les Dames, pour

lefquelles il avoit une vénération ex- C. FAVRE
trême. Il craignoit toûjours d'offenser S. DE VAU-
quelqu'un, & le plus fouvent il n'o- GELAS.
foit pour cette raifon prendre parti
dans les queftions que l'on mettoit
en difpute.

Depuis fon enfance il avoit fort
étudié la Langue Françoife. Il s'étoit
principalement formé fur *Coeffeteau*,
& avoit tant d'eftime pour fes écrits,
& furtout pour fon *Hiftoire Romaine*,
qu'il ne pouvoit prefque recevoir de
phrafes, que celles qui y étoient em-
ployées ; ce qui a fait dire à M. *de
Balzac* ; *Qu'au jugement de M. Vaugelas, il n'y avoit point de falut hors de
l'Hiftoire Romaine, non-plus que hors
de l'Eglife Romaine.* Son principal talent étoit pour la Profe. Quant à la
Poëfie, il avoit fait quelques Vers
Italiens qu'on eftimoit beaucoup ;
mais il ne fe mêloit point d'en faire
en François, fi ce n'étoit fur le
champ, pour quelque galanterie.

Catalogue de fes Ouvrages.

1. *Remarques fur la Langue Françoife. Paris* 1647. *in-*4°. C'eft la premiere édition de cet Ouvrage, qui
a été imprimée depuis plufieurs fois.

C. FAVRE » Il merite, dit M. *Pelliſſon*, une eſti-
S. DE VAU- » me particuliere ; car non-ſeulement
GELAS.   » la matiere en eſt très-bonne pour la
» plus grande partie, & le ſtyle ex-
» cellent & merveilleux ; mais encore
» il y a dans tout le corps de l'Ou-
» vrage, je ne ſçais quoi d'honnête
» homme, & tant de franchiſe
» qu'on ne ſçauroit preſque s'empê-
» cher d'en aimer l'Auteur. » La Préface qui eſt à la tête, eſt, ſuivant M.
de *la Monnoye*, un chef-d'œuvre
pour l'élégance & la ſolidité. (a)
Les Remarques de *Vaugelas* ont été
attaquées dans les trois ouvrages ſuivans. 1º. *Lettres touchant les Nouvel-
lés Remarques ſur la Langue Françoiſe.*
Paris 1647. in-8º. Ces Lettres ſont
de M. de *la Mothe le Vayer*. 2º. *Liberté de la Langue Françoiſe dans ſa pureté, ou diſcuſſion des Remarques de
Vaugelas ſur la même Langue.* Paris
1651. in-4º. Par *Scipion Dupleix.* 3º.
*Obſervations de l'Academie Françoiſe
ſur les Remarques de Vaugelas.* Paris
1704. in-4º. *La Haye* 1705. in-12. 2.
vol. On marque dans l'Avertiſſement
de ce dernier Livre, que comme la
ſuite des années apporte toûjours

(a) Bibli. Franc. tom. 8. p. 243.

quelques changemens aux Langues C. FAVRE
vivantes, l'Academie a été obligée S. DE VAU-
d'ajoûter aux Remarques de *Vaugelas* GELAS.
quelques obfervations, qui fans rien
ôter à la capacité de l'Auteur, mar-
quent en peu de mots les changemens
arrivés depuis cinquante ans, à la
Langue Françoife, & rendent compte de l'ufage préfent.

2. *Quint-Curce de la vie & des ac-*
tions d'Alexandre le Grand, trad. du
Latin par Claude Favre Sieur de Vau-
gelas, avec les fuplémens de Jean Freinf-
hemius, traduits par Pierre Du Ryer. Pa-
ris 1653. in-40. Cette premiere édition
a été revûë par MM. *Conrart* & *Cha-*
pelain, qui l'ont donnée au public,
& il s'en fit auffitôt après une feconde qui lui eft entierement femblable.
Dans la fuite on retrouva une nouvelle copie de l'Auteur, fur laquelle
M. *Patru* en donna une troifiéme,
fort differente des deux autres; elle
parut à *Paris* en 1659. *in-40. Vauge-*
las a été trente ans fur cette traduction, la changeant & la corrigeant
fans ceffe. Il reconnoît lui-même
qu'ayant vû quelques traductions de
M. d'*Ablancourt*, il en goûta telle-

G. FAVRE
S. DE VAU-
GELAS.

ment le ſtile, un peu moins étendu
que le ſien, qu'il recommença tout
ſon travail, & refondit ſa traduction.
M. *Pelliſſon* dit avoir vû quelques
cahiers de cette derniere, où le plus
ſouvent chaque periode étoit traduite
en marge en cinq ou ſix differentes
manieres, preſque toutes fort bonnes. *Voiture*, qui étoit fort des amis
de *Vaugelas*, le railloit quelquefois
ſur le trop de ſoin, & le trop de
temps qu'il employoit à ſa traduction. Il lui diſoit qu'il n'auroit jamais achevé; que pendant qu'il en
poliroit une partie, notre Langue
venant à changer, l'obligeroit à refai-
re toutes les autres : à quoi il appliquoit plaiſamment ce qui eſt dit dans
Martial, de ce Barbier, qui étoit ſi
long-temps après une barbe, qu'à-
vant qu'il l'eût achevée, elle commençoit à revenir.

Eutrapelus Tonſor dum circuit ora
Luperci,
Expungitque genas, altera barba ſubit:
Ainſi, diſoit-il, *altera lingua ſubit:*

Au reſte la traduction de *Vaugelas*

a reçu de grands applaudissemens ; & c'est à son sujet que Balzac a dit, que l'*Alexandre de Quint-Curce* étoit invincible, & celui de *Vaugelas* inimitable, & que le P. *Bouhours* a prétendu qu'elle étoit un modéle sur lequel on pouvoit se former sûrement.

3. *Nouvelles Remarques sur la Langue Françoise. Paris* 1690. *in-*12. Un Avocat de *Grenoble*, nommé *Aleman*, a fait imprimer ces Remarques, dont il dit que l'Original lui avoit été donné par M. de *la Chambre*, Curé de *S. Barthelemy.* On ne peut douter qu'elles ne soient veritablement de *Vaugelas*; son stile s'y fait aisément reconnoître. Mais ce Recueil, à peu de chose près, ne roule que sur des phrases absolument surannées, même du temps de *Vaugelas*; ensorte qu'on peut raisonnablement croire que c'est le rebut de ses premieres Remarques ; & qu'ainsi nous n'avons point celles que M. *Pellisson* assure avoir été toutes prêtes pour faire un second volume.

4. Le Cardinal de *Richelieu* ayant souhaité que l'Académie Françoise travaillât tout de bon à un Diction-

C. FAVRE S. DE VAUGELAS.

C. Favre S. de Vau- gelas. naire ; on lui témoigna que l'unique moyen de venir bientôt à bout de ce travail, étoit d'en donner la charge principale à M. de *Vaugelas*, & de lui faire rétablir pour cet effet par le Roy une pension de deux mille livres, dont il n'étoit plus payé. Le Cardinal reçut favorablement cette ouverture, & répondit qu'il étoit prêt de donner même la pension du sien, s'il étoit besoin ; mais qu'il désiroit voir comment M. de *Vaugelas* s'y vouloit prendre. On lui présenta deux projets, dont un lui plut, & la pension fut rétablie à *Vaugelas*, qui l'en alla remercier. Ce fut alors qu'il fit cette repartie qui est connuë de tout le monde. Car le Cardinal le voyant entrer dans sa chambre, s'avança vers lui, & s'adressant à lui : *He bien, Monsieur*, lui dit-il, *vous n'oublierez pas du moins dans le Dictionnaire le mot de pension.* Sur quoi *Vaugelas*, lui faisant une profonde révérence, répondit : *Non, Monseigneur, & moins encore celui de reconnoissance.* Dès-lors *Vaugelas* commença à dresser les cahiers du Dictionnaire, qu'il apportoit ensuite à l'Academie. Tous

ces cahiers avec le reſte de ſes écrits C. FAVRE
furent ſaiſis à ſa mort par ſes créan- S. DE VAU-
ciers, qui prétendoient en tirer une GELAS.
ſomme conſiderable de quelque Im-
primeur, & l'Academie ne put les
retirer qu'en plaidant, & après une
Sentence du Châtelet du 17 May
1651.

V. *Son Eloge par M. Pelliſſon dans
l'Hiſtoire de l'Academie Françoiſe, &
les Vies des Juriſconſultes de Pierre
Taiſand, Article d'Antoine Favre.*

QUINTO MARIO CORRADO.

QUINTO MARIO Corra- Q. M.
do, naquit en 1508. à *Oria*, CORRA-
Ville du Pays d'*Otrante*, dans le DO.
Royaume de *Naples*, d'une famille
honnête. Son pere n'avoit pas deſſein
de l'appliquer à l'étude, & le deſti-
noit ſeulement à avoir ſoin de quelques biens de campagne; mais la nature plus forte que cette deſtination
l'emporta.

Le jeune *Corrado* ſe ſentant porté
à quelque choſe de plus relevé que les
ſoins auſquels on l'appliquoit, les

Q. M. négligeoit pour s'appliquer à lire le
CORRA-peu de livres qu'il pouvoit trouver.
DO.

Son pere ayant remarqué en lui
de la disposition & du goût pour l'étude, se détermina à l'envoyer à l'école, mais seulement pour y apprendre ce qui pourroit lui être utile
pour le ménage de la campagne,
comme l'Arithmetique, & autres
choses semblables. Mais le genie de
Corrado ne lui permit pas de se tenir
resserré dans des bornes si étroites. Il
s'appliqua à la Grammaire, la Rhetorique & la Poësie, & y fit en peu
de temps des progrès merveilleux,
qui mécontenterent son pere. Les
menaces qu'il lui fit à ce sujet, le
rebuterent, & lui firent prendre le
parti de s'enfuir de la maison paternelle avec quelques secours que
lui fournit sa mere.

Il alla alors trouver un de ses oncles qui étoit Celestin; celui-ci surpris du genie de son neveu, qui quoiqu'âgé à peine de quinze ans, entendoit parfaitement tous les livres Latins, & en jugeoit sainement, l'engagea à continuer ses études.

Ce fut alors que *Corrado* embrassa
l'état

l'état Eccleſiaſtique , & reçut les Or- Q. M.
dres juſqu'au Diaconat ; enſuite aidé CORRA-
par ſon oncle & par ſa mere , il alla DO.
à *Boulogne* , où il fut ordonné Prêtre.
Il s'y appliqua auſſi avec une ardeur
inconcevable à l'étude des Langues
Gréque & Latine , & à celle de l'é-
loquence , qu'il ne quitta que pour
paſſer à celles de la Philoſophie , de
la Théologie , & du Droit.

Son application à toutes ces Sciences , & ſes talens l'ayant fait devenir
un des premiers Savans de ſon temps,
il retourna dans ſa patrie , quoiqu'a-
vec répugnance , pour répondre aux
ſollicitations de ſa mere , de ſon frere , & de ſon oncle.

Toute la Province s'entremit pour
l'engager à enſeigner à *Oria* la Rhétorique , la Poëtique , la Philoſophie,
& le Droit ; & il répondit à ſes dé-
ſirs , & attira auprès de lui un grand
nombre de diſciples , dont quelques-
uns ſe rendirent très-habiles.

La Princeſſe *Bonne* , Reine Doüai-
riere de *Pologne* , qui vivoit alors,
retirée dans ſon Domaine de *Bari* , le
ſollicita d'écrire en Latin l'Hiſtoire
de ſa vie , & celle du Royaume de

Q. M.
CORRA-
DO.

Pologne, & il se rendit aux instances qu'elle lui fit sur ce sujet. Il mit aussitôt la main à cet ouvrage, mais envisageant ensuite la difficulté de l'entreprise, & reconnoissant qu'il ne pouroit écrire la vie d'une Reine vivante, & parler des affaires d'un Royaume éloigné, & entierement étranger pour lui, sans se tromper en bien des choses, & sans être même quelquefois obligé d'alterer la verité, il se refroidit bien vîte, & abandonna tout à fait son premier dessein.

Au reste l'amour qu'il avoit pour l'étude lui fit fuir pendant quelque temps les emplois & les dignités Ecclesiastiques, pour avoir le loisir de s'y livrer entierement. Mais il ne négligea pas pour cela les fonctions du Sacerdoce, & les Eglises retentirent souvent de ses Prédications.

Le Cardinal *Jérôme Aleandre*, Archevêque de *Brindes*, le fit venir à *Rome* en 1540. pour être son Sécrétaire, & il s'acquit dans ce poste l'estime du Pape *Paul III.* & de la plûpart des Prélats ; mais il ne le conserva que deux ans, ce Cardinal étant mort le premier Février 1542. Il pas-

& auſſitôt après en la même qualité au
ſervice du Cardinal *Thomas Badia*,
qu'il eut le chagrin de perdre au bout
de cinq ans, c'eſt-à-dire, le ſix
Septembre 1547. Il fut enſuite recherché par d'autres Cardinaux ; cependant il ne jugea pas à propos d'accepter les places qu'ils lui offrirent,
& ſe retira dans ſa patrie, dans le
deſſein d'y vivre pour lui-même,
occupé uniquement de l'étude & du
commerce des Savans.

Le Pape *Pie IV*. informé de ſon
mérite par le Cardinal *Borromée*, le
fit dans la ſuite revenir à *Rome*, pour
être Précepteur de ſes neveux. *Corrado* conſentit, par le conſeil de ſes
amis, à accepter cette place, qu'il
conſerva pluſieurs années, dans l'eſ-
perance qu'elle le conduiroit à quelque choſe de conſiderable ; en quoi
il fut trompé : car quelques courti-
ſans jaloux & envieux lui firent donner pour aſſocié dans ſon emploi
Guillaume Sirlet, Prêtre Calabrois,
homme fort habile dans les Langues
Gréque & Latine, afin de faire tom-
ber ſur celui-ci la confiance du Pape
& de ſes neveux ; deſſein qui leur

Q. M.
CORRA-
DO.

C c ij

Q. M. réüssit. Car *Sirlet* se rendit si agréa-
CORRA- ble à ses disciples & au Pontife leur
DO. oncle, qu'il parvint dans la suite au
Cardinalat, pendant que *Corrado*
qui songeoit peu à faire sa cour, demeura tel qu'il étoit venu à *Rome*,
& s'en retourna dans sa patrie sans
récompense.

    Corrado enseigna ensuite pendant
trois ans la Rhétorique à *Salerne*, &
ne quitta cet emploi que pour aller
remplir l'Archidiaconné de l'Eglise
d'*Oria*, vacant par la mort de *Pierre
Marcel Corrado* son frere, que le
Cardinal *Caraffe* lui avoit procuré,
aussi bien que les autres Bénéfices de
son frere.

    Il résolut alors de ne plus sortir de
sa patrie, & refusa tous les postes
qu'on lui offrit en differens endroits,
tels que celui de Professeur en Rhétorique dans le College de la Sapien-
ce, que *Sirlet*, devenu Cardinal, le
pressa d'accepter, & un autre semblable, qui lui fut offert par l'Academie de Boulogne.

    Il procura l'établissement d'un
College à *Oria* & y enseigna le premier. Il fut aussi quelque temps Vi-

caire Général de l'Archevêque de
Brindes.

Il mourut l'an 1575. âgé de 67 ans,
quatre mois & ſeize jours.

Catalogue de ſes Ouvrages.

1. *De Lingua Latina ad Marcellum Fratrem libri* XII. *Venetiis* 1569. *in-8o*. It. *Nunc ut prior editio, impreſſorumque induſtria Autori placita non eſt, emendati, illuſtrati, triente pleniores facti, atque his Epiſtolæ adjunctæ quibus Autor Latini Sermonis cauſam tuetur. Bononiæ* 1575. *in-4o*. Cet Ouvrage & le ſuivant font voir l'application que *Corrado* avoit toûjours donnée à l'embelliſſement de la Langue Latine, qu'il poſſedoit parfaitement.

2. *De Copia Latini ſermonis libri quinque. Ad Camillum Palæotum cum ejus ipſius vita & aliis. Venetiis* 1582. *in-8o*. Les pieces ajoûtées à l'Ouvrage de *Corrado*, ſont les ſuivantes. 1o. *Lucii Scarani ad Thomam Contarenum Epiſtola nuncupatoria*. 2o. *Q. M. Corradi vita ad Baſilium Iſſapicam Salernitanum*. Cette vie a été écrite par *Antoine Amantio*. 3o *Ejuſdem Q. Marii Epiſtolæ quatuor*. 4o. *Donati Caſtilionis argumenta in libros de Copia La-*

Q. M.
CORRA-
DO.

tini Sermonis. 5°. *Oratio ejusdem Cor-*
radi habita Salerni in Synodo Provin-
ciali. 6°. *Ode de obitu Hieronymi Vita-*
liani, *cui annectitur alia Epistola ad*
Basilium, & *Carmina ad Franciscum*
Rogavi. Ces pieces sont de *Corrado.*

3. *De Dialectica liber. Romæ* 1567.
*in-*8°.

4. *Epistolarum libri octo. Venetiis*
1565. *in-* 8°.

5. *Ad Concilium Salernitanum. Ora-*
tio. Venetiis 1581. *in-*8°.

6. *Ad Cives Uritanos oratio. Venetiis*
1561. *in-*8°. Il fit ce discours, lorsque la Ville d'*Oria* étoit assiegée
par *Pierre Pacio*, Officier de *Consal-*
ve de Cordouë.

V. Sa vie par *Antoine Amantio*, a-
vec son Livre *de Copia Sermonis*, &
par *Dominique de Angelis* dans le 2e.
tome des *Vite de' Letterati Salentini. In*
Firenze 1713. *in-*4°.

SEBASTIEN CORRADO.

SEBASTIEN *Corrado*, naquit S. Cor̃
au Château d'*Arceto*, situé entre RADO,
Reggio & *Modene*, vers le commencement du seiziéme siécle.

Il étudia dans sa jeunesse sous
Baptiste Egnatio à *Venise*, & fit sous
lui des progrès considerables dans
les Langues Latine & Gréque, qu'il
a cultivées pendant toute sa vie, &
qu'il a lui-même enseignées fort
long-temps aux autres.

Il les professoit à *Reggio* vers l'an
1540. lorsqu'il songea à former dans
cette Ville une Academie de Belles-
Lettres. Son dessein étoit trop honorable à la Ville de *Reggio*, pour
qu'on ne le secondât pas. L'Academie fut établie, & il en est regardé
comme le fondateur. Elle prit le
nom d'Academie *degli Accesi*, &
Corrado y eut celui de *Fedele*, suivant la coutume de la plûpart de
celles d'Italie, où chaque Academi-
cien se choisit un nom, souvent fan-
tasque & bizarre.

S. COR-
RADO.

Il passa ensuite à *Boulogne*, où il fut premier Professeur en Langues Latine & Gréque. Le peu de soin qu'on a eu de nous conserver un détail exact de sa vie, ne nous permet pas de connoître les dates de ses changemens, & nous laisse ignorer la plûpart des particularités de sa vie.

Il mourut à *Reggio* l'an 1556. & fut enterré dans l'Eglise de saint Dominique.

Catalogue de ses Ouvrages.

1. *Quæstura, in qua vita Ciceronis refertur, & ab iniquis judiciis vindicatur, cum quibusdam aliis. Bononiæ* 1555. *in-8°*. C'est la premiere édition; ainsi c'est une faute dans l'Epitome de *Simler*, d'en mettre une de *Venise* de l'an 1537. faute, qui a été copiée par *Lipenius*. It. *Basileæ* 1556. *in-80*. It. *Editio quarta. Lugduni Bat.* 1667. *in-12.* pp. 422. Cette édition est pleine de fautes. *Corrado* féint dans cet Ouvrage, qui est en forme de Dialogue, qu'il est Questeur, & que *Baptiste Egnatio* & *Jean-Pierre Valeriano* sont Consuls, que ces Consuls lui font rendre compte de l'argent qu'il a rapporté de sa Province;

vince ; Province , qui n'eſt autre
choſe que les Oeuvres de *Ciceron* , &
ſa vie , que *Corrado* avoit fort bien
étudiée : ce qu'il en dit paſſe pour
de l'argent qu'il compte aux Con-
ſuls , qui le reçoivent ſur ce pied là.
Il eſt ſurprenant , comment un Auteur auſſi poli que ce Sçavant Italien,
a pû digerer une ſemblable allegorie,
qu'il conſerve depuis le commencement juſqu'à la fin , & comment il a
pû donner la torture à ſon eſprit pour
la ſoûtenir. Elle ſeroit capable de re-
buter le Lecteur le plus patient , ſi les
bonnes choſes que l'on trouve dans
ſon livre , & ſa belle Latinité ne lui
faiſoient pardonner ſa mauvaiſe mé-
thode. C'eſt en effet un des meilleurs
ouvrages qu'il y ait ſur la matiere
qu'il traite , & les plus habiles gens
en ont toûjours recommandé la lecture.

2. *Ciceronis liber de Claris Oratori-
bus , qui dicitur Brutus , cum Sebaſtiani
Corradi Commentario , in quo etiam loci
quamplurimi cùm aliorum ſcriptorum ,
tum Ciceronis explicantur. Florentiæ
1552. in-fol.*

3. *Ciceronis Epiſtolæ ad Atticum ;*
Tome XIX. D d

S. COR- *Seb. Corradi Interpretationibus illustra-*
RADO.   *tæ. Venetiis* 1544. *in-fol.*

4. *Notæ in Epistolas familiares Cice-*
ronis. Inferées dans une édition de
ces Epîtres faites par les soins de *Jean*
Thierry, *cum singulis earum argumen-*
tis, *varietatibus Lectionum*, *Annota-*
tionibus, *Scholiis*, *atque observationibus*
Doctissimorum amplius quatuor & vi-
ginti virorum, qui doctè ac eruditè in eas
scripserunt. Parif. 1557. *in-fol.*

5. *Annotationes in quintum librum*
Epistolarum Ciceronis. Argentorati 1560.
in 8º. Cet Ouvrage est cité ainsi dans
le catalogue de la Bibliotheque d'*Ox-*
ford.

6. *Seb. Corradi Commentarius in*
Virgilii Æneidos librum primum. Flo-
rentiæ 1555. *in-*8º.

7. *Virgilii Vita.* A la tête de l'Edition de *Virgile* donnée par *Taubman*
en 1618. *in-*4º.

8. *Sex Dialogi Platonis è Græco transl-*
lati. Inferés dans l'Edition Latine des
Oeuvres de *Platon* de la traduction
de *Marsile Ficin*, faite à *Lyon* en 1557.
in-fol. Ces Dialogues que *Corrado* a
pris soin de traduire du Grec ont été
attribués sans fondement, ou mal à

propos à *Platon.* En voici les titres : S. COR-
De Jufto. De Virtute , an tradi doctrina RADO.
poffit. Demodochus , feu de confultando.
Sifyphus , vel de deliberando. Eryxias,
vel de Divitiis. Definitiones : ce dernier écrit n'eſt point en Dialogue.

9. *Valerius Maximus ex recenfione*
Seb. Corradi & cum ejus Notis. Vene-
tiis 1545. *in-*8°.

10. *Oratio de officio Doctoris & Au-*
*ditoris. Florentiæ in-*4°.

V. *Les Eloges de M. de Thou & les*
Additions de Teiffier. La Bibliotheque
de Gefner, & fes Abregés.

HUGUES GROTIUS.

HUGUES Grotius , ou de
Groot, naquit à *Delft* le 10 Avril H. GRO-
1583. de *Jean de Groot*, Bourgmaiſtre TIUS.
de cette Ville , & Curateur de l'Academie de *Leyde* , & d'*Alide d'Overf-*
chie , tous deux de familles confide-
rables dans le pays.

Hugues de Groot, ſon Ayeul, étoit
le premier de ſa famille qui eût porté
ce nom ; il s'appelloit originairement
Cornetz, mais ſon pere ayant

H. Gro-
tius.

Ermengarde de Groot seule héritiere de cette famille, il fut stipulé que les enfans qui naîtroient de ce mariage prendroient le nom de *de Groot* ; ce qui s'exécuta en la personne de ce *Hugues.*

Grotius vint au monde avec les dispositions les plus heureuses pour les Sciences ; & son pere, qui étoit homme de Lettres, n'oublia rien pour les cultiver, par une bonne éducation. On lui donna dès l'âge de sept ans des Maîtres, sous lesquels i fit en peu de temps des progrès si extraordinaires, qu'avant l'âge de neuf ans il faisoit déja des Vers, qui attiroient les applaudissemens des Sçavans, & qu'à douze ans il se trouva assés habile dans les Humanités, & dans les Belles-Lettres, pour commencer ses études Academiques.

On l'envoya alors à *Leyde*, où il employa trois ans à la Philosophie, aux Mathématiques, à la Théologie & à la Jurisprudence, & il acquit dans toutes ces Sciences des connoissances aussi étenduës que s'il ne s'étoit appliqué qu'à une seule.

Il commença aussitôt après à enri-

chir le public de fes ouvrages , qui H. Gro-
furent fort bien reçus , malgré fa tius.
grande jeuneffe , comme je le mar-
querai plus bas.

Jean Barnevelt , Avocat Général
de la République de Hollande, ayant
été nommé en 1598. pour venir en
qualité d'Ambaffadeur en France ,
Grotius profita de cette occafion pour
voir ce Royaume , & fe mit à fa fuite.

Le Roy *Henri IV.* qui avoit déja
entendu parler de lui , voulut lui
donner des marques publiques de
fon eftime & de fon affection. Il lui
fit préfent d'un Collier d'or , & d'u-
ne Médaille avec fon Portrait , &
Grotius en eut tant de joye , qu'il fit
auffitôt après graver fon portrait avec
ces ornemens. Ce fut dans ce voyage
qu'il fe fit recevoir Docteur en Droit
à l'âge de 16 ans.

Lorfqu'il fut de retour dans fa patrie , fon pere apprehendant que le
goût qu'il témoignoit pour les Belles
Lettres ne lui infpirât de l'éloignement pour les affaires , fe hâta de l'y
engager. *Grotius* s'attacha par fes follicitations au Barreau , & plaida dès
l'âge de dix-fept ans , avec de grands
applaudiffemens. D d iij

La réputation qu'il se fit par-là lui procura l'avantage d'être élevé à la Charge d'Avocat Général de Hollande, de Zélande, & de Westfrise, quoiqu'il n'eût alors que vingt-quatre ans. Sa jeunesse ne l'empêcha pas d'en remplir les fonctions avec tant de prudence & d'intégrité, qu'on lui fit l'honneur d'augmenter en sa faveur la pension qui y étoit attachée, & de lui promettre une place de Sénateur dans la Cour de Hollande.

Il passa en 1613. à *Roterdam*, pour y prendre possession de la Charge de Pensionnaire de cette Ville, à laquelle il avoit été nommé à la place d'*Elie Barnevelt*, frere de *Jean*, qui étoit mort depuis peu; il ne le fit cependant que sous la promesse de n'être point dépossedé malgré lui par le Magistrat. Il prit cette sage précaution, parce qu'il previt que les querelles des Théologiens Protestans des Provinces unies, sur la Grace & sur la Prédestination, qui formoient déja mille factions dans l'Etat, causeroient de grandes révolutions dans les principales Villes.

Il eut aussi grand soin de ne don-

ner à aucun parti priſe ſur lui, & de H. GRO-
ſe ménager avec tous les deux, de TIUS.
maniere que perſonne ne pût trouver à redire à ſa conduite. En quoi il
paroît qu'il réüſſit d'abord, puiſqu'on lui donna quelque temps après
entrée dans l'Aſſemblée des Etats de
Hollande.

Comme il avoit écrit quelque choſe ſur le commerce des Hollandois
dans les Indes, on le choiſit pour aller en Angleterre, accommoder les
differends qui étoient alors entre les
Marchands des deux Nations. Sa né-
gociation tourna à l'avantage de la
ſienne, à laquelle il aſſûra le droit de
commercer dans les Indes, & il eut
le plaiſir de recevoir des marques de
la bienveillance & de l'eſtime du
Roy *Jacques I.* & de contracter une
étroite amitié avec *Iſaac Caſaubon*,
avec lequel il étoit déja en commerce
de Lettres.

Il trouva à ſon retour en Hollande
les diſputes plus échauffées qu'auparavant, entre les Gomariſtes & les
Arminiens. Les choſes même allerent
ſi loin, qu'une affaire de Religion
devint bientôt une affaire d'Etat, qui

D d iiij

H. GRO-
TIUS.

coûta la vie au fameux *Barnevelt.* . Grotius, qui lui avoit toûjours été attaché, & qui étoit dans les sentimens des Arminiens, fut enveloppé dans sa disgrace. Il fut arrêté prisonnier au mois d'Août 1618. & on le condamna par une Sentence du 18 May de l'année suivante à une prison perpetuelle, & à la confiscation de tous ses biens.

Il fut en exécution de cette Sentence renfermé le 6 Juin suivant, dans le Château de *Louvestein*, près de *Gorcum*, où il fut gardé très-étroitement, » n'ayant d'autre consolation » que la compagnie de sa femme, & » des Livres qu'on permettoit à ses » amis de lui envoyer. On lui en envoyoit ordinairement un grand » coffre tout plein, qu'il renvoyoit » après les avoir dévorés, & ce fut » pendant cette prison qu'il traduisit » *Stobée.* Mais elle ne dura que deux » ans ou environ, en ayant été heu- » reusement délivré par le conseil » & par l'industrie de *Marie Reygers-* » *bergen,* (*a*) sa femme, qui ayant » remarqué que ses gardes, après s'ê-

(*a*) *Du Maurier* la nomme mal *Regelsberg.*

» tre laffés d'avoir fouvent vifité & H. Gro-
» foüillé un grand coffre plein de Li- tius.
» vres & de Linge , qu'on envoyoit
» blanchir à *Gorcum*, le laiffoient paf-
» fer fans l'ouvrir , comme ils fai-
» foient d'abord ; elle confeilla à fon
» mari de fe mettre dans ce coffre ,
» ayant fait des trous avec un Vire-
» brequin à l'endroit où il avoit le
» devant de la tête , afin qu'il pût
» refpirer , & qu'il n'étouffât pas. Il
» la crut , & fut ainfi porté à *Gorcum*
» chez un de fes amis , d'où il alla à
» *Anvers* par le Chariot ordinaire ,
» ayant paffé par la Place publique
» déguifé en Menuifier , avec une
» regle à la main. Cette femme a-
» droite feignoit que fon mari étoit
» fort malade , afin de lui donner le
» temps de fe fauver , & pour ôter le
» moyen de le recouvrer ; mais quand
» elle le crut en pays de fûreté , elle
» dit aux gardes en fe mocquant
» d'eux , que les oifeaux s'en étoient
» envolés. D'abord on voulut pro-
» céder criminellement contre elle ,
» & il y eut des Juges qui conclurent
» à la retenir prifonniere au lieu de
» fon mari ; mais par la pluralité des

H. GRO-
TIUS.

» voix, elle fut élargie & loüée de
» tout le monde, d'avoir par son es-
» prit redonné la liberté à son mari :
» cela arriva au mois de Mars 1621.
(Du Maurier.)

Grotius sauvé ainsi de prison, se
retira à *Anvers*, d'où il passa quelque
temps après en France, & arriva à
Paris le 23 Avril 1621.

Il y trouva de grands protecteurs,
qui le présenterent au Roy, & lui
procurerent une pension de mille
écus, dont il vêcut pendant plusieurs
années, ne tirant pas un sol de son
bien ; parce qu'encore que le Prince
Maurice, qui l'avoit persécuté, fût
mort, & que le Prince *Henri Frederic*
son frere, fût de ses amis, il n'osoit
par politique le faire remettre en possession de ses biens confisqués, de
peur d'offenser le parti, qui étoit demeuré le plus fort.

Les Ambassadeurs de Hollande firent tout leur possible pour le mettre
mal dans l'esprit du Roy, & pour
alterer les bonnes dispositions où ce
Prince paroissoit être à son égard ;
mais ils ne purent y réüssir ; le Roy
ne voulut point les écouter, & ren-

dit même un glorieux témoignage à H. Gro-
la vertu de cet illuftre réfugié, qu'il tius.
voyoit avec furprife conferver toûjours de l'amour pour fa patrie, malgré les mauvais traitemens qu'il en
avoit reçus.

Grotius pendant fon féjour à *Paris*
s'appliqua beaucoup à l'étude, &
compofa plufieurs ouvrages, dont le
premier fut l'Apologie des Magiftrats
de Hollande, qui avoient été dépo-
fés. Ce Livre déplut extrêmement à
ceux du parti dominant. Ils virent a-
vec peine que *Grotius* les convainquoit
d'avoir violé les loix, & firent de
nouveaux efforts pour le perdre; mais
la protection de la Cour de France le
mit à couvert de leurs entreprifes.

Il fut cependant enfin obligé de
fortir de ce Royaume, après y avoir
demeuré dix ans. Soit que fes ennemis fuffent enfin parvenus à prévenir
contre lui le Cardinal de *Richelieu*,
foit que les befoins de l'Etat miffent
dans la neceffité de faire quelque réforme dans les liberalités du Roy,
foit pour quelqu'autre raifon; on lui
ôta fa penfion en 1631. & on le con-
traignit par-là à aller chercher ailleurs dequoi vivre.

H. GRO-
TIUS.

Il prit alors le parti de retourner
en Hollande, où il eſperoit beaucoup des marques d'affection que le
Prince d'Orange *Frederic Henri* lui
avoit données dans une Lettre qu'il
lui avoit écrite ; mais ſes ennemis en
détournerent tous les bons effets, en
repréſentant au Prince qu'il y auroit
du danger à le rétablir, & le firent
même condamner de nouveau à un
banniſſement perpetuel.

Il fallut ainſi que *Grotius* ſortît une
ſeconde fois de ſa patrie. Sçachant
alors qu'on le déſiroit en Suede, il ſe
rendit à *Hambourg*, pour voir ce
qu'il y auroit à eſperer de ce côté-là.
Pendant le ſéjour qu'il fit en cette
Ville, pluſieurs Princes, comme le
Roy de Danemarc, le Roy de Pologne, & le Roy d'Eſpagne firent des
tentatives pour l'attirer dans leurs E-
tats ; mais ne trouvant pas que ce
qu'on lui propoſoit de leur part lui
convint, il perſiſta dans ſon premier
deſſein de s'attacher à la Couronne de
Suede. Le Roy *Guſtave Adolphe*, que
la lecture de ſon traité *Du Droit de la
Guerre & de la Paix*, avoit rempli
d'eſtime pour lui, avoit effectivement

deſſein de l'appeller en Suede, & de
ſe ſervir de lui pour quelques Am-
baſſades ; mais ſa mort arrivée le 6
Novembre 1632. priva pour quelque
temps *Grotius* des effets de ſa bonne
volonté.

Ce contre-temps l'obligea à demeurer à *Hambourg* plus long-temps,
qu'il ne s'étoit propoſé ; mais enfin le
Chancelier de Suede *Oxenſtern*, ſon
protecteur, ayant perſuadé à la Reine *Chriſtine* d'exécuter les vûës que le
Roy ſon Prédeceſſeur avoit eûës ſur
lui, le manda en 1634. par ordre de
cette Princeſſe à *Francfort ſur le Mein*,
où il étoit alors ; & il fut auſſitôt a-
près ſon arrivée nomméConſeiller de
cette Princeſſe, & ſon Ambaſſadeur
ordinaire en France.

Ce choix déplut fort au Cardinal
de *Richelieu*, qui le voyoit avec peine
revenir triomphant dans un Royaume, où on lui avoit refuſé la ſubſiſ-
tance, & il fit tous les efforts imagi-
nables auprès du Chancelier *Oxenſtern* pour le faire changer de réſolution, & pour l'engager à ſe ſervir d'u-
ne autre perſonne.

Grotius, qui étoit déja arrivé à

H. GRO-
TIUS.

Saint Denys, fut obligé d'y demeurer jufqu'au retour d'un courier envoyé en Allemagne, pour fçavoir la derniere réfolution d'*Oxenftern*; mais ce Miniftre s'étant rendu inéxorable, on fut obligé de recevoir *Grotius*, qui fit fon entrée à *Paris*, au commencement du mois de Mars de l'année 1635.

M. *du Maurier* dans fes *Mémoires de Hollande* a dit que *Grotius*, pendant fon féjour en France, ne vit point le Cardinal de *Richelieu*, fous prétexte qu'il ne donnoit point la main aux Ambaffadeurs, mais dans la verité, parce qu'il confervoit de l'animofité contre ce Miniftre, avec lequel il ne vouloit point fe reconcilier. C'eft un fait qui eft contredit par *Grotius* même, qui marque dans plufieurs de fes Lettres, qu'il a vû affez fouvent ce Cardinal, & qui y rapporte même quelques entretiens qu'il avoit eus avec lui. Il femble que *du Maurier* ait confondu le Cardinal de *Richelieu* avec le Cardinal *Mazarin*, dont *Grotius* dit effectivement dans une Lettre du 26 Septembre 1643. qu'il ne le verroit point fans un ordre de la Rei-

ne de Suede , parce qu'il ne donnoit H. GRO-
point chez lui la main aux Ambaſſa- TIUS.
deurs des Têtes Couronnées.

Je n'entreprens point de faire ici
le détail des négociations de *Grotius* ;
c'eſt une choſe étrangere à mon ſujet,
& qui ſe trouve dans les Hiſtoires de
ce temps.

Après un ſéjour d'onze ans à *Paris*,
Grotius demanda ſon rappel , &
l'ayant obtenu partit pour aller rendre compte de ſon Ambaſſade à la
Reine de Suede. Il paſſa pour cela en
Hollande , où les choſes étoient bien
changées , la plûpart de ſes ennemis
étant morts , & pluſieurs de ceux qui
avoient été dépoſés de leurs Charges
ayant été rétablis, & il reçut de grands
honneurs à *Amſterdam.*

Arrivé en Suede , il eut d'abord
audiance de la Reine *Chriſtine*, qui
avoit fort envie de le voir , & lui
rendit compte des affaires qui lui a-
voient été confiées ; après quoi il lui
demanda ſon congé. La Reine ne lui
rendit point de réponſe poſitive ſur
cet article , ce qui fit juger qu'elle a-
voit quelque deſſein de le retenir à
ſon ſervice , & de lui donner entrée

H. Gro-
tius.

dans son Conseil. Mais *Grotius* s'appercevant du mécontentement des Seigneurs de la Cour, & jugeant bien qu'en restant en Suede, il ne feroit qu'augmenter la jalousie qu'ils avoient conçuë contre lui, il fit tant d'instances auprès de la Reine pour être congedié, qu'elle ne put lui refuser sa demande.

Du Maurier, Auteur assez fautif, dit dans ses Mémoires qu'il se retira de *Stokholm*, sans prendre congé de la Reine, ni d'aucun de ses Ministres, & qu'il étoit déja aux *Dalles* pour s'y embarquer, lorsque la Reine l'envoïa chercher, & lui fit présent de douze mille risdales, ne voulant pas qu'un si grand homme, qui avoit si long-temps servi la Couronne, partît d'auprès d'elle sans l'avoir gratifié de quelque présent, & l'avoir assûré de sa bienveillance.

Quoiqu'il en soit de ce fait, *Grotius* s'étant embarqué, pour repasser en Hollande, son Vaisseau fut si maltraité par la tempête, qu'il alla échoüer sur les Côtes de la Pomeranie. Quoiqu'il fût alors malade, il voulut achever son voyage par terre ; mais
lorsqu'il

lorſqu'il fut à *Roſtoch*, ſon mal aug- H. Gro-
menta ſi fort qu'il fut obligé de s'y tius.
arrêter. On jugea bientôt qu'il n'en
reviendroit pas ; effectivement il
mourut peu de jours après, le 28 Août
1645 âgé de 62 ans, entre les bras de
Jean Quiſtorpius, Profeſſeur en Théologie & Miniſtre de *Roſtock*, qu'il a-
voit demandé pour l'aſſiſter dans ſes
derniers momens.

Ce Miniſtre qui rend compte de
ce qui ſe paſſa en cette occaſion, dans
une Lettre à Calovius, témoigne
qu'il mourut dans de grands ſentimens de pénitence & de confiance en
Dieu ; ce qui détruit tous les contes
qu'on a debités ſur ſa mort.

Tel eſt celui de *Du Maurier*, qui
dit avoir appris que « pendant ſa ma-
» ladie, un Prêtre Catholique, &
» divers Miniſtres Lutheriens, Cal-
» viniſtes, Sociniens, & Anabap-
» tiſtes le vinrent voir, pour le diſ-
» poſer à mourir de leur opinion ;
» mais pendant qu'ils l'entretenoient
» de controverſe, & que chacun
» s'efforçoit de lui prouver que ſa
» Religion étoit la meilleure, il ne
» répondit autre choſe, ſinon, *non*

Tome XIX. E e

H. Gro-
TIUS.

» *intelligo* ; & quand ils ne difoient
» plus mot, il leur dit : *hortare me ut*
» *Chriftianum morientem decet.*

Tel eft auffi celui du *Menagiana*,
tome 4. p. 181. » Le Miniftre, y eft-
» il dit, qui vint pour l'affifter, lui
» difoit d'affés mauvaifes chofes.
» *Grotius* pour gagner temps, & lui
» faire entendre qu'il fe pafferoit bien
» de fes exhortations, lui dit : *fum*
» *Grotius. Tu magnus ille Grotius*, ré-
» pondit le Miniftre ?

Tel eft encore celui de M. *Jurieu*,
qui affûre dans l'*Efprit de M. Ar-
nauld*, que *Grotius* mourut, fans a-
voir voulu faire profeffion d'aucune
Religion, & ne répondant à celui
qui l'exhortoit à la mort, que par un
non intelligo, en lui tournant l'épaule.

Le corps de *Grotius* fut embaumé,
& porté à *Delft*, où il fut mis dans
le tombeau de fes Ancêtres.

Il laiffa trois fils & une fille. L'aî-
né des fils, nommé *Corneille*, fut
quelque temps attaché au Chancelier
Oxenftern ; il étoit affés bon Poëte
Latin, mais pareffeux, & aimoit le
plaifir. Le fecond, nommé *Dieteric*,
avoit été Page du Duc *Bernard de*

Weymard, & fut depuis fon Aide de H. Gro-
Camp ; il fut affaffiné par fon valet tius.
dans une Auberge. *Pierre*, le troifiéme, s'eft rendu illuftre par fes Am-
baffades. L'Electeur Palatin rétabli
par la paix de *Munfter*, le fit fon Réfident auprès des Etats Généraux. Il
fut fait Penfionnaire de la Ville
d'*Amfterdam* en 1660. & remplit avec
habileté cette Charge, que la faveur
de Meffieurs *de Wit* lui avoit procu-
rée, pendant fept ans. Il fut envoyé
en Ambaffade vers les Couronnes du
Nord l'an 1668. Au bout d'un an il
fut deftiné à l'Ambaffade de France,
dont il s'acquita avec beaucoup de
dexterité & de fageffe. Lorfque la
guerre de 1672. s'alluma, il retourna
en fon pays, où il fut privé de la
Charge de Penfionnaire de *Roterdam*,
qu'il poffedoit depuis fon retour de
l'Ambaffade de Suede : il en fut, dis-
je, privé pendant les émotions popu-
laires, qui cauferent tant de changement dans les Villes de Hollande.
Il fe retira à *Anvers*, & puis à *Cologne*, pendant que l'on y traitoit de
la paix, & il s'employa pour le bien
de fa patrie autant qu'il put. Cepen-

dant lorfqu'il fut retourné en Hollande, on l'accufa de crime d'Etat. La caufe fut jugée, & il fut renvoyé abfous. Il fe retira dans une maifon de campagne, & y mourut à l'âge de 70 ans.

La fille de *Grotius*, nommée *Cornelie*, fut mariée à M. *de Monthas*, qui a fervi avec diftinction en Hollande, & qui ayant été enveloppé dans la ruine de MM. *de Wit*, fut obligé de fortir du Pays en 1672.

La multitude des Ouvrages que *Grotius* a compofés en toutes fortes de genres, fait voir qu'il étoit fçavant dans les Langues, très-bon critique, très-verfé dans l'Antiquité Ecclefiaftique & Profane, & confommé dans la Science du Droit public. Il n'en eft aucun dont la lecture ne puiffe être utile, puifqu'on y trouve partout de la netteté, du jugement & de l'érudition.

Il avoit lû prodigieufement, & la bonté de fa mémoire lui avoit fait retenir tout ce qu'il avoit lû. *Borremans* dans fes diverfes Leçons rapporte que ce grand homme ayant affifté un jour à la revûë de quelques Regi-

mens, retint le nom de chaque fol-
dat.

On parle fort diverfement de fa
Religion ; mais c'eft une chofe fur
laquelle on ne peut rien dire de pofi-
tif ; ce qu'il y a de fûr, c'eft qu'il a
toûjours paru attaché aux fentimens
des Arminiens. Quelques-uns veulent qu'il ait eu beaucoup de p en-
chant pour embraffer la Religion Catholique. Quelques paroles qui lui
feront peut-être échappées en fa faveur ont pû le faire croire ainfi ; mais
comme elles n'ont eu aucun effet,
on ne peut y faire aucun fonds.

Catalogue de fes Ouvrages.

1. *Poemata nonnulla, feu characte-
res Pontificis Romani, Regis Gallorum,
Regis Hifpaniæ, Cardinalis Alberti
Auftriaci, Reginæ Angliæ, & Ordinum
Fœderatorum. Lugduni Bat.* 1599. *in-*
8°. Ce font fes premieres productions.

2. *Simonis Stevini Portuum invefti-
gandorum ratio, Metaphrafte Hug.
Grotio, Lugd. Bat.* 1599. *in-*4°. It.
Ibid. 1601. & 1629. *in-*4°. L'Ouvrage
de *Stevin* parut en Flamand à *Leyde*
en 1599. *in-*4°. La traduction de
Grotius eft en Vers Latins.

H. GRO-
TIUS.

3. *Martiani Minei Felicis Capellæ Satyricon , seu de Nuptiis Philologiæ & Mercurii libri duo , & de septem artibus liberalibus libri totidem , emendati , & notis illustrati. Lugd. Bat.* 1599. *in-*8°. It. *Antuerpiæ* 1600. *in-*8°. It. *Lug. Bat.* 1601. *in-*8°. Le Commentaire de *Grotius* sur cet Auteur , qui est fort difficile , commença sa réputation , & fit juger ce qu'on devoit attendre de lui.

4. *Mirabilium anni* 1600. *quæ Belgas spectant , semestre prius. Hagæ Comitum* 1600. *in-*4°. Cet Ouvrage est en Vers.

5. *Syntagma Arateorum , Grecè & Latinè , cum ejus notis & figuris æneis Jacobi de Gheyn. Lugd. Bat.* 1600. *in-*4°. On voit dans cette édition le texte d'*Aratus*, avec les fragmens de la Version Latine en Vers, faite par *Ciceron* , à laquelle *Grotius* a suppléé ce qui manquoit , & les traductions de *Germanicus* & d'*Avienus* , le tout accompagné de ses notes.

6. *Adamus , Exul. Tragœdia. Lugd. Bat.* 1601. *&* 1608. *in-*8°. It. Parmi ses *Poemata sacra. Hagæ Comit.* 1601. *in-*4°. & *Amstelod.* 1635. *in-*4°.

7. *Poemata Sacra. Hagæ Com.* 1601. H. Gro-
in-4°. Les Pieces contenuës dans ce tius.
Recueil ſont : *Adamus Exul, Tragœ-*
dia. Exordia quatuor Evangeliorum.
Paraphraſis Metrica hymnorum in E-
vangelio & Actis Lucæ. Varii Pſal-
mi , &c.

8. *Epiſtolæ ad Gallos. Lugd. Bat.*
1601. *in*-24. It. *Ibid.* 1648. *in*-12. It.
Ibid. 1650. *in*-12. It. *Amſtelod* 1650.
in-12. It. *Lugd. Bat.* 1651. *in*-12. It.
Cum Salmaſii & Sarravii Epiſtolis ad
Grotium , per Joach. *Geſenium. Lipſiæ*
1674. & 1684. *in*-12. It. *Lugd. Bat.*
1691. *in*-12. Ces Lettres ont été publiées par M. *Sarrau,* qui en a fait la
Préface.

9. *Heinſius* a inſeré dans ſon édition
de *Theocrite* une Verſion Latine en
Vers de quelques pieces de ce Poëte
faite par *Grotius. Theocriti , Moſchi ,*
Bionis & Simmiæ Rhodii quæ extant ,
cum Latina verſione , Scholiis Græcis ſe-
paratim excuſis , notiſque & caſtigatio-
nibus Joſephi Scaligeri, Iſ. Caſauboni
lectionibus Theocriticis & Dan. Heinſii
emendationibus , atque ejuſdem Heinſii ,
Grotiique Metaphraſi Latina Poetica
quorumdam Idylliorum , & omnium

H. GRO-
TIUS.

*Theocriti, quæ extant, Poematum. A-
pud Commelinum* 1603. *in-8°. It. Editio
locupletior. Ibid.* 1604. *in-8°.*

10. *Batavia, sive Epithalamion,
Cornelio Mylio & Mariæ Oldenbarne-
veldiæ dictum. Hagæ Comit.* 1603.
in-4°.

11. *Myrtillus, sive Eidyllium Nau-
ticum ad Dan. Heinsium* 1604. *in-4°.*

12. *Christus patiens, Tragœdia.
Lugd. Bat.* 1608. *in-8°. It. Monachii*
1626. *in-12. It. Lipsiæ* 1666. *in-12. It.
Witteberga* 1671. *in-12. It. Londini*
1713. *in-8°. It. cum Notis. Tubingæ*
1714. *in-12. It. per M. Hiller. Tubingæ*
1715. *in-12. It. cum Versione Germanica notisque D. Wilhelmi Trilleri. Lipsiæ* 1723. *in-8°.* It. avec quelques-autres pieces semblables. *Amstelod.* 1635.
in-4°. It. trad. en Flamand, *in-8°.* It.
traduite en Anglois par *George Sandys*
avec des notes. *Londres* 1640. *in-8°.*
Samuel Benoist Carpzovius, Professeur
en Poësie à *Wittemberg,* a jugé cette
piece digne de faire la matiere de ses
Leçons, comme il paroît par le Programme qu'il publia sous ce titre :
*Poetices & Humanioris Litteraturæ Cul-
toribus S. P. D. eosque ad H. Gr. Christum*

*ftum Patientem Tragœdiam, publice abs
fe exponendam, peramanter invitat S.
B. Carpzovius. Wittemberga 1671. in-
4°.* Un autre Allemand en a tiré les
Regles de la Tragedie ; c'eft ce qu'on
voit dans le Livre fuivant : *Frid. Rap-
polti Poetica, feu Veteris Tragœdia expofitio, qua ex mente Ariftotelis univer-
fa Tragœdia ratio explicatur, & exemplis Seneca in Troadibus, & H. Grotii
in Chrifto Patiente illuftratur. Lipfia
1678. in-12.*

13. *Mare liberum, feu de Jure
quodBatavis competit ad Indica commer-
cia. Lugd. Bat. Elzevir. 1609. in-8°.*
fans nom d'Auteur. C'eft la premiere
édition de cet Ouvrage, qui a été fui-
vie d'un grand nombre d'autres. On
en a une traduction Hollandoife qui
a été imprimée à *Leyde* en 1614. *in-
12.* à *Harlem* en 1641. *in* 40. & à *Amfterdam* en 1681. *in-fol.* à la fuite de la
Verfion Hollandoife du Traité *de la
Guerre & de la Paix,* après lequel il
fe trouve auffi en Latin dans quelques éditions Latines de cet Ouvrage.
Plufieurs années après qu'il eut paru,
Jean Selden l'attaqua dans fon *Mare
Claufum, feu de Dominio Maris. Lon-*

H. Gro-TIUS. *dini* 1635. *in-fol.* Mais *Theodore Graswinckel* publia au bout de dix-huit ans, une défense du Livre de *Grotius* sous ce titre : *Vindiciæ Maris liberi. Hagæ. Comit.* 1652. *in-*4°. à laquelle *Selden* repliqua aussitôt dans ses *Vindiciæ pro scripto Maris Clausi contra Vindicias Maris liberi. Londini* 1653. *in-*4°. L'Ouvrage de *Grotius* a été joint plusieurs fois à celui de *Paul Merula, de Maribus,* & à celui de *Boxhornius,* qui est intitulé : *Apologia pro Navigationibus Hollandorum,* & à quelques-autres ; comme dans les éditions de *Leyde* 1633. *in-*12. & 1638. *in-*8°. & de *Francfort* 1663. & 1699. *in-*12.

14. *Dominici Baudii & Hug. Grotii Epicedia in Jacobum Arminium. Lugd. Bat.* 1609. *in-*4°.

15. *Commendatio Annuli. Lipsiæ* 1609. *in-*4°. C'est une piece de Vers, qui est jointe au Traité d'*Henri Kitschius, de Annulorum aureorum origine, usu,* &c.

16. *De Antiquitate Reipublicæ Batavicæ. Lugd. Bat.* 1610. *in-*4°. It. *Ibid.* 1630. *in-*24. It. *cum notis Autoris & Pauli Merulæ de eadem diatriba. Amstel.*

1633. *in*-12. It. en Flamand. *La Haye* H. GRO-
1610. *in*-4°. *Harlem* 1641. *in*-4°. TIUS.
Amſterdam 1651. *in*-4°. It. trad. en
François ſous ce titre : *de l'Antiquité
de la République des Hollandois.* 1648.
in-12.

17. *H. Grotii & Jani Douſæ, Patris
& Filii, Chronicon Hollandiæ, ſeu de
Hollandorum Republica & rebus geſtis
Commentarii. Lugd. Bat.* 1611. 1617.
& 1630. *in*-40.

18. *Ordinum Hollandiæ & Weſtfri-
ſiæ Pietas, ab improbiſſimis multorum
calumniis, præſertim vero à Sibrandi
Lubberti Epiſtola, quam Archiepiſcopo
Cantuarienſi ſcripſit, vindicata. Lugd.
Bat.* 1613. *in* ·4°. lt. *Leovardiæ* 1614.
in-40. It. *trad. en Flamand* 1613. *in*-4°.
It. trad. en François : *La Pieté des
Etats de Hollande & de Wſt-Fr.ſe.
Leyde* 1613. *in*-4°. Dans les diſputes
entre les Gomariſtes & les Armi-
niens, les Etats de Hollande & de
Weſtfriſe ayant ordonné aux deux
partis une tolerance mutuelle ; les
Gomariſtes qui vouloient dominer,
s'oppoſerent fortement à cette or-
donnance, contre laquelle *Sibrand
Lubbert,* Théologien de *Francker*

H. GRO-
TIUS.

compofa un écrit. *Grotius* y répondit
par l'ouvrage , dont je viens de rapporter le titre , & cela par l'ordre des
Etats de Hollande , dont il étoit alors
Avocat Général. C'eft une particularité qu'il nous apprend lui-même
dans une Lettre à M. *de Thou* , qui
eft une des plus belles du petit Volume des *Epiftolæ ad Gallos. Lubbert*
ayant repliqué, *Grotius* refuta fa replique dans l'ouvrage fuivant.

19. *Bona fides Sibrandi (Lubberti.)*
Lugd. Bat. 1614. *in-4°.*

20. *Ordinum Hollandiæ & Weftfri-*
fiæ Decretum pro pace Ecclefiarum ,
munitum S. Scripturæ , Conciliorum ,
Patrum , Confeffionum , & Theologorum
teftimoniis. Ultrajecti 1614. *in-4°.*

21. *M. Ann. Lucani Pharfalia ,*
cum notis. Lugd. Bat. 1614. *in-4°.*
Les Notes de *Grotius* fur la Pharfale
ont été réimprimées dans plufieurs
Editions fuivantes.

22. *Difcours prononcé le 23 Avril*
1616. *dans le Senat d'Amfterdam fur*
les vuës des Etats de Hollande pour la
confervation de la Religion Réformée (en
Hollandois) 1616. *in-4°.* It. trad. en
Latin dans le Recueil des Oeuvres

Théologiques de *Grotius.*

23. *Poemata collecta & edita à Gui-*
lielmo Grotio, fratre. Lugd. Bat. 1617.
1620. & 1637. *in-8°. It. Amſtelodami*
1639. *in-*12. It. *Lugd. Bat.* 1644. 1646.
*in-*12. It. *Londini* 1650. *in-*8°. It. *Am-*
ſtelodami 1670. *in-*12. It. *trad. en Fla-*
mand. Amſterdam 1651. *in* 8°. & quelques-autres fois depuis. On n'a point
inſeré dans ce Recueil les Poëſies ſa-
crées, qui ont paru à part.

24. *Defenſio Fidei Catholicæ de ſa-*
tisfactione Chriſti, adverſus Fauſtum
Socinum, Senenſem. Lugd. Bat. 1617.
*in-*8°. It. *Londini* 1661. *in-*12. It. *Sal-*
murii 1675. *in-*12. It. Parmi les Oeuvres Théologiques de *Grotius*, mais
plus ample & plus correcte qu'on ne
l'avoit auparavant, l'Editeur s'étant
ſervi d'un exemplaire corrigé & augmenté de la main même de *Grotius.*
A peine cet Ouvrage eut-il vu le jour,
qu'*Herman Ravensperger* en donna
ſon jugement (*Judicium de libro Gro-*
tii de ſatisfactione Chriſti. Groningæ
1617. *in-*4°.) que *Gerard Jean Voſſius*
refuta l'année ſuivante, pour faire
plaiſir à *Grotius*, qui étoit ſon ami.
Jean Crellius, un des plus habiles So-

H. Gro-
TIUS.

ciniens, écrivit depuis contre l'Ouvrage de *Grotius* : (*Responsio ad librum
H. Grotii , quem adversus Socinum de
satisfactione Christi scripsit. Racoviæ*
1623. *in-*4°.) Mais celui-ci ne jugeant pas à propos de mener cette
dispute plus loin, se contenta d'é-
crire à *Crellius* pour le remercier de
la peine qu'il avoit prise d'écrire
contre lui ; mais d'autres le firent à
sa place, & entr'autres *Edouard Stil-
lingfleet* , qui refuta l'ouvrage de *Crellius*. Au reste, long-temps après, *Grotius* témoignoit dans quelques Lettres
à ses amis qu'il perseveroit toûjours dans les mêmes sentimens où il
étoit alors au sujet des Sociniens ; ce
qui fait voir que c'est à tort qu'on l'a
accusé d'être lui-même de cette secte,
quoiqu'il ait quelquefois donné dans
ses écrits quelque sujet de le croire.

25. *Silvæ Sacræ & Sylva ad Franciscum Augustum Thuanum. Parif.* 1622.
*in-*8°. It. *Parif.* 1634. *in-*4°.

26. *Preuves de la veritable Religion
en Vers Hollandois* 1622. *in-*4°. It. *La
Haye* 1683. *in-*4°. It. *trad. en Allemand
par Martin Opitius* 1631. *in-*4°. *Grotius* avoit composé ces Vers pendant

sa prison de *Louvestein*, pour les Ma-
telots Hollandois qui alloient aux
Indes, afin qu'ils pussent en les chan-
tant s'instruire eux-mêmes & instruire les peuples chez qui ils iroient.

27. *Joannis Stobæi Florilegium ad
Epimium filium, sive collectaneorum liber, scite reddita, dicta, & præcepta
continens, emendatus & Latino Carmine
redditus ab H. Grotio. Accedit Plutarchi & Basilii Magni libelli, de usu Græcorum Poetarum. Paris.* 1622. *in-4°.*

28. *Disquisitio an Pelagiana sint ea
Dogmata, quæ nunc sub eo nomine tra-
ducuntur. Paris.* 1622. *in-8°.* It. *Ibid.*
1640. *in* 12. Cet Ouvrage est écrit en
faveur des Arminiens.

29. *Apologeticus eorum qui Hollan-
dia, Westfrisiæque & vicinis quibusdam
nationibus ex legibus præfuerunt, ante
mutationem anni* 1618. *quo ea referun-
tur quæ adversus H. Grotium & alios
acta judicatave fuerunt. Paris.* 1622. *in-*
8°. It. *Heidelbergæ* 1629. *in-8°.* It. *Paris.* 1631. 1640. 1665. *in-*12. It. traduit
en Flamand. *Paris* 1622. *in-4°.* C'est
une excellente piece.

30. *De Jure Belli & Pacis. Paris.*
1625. *in-4°. Grotius* se mit à travailler

F f iiij

H. GRO-
TIUS.

à cet Ouvrage pendant son séjour à *Paris*, à la sollicitation de M. de *Peiréfc*, en l'an 1623. Il choisit pour cela une retraite agréable. Le Président *Jean-Jacques de Mesmes*, lui avoit offert sa maison de campagne, nommée *Balagni*, près de *Senlis*, & il s'y rendit au commencement de Juin. Comme il avoit besoin de rétablir sa santé, qui avoit été un peu alterée par quelque maladie, il travailla d'abord assez lentement ; cependant il mettoit à profit jusqu'à ses promenades entre lesquelles & l'étude il partageoit alors tout son temps. Il ne quitta *Balagni* qu'au mois d'Août ; car alors ayant appris que le Maître de la maison y devoit venir, & craignant de l'incommoder, il se retira à *Senlis*, où il continua son ouvrage pendant cet Eté. De retour à *Paris* le 21 Octobre, il y acheva ce qui restoit. Dans le mois de Juin de l'année suivante 1624. il étoit déja occupé à mettre son Livre au net avec le secours de son ami & son compatriote *Theodore Graswinckel*.

On commença à imprimer vers le milieu de Novembre de la même

année , quoique l'Auteur fût alors H. Gro-
malade depuis près de deux mois d'u- tius.
ne dyſſenterie , pendant laquelle il
ne laiſſa pas de préparer d'autres ouvrages de differente nature ; & l'édition fut achevée vers le mois de Mars.
Elle eſt aſſez belle. *Grotius* la dédia
au Roy *Loüis XIII.* qui , à ce que
nous apprenons de *Du Maurier* , ne
lui en donna aucune récompenſe ,
pour 'n'avoir point eu de patron auprès de ce Prince , qui aimât les Belles-Lettres , & qui fît état d'un travail de cette importance. Le public
reçut l'ouvrage plus favorablement.
Jamais Livre n'eut une approbation
plus générale , & ne s'eſt mieux soû-
tenu juſqu'à préſent.

La premiere édition de l'original ,
qui eſt la ſeule de *Paris* , fut preſque
toute debitée en très-peu de temps ,
& la réimpreſſion auroit ſuivi bientôt
aprés , ſans le retardement qu'y ap-
porta la négligence , puis la mort du
Libraire. Les autres Nations à l'envi
l'une de l'autre enleverent à la France
un ouvrage né dans ſon ſein , & la
patrie de *Grotius* s'en empara ſurtout,
comme d'un bien qu'elle croyoit

H. GRO-avoir droit de revendiquer.

TIUS.   Elle fut néanmoins devancée par l'Allemagne, & l'on vit paroître à *Francfort* dès l'année suivante 1626. une édition *in*-8°. assez jolie & plus correcte que celle de *Paris*, dont on ôta les fautes d'impression, & où l'on insera en leur place des additions qui étoient à la fin du volume.

         Les Libraires de Hollande après bien des retardemens, se piquerent si fort d'émulation, qu'on vit paroître tout d'un coup & en très-peu de temps trois éditions sur la fin de l'an 1631. & au commencement de la suivante 1632.

         La premiere, qui est *in-fol.* fut imprimée en 1631. à *Amsterdam* chez *Guillaume Blaeu*, sur les additions & corrections que l'Auteur lui avoit fournies.

         Jean Janson, Libraire de la même Ville, donna là-dessus la même année 1631. une autre édition *in*-8°. à l'insçû de l'Auteur, qui témoigna publiquement, qu'elle étoit peu correcte, surtout pour les citations des passages Grecs.

         Il revit donc un exemplaire sur le-

quel *Blaeu* fit en 1632. la troifiéme H GRO-
édition de Hollande , auffi *in-*8o. TIUS.
c'eft ce qui paroît par un Avertiffe-
ment de *Grotius* , qui eft au revers du
titre , daté d'*Amfterdam* , où il étoit
alors , le 8. Avril 1632. Ce qui fait
connoître le temps précis auquel il
fit un petit féjour dans fa patrie , qu'il
fut alors obligé d'abandonner pour
la feconde fois.

Il ne fongea plus depuis à inferer
des additions dans le corps de fon ouvrage , foit qu'il crût avoir dit tout
ce qui étoit néceffaire par rapport à
fon but , foit qu'il craignît l'incon-
venient des additions , qu'il eft difficile de placer d'une maniere qui ne
caufe pas de l'interruption à la fuite
du difcours , outre le dérangement
qu'il y a à apprehender de la part des
Imprimeurs. Il fe contenta donc
de ramaffer en forme de notes , tout
ce que fa mémoire & fes lectures lui
fourniffoient , & qui pouvoit fervir
à expliquer ou illuftrer les matieres.
Il regardoit lui - même ce Recueil ,
comme devant groffir le Livre de la
moitié , ou au de-là , par le grand
nombre d'autorités qu'il avoit ramaf-

H. GRO-
TIUS.

-fées. C'eſt ce qui ſervit à faire valoir
la nouvelle édition, où l'on inſera ces
notes pour la premiere fois, & qui
parut chez les *Blaeu* à *Amſterdam* en
1642. *in-*8°. où d'ailleurs il ſe gliſſa
bien des fautes. C'eſt la derniere qu'il
a vû publier. Il n'eut pas le temps,
ni peut-être la volonté de préparer
de nouvelles additions à ſes notes,
& il y en a très-peu dans celle de
1646. faite à *Amſterdam in-*8°. quoiqu'en diſe le titre. Les autres éditions
qui ſont venuës depuis, n'ont fait
que copier cette édition poſthume,
& par conſéquent qu'y ajoûter de
nouvelles fautes d'impreſſion.

Quelques années après la mort de
Grotius, il parut à *Amſterdam* en 1653.
des notes ſur ſon ouvrage, qui venoient de *Jean de Felde*, Juriſconſulte Allemand, & Profeſſeur en
Mathematique à *Helmſtadt*, (*Joannis
Feldeni Annotata in Hug. Grotium de
Jure Belli & Pacis. Amſtelod.* 1653.
*in-*12.) *Saumaiſe* promettoit monts
& merveilles de cet Auteur, qui fut
long-temps à menacer; puiſque ſes
notes ne parurent que huit ans après
que *Saumaiſe* eut écrit la Lettre, où il

en parloit. Mais on n'a jamais rien vû H. GRO-
de plus pitoyable ; on y voit un hom-TIUS.
me qui ne cherche qu'à cenfurer , &
qui ne fçait ce qu'il veut lui-même.
Il fe bat avec fon ombre , il n'entend
pas la plûpart du temps la penfée de
l'Auteur qu'il combat , & lors même
qu'il l'entend , il en tire par les cheveux les conféquences les plus mal
fondées du monde.

Grotius n'avoit pas befoin de dé-
fenfeur , il s'en trouva un néanmoins
qui crut devoir rendre cet office à fa
mémoire. Ce fut *Theodore Graswinc-*
kel , qui lui avoit fervi de copifte.
On a publié comme le tenant de fa
bouche , qu'il écrivoit , pendant que
Grotius lui dictoit ; mais on pourroit
bien s'être mépris. Une Lettre de
Grotius , où il parle de lui , donne
feulement l'idée d'un homme qui
copioit des broüillons.

Ce Jurifconfulte ne fit pas attendre la défenfe de *Grotius* , puifqu'elle
parut un an après la critique fous ce
titre : *Strictura ad cenfuram Joannis*
Feldeni in libros H. Grotii de Jure
Belli & Pacis. Amftelodami 1654. *in-*12.
Mais il étoit plus propre à compiler

qu'à approfondir les matieres. Il ne paroît pas avoir affez entendu les principes de fon Auteur ; les idées de *Grotius* lui étoient nouvelles , & il ne prit pas foin de les méditer avec toute l'attention & la précifion qu'il falloit. Il fuivit fon penchant & fa methode d'étudier.

De Felde ne demeura pas muet ; mais il attendit qu'on réimprimât fes notes en Allemagne , ce qui n'arriva qu'en 1663. & il y joignit des Réponfes à la Réfutation de *Graswinckel.* (*Annotata ad H. G. de Jure Belli & Pacis , quibus immixtæ funt Refponfiones ad Stricturas Graswinckelii. Jena 1663. in-12.*) Comme le zéle de celui-ci lui avoit fait lâcher quelques traits piquans, *De Felde* lui en rendit avec ufure. Il ne répliqua cependant point , diftrait peut-être par des occupations plus importantes.

La même année 1663. on vit paroître la premiere partie d'un Commentaire, qui auroit été fort long, fi l'Auteur l'eût achevé. C'eft celui de *Jean Pœcler ,* Profeffeur en Hiftoire à *Strafbourg.* (*Ad Grotium de Jure Belli & Pacis Differtationes quinque.*

Argentor. 1663. *in-*8°. *)* Cet Auteur a H. CRO-
pouſſé l'admiration pour l'ouvrage TIUS.
qu'il commentoit, juſqu'à jurer que
perſonne ne feroit jamais rien qui en
approchât. C'étoit un fort ſçavant
homme dans l'étude de l'Antiquité,
& c'eſt par cet endroit ſurtout, qu'il
fut ſi charmé du Livre de *Grotius*,
où il y a tant d'érudition. Car du
reſte il n'étoit pas fort en raiſonnement, ni d'un eſprit net & juſte.

Jean Rebhan, Profeſſeur en Droit
à *Strasbourg,* ſe déclara contre le Livre de *Grotius* dans un Programme
Academique. Il s'y déchaîna contre
les partiſans de la nouvelle Science
du Droit naturel, & les traita d'i-
gnorans & de charlatans, de gens
qui ſe faiſant une équité imaginaire,
vouloient anéantir le Droit Romain.

Un Anonyme, que l'on croit être
Bœcler, réfuta ce Programme ſur le
même ton : il n'y ſuit pas cependant
toûjours les ſentimens de *Grotius,*
mais il s'en éloigne le plus ſouvent
ſans ſujet. On l'accuſe de s'être ac-
commodé par politique ici & ailleurs
aux idées de ceux qu'il vouloit fla-
ter, ou qu'il craignoit d'offenſer. On

H. GRO-
TIUS.
croit aussi que s'il n'alla pas plus loin
que le chapitre 7. du second Livre du
Droit de la Guerre & de la Paix, ce
ne fut pas tant la mort qui l'en empêcha, que la difficulté qu'il sentoit
à continuer sur les matieres qui sui-
voient, & qui n'étoient pas de sa
compétence.

Cependant le mérite de l'ouvrage
se fit jour peu à peu à travers la
poussiere, la barbarie & la prévention
des Ecoles. Celui qui y contribua
le plus, avec *Bœcler*, fut un Juris-
consulte de *Wittemberg*, nommé
Gaspar Ziegler, premier Professeur
en Droit dans cette Ville. Après a-
voir pris lui-même du goût pour le
Livre de *Grotius*, & reconnu l'utilité
& la nécessité de la Science qui y est
traitée, il tâcha d'inspirer les mêmes
sentimens à ses disciples. Vers l'an
1656. quelques-uns des plus studieux
le prierent de leur expliquer cet ouvrage. Il trouva d'abord de la difficulté dans une telle entreprise; cependant il promit d'essayer, mais
seulement sur le premier Livre; après
quoi il verroit ce qu'il auroit à faire.
Il fut près de trois mois à remplir
cette

cette tâche, & il en demeura là. Trois
ans après, d'autres Etudians lui ayant
encore demandé une explication du
Traité de *Grotius*, il la commença
par le fecond Livre, où il étoit refté,
leur ayant fait comprendre, qu'il
n'étoit pas poffible autrement d'aller
jufqu'à la fin, vû le peu de temps
que la plûpart d'entr'eux avoient à
demeurer dans l'Univerfité. Effectivement ayant employé à cela plus
de fix mois, il ne parvint pas à la
moitié du fecond Livre, & la plûpart de fes Auditeurs quitterent alors.
Ce ne fut que quelques années après
qu'il acheva le refte, au milieu d'u-
ne foule d'occupations, & de-là na-
quirent enfin les Notes qu'il publia
en 1666. (*In Hug. Grotii de Jure Belli*
& Pacis libros Nota & Animadver-
fiones fubitaria. Wittemberga 1666. in-
8o.) Il les appelle des Notes faites à
la hâte, & on le verroit bien quand il
ne le diroit pas. Mais il ne devoit pas
demeurer en fi beau chemin, il étoit
capable de faire plus qu'il n'a fait.
Il avoit plus de jugement que *Bœ-*
cler, & beaucoup plus de lumieres
fur les chofes mêmes, dont il s'agit

H. Gro-dans *Grotius.*
Tius.

On vit paroître ensuite en 1671.
des Notes beaucoup plus étenduës ;
mais la plûpart Théologiques , par
Jean-Adam Osiander , Professeur en
Théologie à *Tubinge*. (*H. Grotii Jus
Belli & Pacis observationibus J. A.
Osiandri illustratum. Tubingæ* 1671.
in-8°.) C'étoit s'attacher à la partie
la moins importante de l'Ouvrage ,
& qui pourroit en être séparée , sans
qu'il y manquât rien d'essentiel. Ce
Théologien ombrageux & emporté
se forge partout des monstres pour
les combattre. Pour peu que *Grotius*
s'éloigne , je ne dis point des opinions & des explications du système
dont *Osiander* avoit rempli de bonne
heure sa mémoire , mais du langage
seul , & des termes consacrés de l'E-
cole , tout est perdu. Au reste , s'il
dit quelque chose de bon , c'est d'a-
près d'autres , qu'il copie souvent ,
sans les nommer.

En 1673. *Henri Henniges* , publia
des observations politiques & morales sur l'Ouvrage de *Grotius*. (*Observationes Politico-Morales in Hugo-
nem Grotium de Jure Belli & Pacis.*

Solisbachi 1673. *in-8o.*) C'étoit un   H. Gro-
jeune homme , qui quoiqu'il eût é- tius.
tudié à *Altorf* & à *Jene* , où l'étude
du Droit de la Nature & des Gens,
étoit fort négligée, comprit ſi bien
de lui-même l'utilité de cette Science , & du Livre de *Grotius* , qui l'explique , qu'il le lut dix fois dans l'eſ-
pace de trois ans , & qu'il rapporta
là toutes ſes lectures. Il ne cede en
rien aux Commentateurs qui l'a-
voient précedé , & il fournit aſſez de
ſon propre fonds. Ses Obſervations le
firent connoître à *Frederic de Jena* ,
Miniſtre d'Etat de l'Electeur de *Brandebourg, Frederic Guillaume I.* enſorte
que ce Prince inſtruit par-là du mérite de *Henniges* l'établit ſon Envoyé
à la Diete de *Ratisbonne* , poſte dans
lequel il eſt mort en 1711. au ſervice
de *Frederic Guillaume II.* premier
Roy de Pruſſe.

    Quelques-uns réduiſirent en Ta-
bles le Livre de *Grotius* ; tels furent
Jean-Philippe Mullerus , dont les Ta-
bles parurent en 1664. à *Francfort in-
fol. Jacques Thomaſius* , qui donna
les ſiennes en 1670. *in-fol. Jean Pau-
lis Olivekrans* , qui en publia de nou-

H. Gro-
tius.

velles à *Kiel* en 1688. *in-fol.* & *Jean Henri Bœcler*, qui en mit à la fin de ses Dissertations sur l'Ouvrage même, dont j'ai parlé plus haut.

D'autres en composerent des Abregés , dont quelques-uns sont par demandes & par réponses. Je n'en citerai que trois. *J. G. Simonis Grotius Erotematicus* , *seu H. Grotius de Jure Belli & Pacis in quæstiones redactus.* Francofurti 1688. *in-80. H. G. Jus Belli & Pacis in compendium redactum per Joan. Henricum Suicerum.* Tiguri 1689. *in-12. H. Grotius enucleatus à Joanne Scheffero. Sedini* 1693. *in-12.*

Jean Frederic Gronovius , s'étant avisé d'expliquer à ses Ecoliers dans des leçons particulieres le Traité de *Grotius* , quoique la matiere dont il s'y agit, n'appartint point à la profession des Belles-Lettres , qu'il a toûjours exercée , ses Notes parurent après sa mort à la suite de l'Ouvrage de *Grotius* , dans une Edition faite à *Amsterdam* en 1680. *in-8°.* & on les a inserées depuis dans toutes celles de Hollande , aussibien que dans quelques-unes d'Allemagne , & même dans une publiée à *Naples.*

Si ce Savant eût été aussi versé
dans les matieres de pur raisonne-
ment , & dans les principes de la
Science dont il s'agit ici , qu'il étoit
habile dans la critique , & dans l'étude de l'Antiquité , on auroit pû tout
attendre de lui ; mais chacun a ses
talens. La plûpart des Notes de Gronovius sont assés inutiles , puisqu'elles ne font qu'exprimer le sens de
l'Auteur en d'autres termes , qui ne
sont pas toûjours plus clairs, ou qu'elles ne peuvent servir tout au plus qu'à
ceux qui sont novices dans l'intelli-
gence de la Langue Latine , qu'il faut
néanmoins bien sçavoir , pour lire
cet ouvrage avec quelque fruit ; dans
le peu d'endroits , où cet Interpréte
traite des choses mêmes , il donne à
gauche presque toûjours , faute d'a-
voir médité les matieres ; ce qui fait
aussi que tout habile critique qu'il
étoit , il se méprend assés souvent
dans l'explication des termes , & de
la pensée de l'Auteur. On le voit même broncher quelquefois en fait de
choses purement d'érudition , d'une
maniere à paroître , si on en jugoit

H. Gro-
tius.

par-là, tout autre qu'il n'étoit effectivement en ce genre d'érudition.

Il ne manquoit plus à *Grotius* que
d'être imprimé *cum notis variorum*, &
il le fut en 1691. ce fut *Jean-Christo-
phe Becman*, Professeur alors en Histoire & en Politique, & depuis en
Théologie à *Francfort sur l'Oder*,
qui publia cette édition, dont voici
le titre : *H. Grotii de Jure Belli & Pacis libri tres, in quibus Jus Naturæ &
Gentium, item Juris publici præcipua explicantur, cum Annotatis Autoris.
Accesserunt excerpta Annotationum
variorum Virorum insignium in totum o-
pus, edente Joh. Christoph. Becmanno.
Francofurti ad Wadrum 1691. in-4º.*
Cet Editeur choisit ce qu'il trouva de
meilleur, non-seulement dans les
Commentateurs ou Abbreviateurs de
Grotius, mais encore dans les autres
Auteurs qui avoient traité les mêmes
matieres. Il n'y mit rien du sien, il
ne fit que copier & abreger.

Un autre Auteur, je veux dire,
Godefroy Spinæus, suivit le même
plan en Hollande ; mais la mort
l'empêcha d'aller au-delà du chapitre
4ᵉ. du second Livre, & on assûre

qu'il ne s'en acquita pas ſi bien que H. GRO-
Becman. TIUS.

En 1696. on vit paroître tout d'un
coup deux éditions de *Grotius in-fol.*
l'une à *Francfort*, & l'autre à *Utrecht.*
La premiere très-mal imprimée eſt
accompagnée d'un Commentaire de
Jean Teſmar, Profeſſeur en Droit à
Marpurg, où il mourut avant la fin
de l'impreſſion. (*H. Grotius de Jure
Belli & Pacis, cum notis Autoris &
Joan. Fred. Gronovii, Commentario per-
petuo Joannis Teſmari & Ulrici Obrech-
ti obſervationibus. Francofurti 1696 in-
fol.*) Ce n'eſt qu'une méchante compilation d'Auteurs anciens & modernes, cités à tort & à travers. On voit
d'abord que le Commentateur a ra-
maſſé dans ſes lectures, tout ce qui
avoit le moindre rapport, quoiqu'é-
loigné avec les endroits de *Grotius*,
dont il ſe ſouvenoit, ſans s'embaraſſer
ſi la citation faiſoit au ſujet, & entaſ-
ſant mille choſes inutiles. Il repete les
mêmes paſſages en pluſieurs endroits,
& en allegue même ſouvent, qui a-
voient déja été cités par ſon Auteur.
Lorſqu'il veut dire quelque choſe du
ſien, il fait voir pour l'ordinaire

H. Gro-très-peu de goût & de jugement. On
TIUS. auroit peut-être été dédommagé du
peu d'utilité de fon travail, fi les notes
que les Libraires ont ajoûtées à la fin,
avoient été publiées par celui à qui
on les a attribuées. Mais que peut-on
attendre d'une rapfodie, faite par des
Ecoliers ignorans, qui écrivent à
mefure que le Profeffeur parle, &
qui tout occupés du foin d'écrire,
ne fçauroient par cela feul donner
aucune attention aux chofes mêmes?
C'eft fur une telle copie, que le Libraire de *Francfort*, pour faire valoir
fon édition aux dépens d'un nom
célebre, fit imprimer les Notes d'*Ulric Obrecht*, Profeffeur en Droit, &
puis Préteur-Royal à *Strasbourg*. C'é-
toit un très-fçavant homme, & quelques differtations publiées par lui-
même fur des matieres de Droit Naturel & de Droit public, donnent
lieu de croire qu'il auroit pû faire
quelque chofe de meilleur, s'il eût
voulu publier lui-même fes Notes,
où l'on entrevoit quelquefois de bonnes chofes. Quoiqu'il fe foit plaint à
fes amis du tour qu'on lui avoit joüé
en publiant ces Notes fous fon nom,

il

il ne paroît pas cependant qu'il les ait H. Gro-
desavoüées publiquement. TIUS.

L'autre édition *in-fol.* est en trois
volumes, dont le premier parut en
1696. le second en 1700. & le troisiéme en 1703. Elle est accompagnée de
Commentaires perpetuels de *Guillaume Vander Meulen.* On ne peut
que loüer le zéle de cet Auteur, qui
est allé jusqu'à faire imprimer l'ouvrage à ses dépens. C'est le Commentaire le plus ample & le plus raisonné
qu'on ait encore vû sur *Grotius.* Comme la brieveté de son stile le rend
difficile à entendre à ceux qui ne le
lisent pas avec une grande attention,
ou qui ne sont pas accoûtumés à re-
flechir, *Vander Meulen* a cru devoir
s'étendre beaucoup, & répéter souvent les mêmes choses, pour en
faire souvenir, dans les endroits où il
est besoin de les appliquer aux ques-
tions particulieres qui en dépendent.
Il montre partout une grande lecture.

L'Edition la plus correcte du Livre
de *Grotius,* est celle que *Jean Barbeyrac* a donnée à Amsterdam en 1720.
in-8o. avec les Notes de *Gronovius,*
& quelques-autres de sa façon.

Tome XIX. H h

　Il faut maintenant parler des traductions.

Il y en a deux Françoifes ; l'une de
M. *de Courtin*, Réfident pour le Roy
dans les Pays du Nord, qui parut
pour la première fois à *Paris* en 1687.
in-4°. deux volumes, & qui a été
réimprimée à *la Haye* en 3. vol. *in-12.*
en 1688. Celle-ci eft fort mauvaife,&
le Traducteur fouvent n'a pas entendu l'ouvrage fur lequel il travailloit.
L'autre eft de *Jean Barbeyrac*, & a été
imprimée à *Amfterdam* en 1724. *in-*
4o. deux vol. Cet Auteur avoit déja
fait voir dans la traduction de *Puffen-*
dorf, le talent qu'il avoit pour cette
forte d'Ouvrage, & celle de *Grotius*
répond parfaitement à l'idée qu'il a-
voit fait concevoir de lui en ce genre. Il a mis à la tête une Préface fort
longue où il fait l'hiftoire de l'ouvrage de *Grotius*, & c'eft de là que
j'ai emprunté ce que j'en viens de
dire.

Il y a auffi deux traductions An-
gloifes. La première qui eft *in-fol.*
parut en 1682. après la mort du Traducteur, *Guillaume Evats*, Bachlier
en Théologie. Il s'eft donné de grandes libertés ; car non-feulement il a

inferé dans le texte même plufieurs H. Gro-
notes de l'Auteur, contre l'intention tius.
de l'Auteur même, faifant perdre
ainfi le fil du difcours qui n'étoit que
trop fouvent interrompu par les citations; mais encore il y a fourré de fes
propres remarques, ce qui eft impar-
donnable. On ne peut même diftin-
guer ces additions étrangeres, qu'en
comparant de fuite la traduction avec
l'original, car on n'en avertit nulle
part, & il n'y a aucune marque qui
les faffe connoître. Ces additions en
elles-mêmes ne renferment rien de
confiderable : ce ne font que des pen-
fées fort communes, & des exemples
ou des paffages tirés des livres Anglois, ou autres, dans lefquels le
Traducteur avoit trouvé quelque
chofe qu'il jugeoit propre à éclaircir
ou à confirmer certaines chofes. Pour
ce qui eft de la verfion, il y a plufieurs endroits, où le Traducteur a
mal entendu le fens de l'original.

L'autre traduction a été imprimée
à *Londres* en 1715. en 3. vol. *in-8°*.
On a mis à la tête la vie de *Grotius*
tirée du Dictionnaire de *Bayle*, & les
Notes fe trouvent au bas des pages.

H. GRO-
TIUS.

Si l'on juge de cette traduction par la première periode, dit l'*Histoire Critique de la République des Lettres.* (Tome 8. p. 394.) on peut assûrer que les Traducteurs n'ont point entendu l'original.

On n'a commencé à en voir une traduction Allemande, qu'en 1707. qu'il en parut une en cette Langue à *Leipsic*, *in*-40. faite par *Schurz*, qui se nommoit autrement *P. B. Sinoldus*, & qui étoit alors Conseiller des Comtes de *Reussen*, & Directeur des Fiefs. Le célebre Chrétien *Thomasius* y joignit une grande & curieuse Préface, où il fait l'histoire du Droit Naturel jusqu'à *Grotius*, qu'il a continuée depuis dans un ouvrage Latin, où il a transporté tout ce qu'il avoit dit là-dessus dans cette Préface.

L'ouvrage a été aussi traduit en Flamand, & on en a des éditions en cette Langue, faites à *Harlem* en 1635. *in*-4°. à *Amsterdam* en 1651. & 1654. *in*-40. & à *Delft* en 1654. *in*-40.

Gustave Adolphe, Roy de Suede, l'a outre cela fait traduire en Suédois.

Pour parler maintenant de l'ouvrage même de *Grotius*, j'en ferai la

comparaiſon après M. *Barbeyrac*, bon H. GRO-
juge en cette matiere, avec celui de TIUS.
Puſendorf. Le ſtile de *Grotius* eſt meilleur que celui de *Puſendorf*, qui étoit
fort inferieur à *Grotius* en matiere
d'érudition ; mais ſi *Grotius* eſt plus
élegant, il eſt plus obſcur, à cauſe
de ſa brieveté, de ſorte qu'en cela *Puſendorf* eſt plus à la portée de tout le
monde. L'économie générale de
l'Ouvrage de ce dernier eſt beaucoup
meilleure que celle du premier ; mais
dans l'arrangement particulier des
materiaux, qui compoſent chaque
chapitre, il a laiſſé gliſſer quelquefois un deſordre, que l'on ne trouve
pas dans *Grotius.* Enfin le ſyſtême de
Grotius n'eſt pas ſi complet, à beaucoup près, que celui de *Puſendorf*, puiſque dans un ſyſtême de Droit Naturel, il faut neceſſairement faire entrer la connoiſſance des principes de
la morale, des differentes qualités
des actions humaines, & de ce qui
fait qu'elles peuvent être imputées en
bien ou en mal, de la nature des Loix
en général & de leurs differentes ſor-
tes. C'eſt ce qui compoſe le premier
Livre de *Puſendorf*, & dont *Grotius*

H. Gro-
tius.

ne dit rien du tout : mais à juger de l'ouvrage de ce dernier par ses Prolegomenes , & par le titre même , on peut bien voir, qu'il n'a pas eu dessein de traiter du Droit de la Nature d'une maniere complete & systématique ; mais seulement d'en donner une legere idée.

31. *Excerpta ex Tragœdiis & Comœdiis Græcis , tum quæ extant , tum quæ perierunt , emendata & latinis versibus reddita ab H. Grotio , cum ejus notis.* Paris. 1626. *in*-4°.

32. *De Veritate Religionis Christianæ.* Lugd. Bat. 1627. *in*-12. C'est la premiere édition de cet Ouvrage que *Grotius* traduisit en Latin du Flamand où il l'avoit composé d'abord , pendant son séjour à Paris , en faveur de *Jerôme Bignon* , à qui il le dédia , & que *Gerard Jean Vossius* prit soin de faire imprimer. It. *Editio secunda priore auctior & emendatior.* Lugd. Bat. 1629. *in*-12. It. 3ª. *Editio.* Ibid. 1633. *in*-12. It. Ibid. 1637. *in*-12. It. Oxonii 1639. *in*-12. Toutes ces premieres éditions sont sans notes. Il n'en parut que dans la suivante. It. *Editio nova, additis annotationibus.* Paris. 1640. *in*-

12.It. *Lugd. Bat.* 1640 *in-*12. Il s'est
fait depuis un grand nombre d'éditions de cet Ouvrage, qu'il est inutile de détailler ici. Les meilleures
font celles, qui ont été publiées par
M. *le Clerc* à *Amsterdam* en 1709. 1717.
& 1724.* *in-*8º. avec un petit ouvrage
de la façon de l'Editeur, *De eligenda
inter Christianos dissidentes sententia*,
dans toutes les trois ; & un autre,
contra indifferentiam Religionum, dans
celle de 1724. *Ernest Salomon Cyprianus*, Professeur en Théologie à *Co-
burg* en Franconie, en a aussi donné
une édition, avec ses Remarques, à
Leipsic 1709. *in-*8º. Les notes de tous
les Auteurs qui ont travaillé sur ce
Livre de *Grotius* se trouvent réünies
dans l'édition suivante. *Hugo Grotius de Veritate Religionis Christianæ,
Conringii, Henichii, Cypriani, Lim-
borchii, Clerici, Stollii, Heumanni notis & animadversionibus illustratus, o-
pera & studio Joan. Christophori Koe-
cheri, Philosophiæ in Academia Senen-
si Magistri, qui & ipse cogitationes suas
hinc inde aspersit. Jenæ* 1727. *in-*8º.
pp. 528.

Le Traité de *Grotius* de la verité de

H h iiij

* Se trou-
ve à Paris
chez Brias-
son.

H. GRO-
TIUS.

la Religion Chrétienne a toûjours été regardé comme le plus clair, le plus solide, & cependant le plus simple ouvrage qui ait paru sur cette matiere. C'est ce qui a engagé à le traduire en toutes sortes de Langues.

Nous en avons cinq traductions Françoises. La premiere parut à *Amsterdam* l'an 1636. *in-12.* Le François n'en est plus supportable, d'ailleurs elle est aussi infidelle qu'inferieure à l'original. La seconde fut imprimée à *Paris* l'an 1650. *in-8o.* C'est l'impolitesse même, & il y regne une séchéresse qui dégoûte de sa lecture. La troisiéme, qui est du Sieur *de Beauvoir*, est de l'an 1659. *Paris in-12.* Le langage en est entierement suranné. La quatriéme est de *Pierre le Jeune*, & parut à *Paris* en 1691. *in-12.* & à *Utrecht* en 1692. *in-12.* On en a fait à Amsterdam en 1728. une nouvelle édition augmentée de deux Dissertations de M. *le Clerc*, avec des notes recueillies, tant de la nouvelle traduction de Paris en 1724. que des éditions précedentes. * La cinquiéme a pour Auteur M. l'Abbé *Goujet*, qui l'a publiée à *Paris* en 1724. *in-12.*

* A Paris chez Briasson.

Les Journalistes de *Trévoux* parlent H. GRO-
ainsi de cette derniere. » L'interpré- TIUS.
» tation y est fidelle, le stile net, les
» tours propres de ce genre d'écrire,
» l'expression saine, la phrase soûte-
» nuë, le texte éclairci, suppléé,
» corrigé par des notes; mais de ces
» notes nécessaires ausquelles le be-
» soin du texte envoye le lecteur,
» courtes & pleines, qui sur le champ
» renvoyent au texte le lecteur ins-
» truit & satisfait; de ces notes, qui
» sans faire étalage de Doctrine, en
» montrent beaucoup dans leur Au-
» teur, soit qu'il indique des sources,
» ou qu'il tranche le nœud des diffi-
» cultés, ou qu'il critique les vivans
» & les morts.

Les Anglois en ont trois traductions; une premiere dont *Grotius*
parle dans une de ses Lettres à son
frere *Guillaume*, qui est de l'an 1637.
Une seconde qui parut à *Londres* en
1690. *in*-8°. & une troisiéme de *Simon
Patrick*, Evêque d'*Ely*, qui y a joint
un septiéme Livre de controverse
contre les Catholiques.

Quoique *Grotius* eût traduit cet
Ouvrage du Flamand; comme il en

avoit changé la forme , & que le Livre Latin étoit en quelque maniere
un autre livre, on l'a mis de nouveau
en Flamand , & il a paru en cette
Langue à *Harlem* en 1667. *in-8°*. &
plusieurs autres fois.

Les Allemands en ont trois traductions ; deux en Prose, l'une de
Colerus , qui parut en 1631. & l'autre
beaucoup meilleure de *Valentin Muf-
culus*, qui fut imprimée à *Stockolm* en
1651. & 1656. *in-12*. Une en Vers ,
faite sur les Vers Hollandois par
Martin Opitius , & imprimée en 1631.
in-4°.

Grotius parle lui-même d'une tra-
duction Suedoise , qui parut en 1637.
& *Thomas Bartholin* en donna une
Danoise à *Copenhague* l'an 1678. *in-12*.

Un Ministre de l'Ambassadeur
d'Angleterre à *Paris* , l'a traduit outre cela en Grec, au rapport de *Grotius*. *Edouard Pocock* en fit en 1640.
une traduction Arabe , que *Robert
Boyle* eut soin de faire imprimer à
Londres en 1660. *in-8°*. Quelques-
uns veulent qu'on en ait fait aussi
des Versions en Persan , en Chinois ,
& en Langue Malaye.

33. *Obsidio Grollæ, cum annexis,* anno 1627. *& cum Tabulis Geographicis.* Amstelod. 1629. *in-fol.* It. *trad. en* Hollandois. Amsterdam 1681. *in-fol.* H. GROTIUS.

34. *Euripidis Tragœdia, Phœnissæ, Grace, cum versione* H. *Grotii.* Paris. 1630. *in-*8o. It. Amstelod. 1630. *in-*8o.

35. *Introduction à la Jurisprudence de* Hollande. (en Flamand.) *La Haye* 1651. *in-*4o. Réimprimée plusieurs fois depuis.

36. *Sophompaneas.* Amstelodami 1635. *in-*4o. C'est une Tragedie sur *Joseph*, qui a été imprimée plusieurs autres fois depuis.

37. *Hugonis Grotii & aliorum dissertationes de studiis instituendis.* Lugd. Bat. 1637. 1645. *in-*12. Ce qu'il y a de *Grotius* dans ce Recueil est fort peu de chose, puisqu'il ne remplit que six pages.

38. *De Cœnæ administratione, ubi Pastores non sunt, an semper communicandum per Symbola?* Amstelodami 1638. *in-*8o. It. *cum diversorum, Dionysii Petavii, Cloppenburgii, & Henr.* Dodwelli Responsionibus. Londini 1685. *in-*8o. *Grotius* prétend prouver dans la premiere partie de cet Ouvrage,

H. GRO-
TIUS.

par un paffage de *Tertullien*, que tous les Chrétiens peuvent confacrer le le pain & le vin de l'Euchariftie, lorfqu'il n'y a point de Miniftres. Dans la feconde, il foûtient qu'il n'eft pas toûjours neceffaire de communier, & qu'il n'y a point de Commandement géneral de recevoir l'Euchariftie.

39. *Explicatio Decalogi ut Græce extat, & quomodo ad Decalogi locos Evangelica præcepta referantur. Amftelodami* 1640. *&* 1642. *in-8°*.

40. *Explicatio trium utiliffimorum locorum N. Teft. Cap.* 1. *Pauli ad Ephefios, Cap.* 2. *Jacobi.* 9. *Cap.* 3. *Epiftolæ* 2. *Joannis, in quibus agitur de fide & operibus: Amftelod.* 1640. *in-8°*.

41. *De abfoluto Reprobationis Decreto. Amftelod.* 1640. *in-4°*.

42. *Commentatio ad loca quædam Novi Teftamenti, quæ de Antichrifto agunt, aut agere putantur. Amftelodami* 1640. *in-8°*. *Grotius* se propofe ici de refuter ceux de fon parti, qui avancent que le Pape eft l'Antechrift. Là juftefse & la droiture de fon efprit lui avoient fait appercevoir fans peine que c'étoit une imagination fans fon-

dement ; mais il ſe vit par-là en bute H. GRO-
aux attaques de quelques Calviniſtes TIUS.
rigides , qui en faiſoient un article
fondamental de leur créance. *Samuel
Des-Marets* publia auſſitôt ſa Diſſertation , *de Antichriſto , quâ expendi-
tur & refutatur nupera Commentatio ad
illuſtriora ea de re Novi Teſtamenti loca , H. Grotii credita , ſimulque Eccle-
ſiarum Reformatarum ſententia de Antichriſto Romano defenditur & confirma-
tur. Amſtel.* 1640. *in*-8°. D'autres ſe
joignirent à lui ; tel fut entr'autres
Pierre du Moulin dans ce Livre qu'il
publia ſous le nom d'*Hippolyte Fron-
ton Caracota* ; *Strigil adverſus Commen-
tationem H. Grotii ad loca de Antichriſto. Amſtelod.* 1640. *in*-8°. pp. 58.

43. *Appendix ad Interpretationem
locorum N. Teſtamenti , quæ de Antichriſto agunt , aut agere putantur. Amſtelod.* 1640. *in*-8°. *Grotius* traite aſſez
mal *Des-Marets* dans cette réponſe,
où il ne daigne pas le nommer, ſe
contentant de le déſigner par le nom
injurieux de *Borborita* , par alluſion
au mot François Bourbe, qui a un
grand rapport aux Marais. Celui-ci,
qui n'étoit pas endurant, y repliqua

H. GRO-
TIUS.

vigoureusement dans l'Ouvrage intitulé : *Concordia difcors , & Anti-*
chriftus revelatus , id eft Ill. V. H. Gro-
tii Apologia pro Papa & Papifmo ; quam
pratextu concordiæ inter Chriftianos fa-
ciendæ , exhibet illius Appendix ad In-
terpretationem locorum N. Teftamenti
de Antichrifto , modefte refutata duobus
libris per Samuelem Marefium. Amfte-
lod. 1642. *in-*80. Jacques Laurent fe
mit auffi fur les rangs contre *Grotius ,*
en publiant l'ouvrage, qui a pour
titre : *H. Grotius PapiZans , id eft ,*
Notæ ad quædam loca in H. Grotii Ap-
pendice de Antichrifto Papam Romanum
fpeEtantia , in quibus via fternitur ad
Papifmum Antichriftianum. Amfteloda-
mi 1642. *in-*8°. Ouvrage auquel *Gro-*
tius répondit dans la fuite.

44. *Corn. Tacitus ex Editione J. Lip-*
fii , cum notis & emendationibus H. Gro-
tii. Lugd. Bat. Elzevir 1640. *in-*12.
Les notes de *Grotius* ont été inferées
dans plufieurs éditions fuivantes de
Tacite.

45. *Adnotata in confultationem Geor-*
gii Caffandri de Ariiculis Religionis in-
ter Catholicos & Proteftantes. Lugd.
Bat. 1642. *in-*80. *Grotius* , qui étoit à

peu près animé du même eſprit de H. Gro-
conciliation que *Caſſandre*, ayant tius.
compoſé ces Remarques, *André Ri-*
vet y oppoſa les ſiennes, ſous ce titre:
Animadverſiones in H. Grotii adnotata
in Georg. Caſſandri conſultationem. Ac-
cedit Tractatus de Chriſtianæ pacificatio-
nis & Eccleſiæ reformandæ vera ratione.
Lugd. Bat. 1642. *in*-8º. Les deux ouvrages ont été imprimés enſemble à
Leyde 1642. *in*-8º.

46. *Animadverſiones in Andreæ Ri-*
veti Animadverſiones. Amſtelod. 1642.
A peine cet ouvrage eut-il paru que
Rivet y oppoſa : *Examen Animadver-*
ſionum H. Grotii proſuis ad conſultatio-
nem Geor. Caſſandri notis. Lugd. Bat.
1642. *in*-8o.

47. *Votum pro pace Eccleſiaſtica con-*
tra Examen Andreæ Riveti. Amſtelod.
1642. *in*-8º.

48. *Via ad pacem Eccleſiaſticam.*
Amſtelodami. 1642. *in*-8º.

49. *Rivetiani Apologetici pro ſchiſ-*
mate contra votum Pacis facti diſcuſſio.
Irenopoli 1645. *in*-8º. C'eſt une réponſe à l'ouvrage de *Rivet*, qui a
pour titre : *And. Riveti Apologeticus*
contra H. G. Votum. Lugd. Bat. 1643.

H. GRO-*in-*8o. Ce dernier y repliqua par un
TIUS.　　autre, qu'il intitula : *Grotianæ difcuf-*
fionis Dialyfis, five Vindiciæ Apologetici
fui, pro vera pace Ecclefiæ contra fub-
dolos mediatores. Roterodami 1646. *in-*
8°. Cette difpute finit par la mort
de *Grotius*, & il en étoit temps ; car
il y arriva ce qui arrive ordinairement
quand on fait plufieurs Ecrits en replique, que l'on repéte fouvent les
mêmes chofes, que les difputans s'é-
loignent toûjours de plus en plus, &
qu'enfin la difpute honnête au commencement dégenere en aigreur & en
invectives.

50. *Annotationes in libros Evangelio-*
rum&varia loca facræ fcripturæ. Accedit
Appendix ad interpretationem locorum
N. Teft. quæ de Antichrifto agunt, cum
explicatione Decalogi. Amftelod. 1641.
in-fol.

51. *Annotationes in Epiftolam ad*
Philemonem. Amftelod. 1642. *in-*8o. *&*
1646. *in-*4°.

52. *Annotationes in Vetus Teftamen-*
tum. Parif. 1644. *in-fol.* 3. *vol.* It. *Ve-*
netiis 1663. *in-fol.*

53. *Annotationes in Novum Tefta-*
mentum. Parif. 1644. *in-fol.* Tous ces
Commentaires

Commentaires ont été inferés dans H. Gro-
les *Critici facri.* » Ils furpaffent de tius.
» beaucoup au jugement de M. *Du*
» *Pin*, ceux des autres critiques
» foit pour la netteté & la clarté, foit
» pour l'érudition. *Grotius* y a appellé
» non - feulement les Peres, mais
» auffi les Auteurs profanes à fon
» fecours, pour éclaircir le texte de
» l'Ecriture Sainte, & il s'eft furtout
» appliqué au fens litteral. Il a reglé
» fes explications principalement fur
» les textes originaux, fans négliger
» les verfions anciennes, & faifant
» attention aux differentes leçons. Il
» n'a point mêlé de controverfe dans
» fes notes, comme ont fait la plu-
» part des autres Proteftans. En le li-
» fant on ne peut pas deviner de quel-
» le Communion il étoit. Il a été ac-
» cufé par quelques-uns d'avoir don-
» né dans le Socinianifme; en effet
» il faut avoüer qu'il y a des endroits
» dans fes Commentaires, où il leur
» paroît favorable, néanmoins il a
» combattu le fentiment de *Socin*,
» en foûtenant fortement la préexif-
» tence du Verbe, en rejettant l'ex-
» plication que *Socin* donne au pre-

H Gro-
TIUS.

» mier verſet de l'Evangile de *S. Jean*,
» & en prouvant dans ſa note, que
» ces paroles, *au commencement*, ne ſe
» doivent pas entendre du commen-
» cement de l'Evangile, comme *So-*
» *cin* les explique, mais de la créa-
» tion du monde; & en ajoûtant
» que ces paroles, *le Verbe étoit*, dé-
» ſignent l'éternité. Il s'explique en
» cet endroit nettement ſur la per-
» ſonalité & ſur la divinité du Ver-
» be. Il ne laiſſe point lieu de douter
» qu'il ne ſoit conforme au ſentiment
» des Catholiques. A l'égard des paſ-
» ſages de *S. Paul*, qui peuvent re-
» garder la Grace, il ſuit quelquefois
» les préjugés de l'Arminianiſme,
» ſans néanmoins entrer dans une
» controverſe ennuyeuſe. S'il y a
» quelque choſe à reprendre dans les
» Commentaires de *Grotius*, c'eſt
» qu'il cite trop de paſſages des Poë-
» tes, & des Auteurs profanes, pour
» donner du jour aux expreſſions de
» de l'Ecriture Sainte; mais on peut
» ſe ſervir en cette occaſion pour
» l'excuſer de cette regle de Droit :
» *Quod abundat non vitiat.* Ses notes
» ne ſont pas faites pour des igno-

» rans , mais pour des Sçavans , & H. Gro-
» ceux-ci doivent trouver bon qu'on TIUS.
» leur fourniffe quantité de traits d'é-
» rudition qui viennent au fujet.

54. *Florum fparfio ad Jus Juftinia-
neum. Parif.* 1642. *in-*4º. It. *Amftelod.*
1643. *in-*8º. It. *Ibid.* 1660. *in-*12.

55. *Epiftola ad Jacobum Laurentium
anatomizata. Amftelod.* 1642. *in-*8º.
C'eft une Réponfe à l'Ouvrage de celui-ci fur l'Antechrift.

56. *Poema de Baptifmate & Eucha-
riftia. Lugd. Bat.* 1642. *in-*8º.

57. *De Origine Gentium Americanarum Differtatio prior. Parif.* 1642.
*in-*8º. It. *Amftel.* 1642. *in-*8º. Grotius
prétend dans cette Differtation que
les peuples de l'Amerique ne font
pas fort anciens , & qu'ils y font paf-
fés de l'Europe. Il a été refuté fur
cela par *Jean de Laet* dans fes *Notæ ad
Differt. H. Grotii de Origine Gentium
Americanarum. Amftelod.* 1643. *in-*8º.

58. *De Origine Gentium Americanarum Differtatio altera , adverfus ob-
trectatorem , opaca bonum quem facit
Barba. Parif.* 1643. *in-*8º. C'eft une
Réponfe à l'Ouvrage de *Laet* qui repliqua : *Joan. de Laet Refponfio ad*

H. GRO-
TIUS.

Diff. secundam de Origine Gentium Americanarum. Amstelod. 1643. in-8°.

59. *De Imperio Summarum Potestatum circa sacra. Paris. 1647. in-8°.* It. *Editio secunda emendata, cum Davidis Blondelli Scholiis ejusdemque Tractatu de Jure Plebis in regimine Ecclesiastico. Paris. 1648. in-80. It. Hagæ Comit. 1652. & 1661. in-8°.* & plusieurs autres fois depuis.

60. *Philosophorum Sententia de Fato, & de eo quod in nostra est potestate. Amstelodami. 1648. in-12.*

61. *Quædam hactenus inedita, & ex Belgice editis Latine versa argumenti Theologici, Juridici, & Politici. Amstelod. 1652. in-12.*

62. *Historia Gothorum, Vandalorum & Longobardorum ab Hug. Grotio partim versa, partim in ordinem digesta, cum ejusdem Prolegomenis. Amstelod. 1655. in-8°.* Cette compilation est curieuse & rare.

63. *Notæ ad commentarium Hieroclis in Aurea carmina Pythagoræ.* A la suite de cet Ouvrage. *Londres 1654. in-8°. Grotius* avoit beaucoup étudié la Philosophie Pythagoricienne, & l'on dit qu'il sçavoit presque par cœur tout *Hierocles.*

64. *Annales & Historiæ de rebus* H. Gro-
Belgicis ab obitu Philippi Regis usque tius.
ad inducias anni 1609. *Amstelodami*
1657. *in-fol.* It. *Ibid* 1658. *in-12.* It.
trad. en François par M. l'Heritier.
Amsterdam 1662. *in-fol.* It. *Paris.* 1672.
in-fol. It. *trad. en Flamand par Jean de*
Goris. Amsterdam 1681. *in-fol.* Cet
habile Historien, dit l'Abbé *Langlet*,
est le plus experimenté de ceux qui
ont travaillé à l'Histoire de Hollande,
& il n'y avoit guéres d'homme plus
capable de traiter un aussi grand sujet. Comme il imite *Tacite*, il donne
aussi quelquefois dans l'obscurité, &
demande un lecteur, qui ait déja
quelque teinture de cette histoire.

65. *Jacobi Arminii, Episcopii, Hu-*
gonis Grotii, & aliorum præstantium vi-
rorum Epistolæ Ecclesiasticæ & Theolo-
gicæ, per Christ. Hartsoeker & Phil. à
Limborch. Amstelod. 1660. *in-8o.* It.
Editio 2^a. *auctior. Ibid.* 1684. *in-fol.*

66. *Hug. Grotii, & Matthiæ Ber-*
neggeri Epistolæ mutuæ. Argentorati 1667.
in-8o.

67. *Epistolæ ad Israelem Jaskium.*
Dantisci 1670. *in* 12. It. *Amstelod.* 1705.
in-12.

68. *Epistola consolatoria ad Ben.*

H. GRO-
TIUS.

Aub. Maurerium. Kilonii 1674. *in-4°.*
Avec d'autres sur le même sujet. Cette
Lettre, qui est du 27 Février 1621.
se trouve dans le recueil de ses Lettres.

69. *Martini Ruari, Hugonis Grotii, & aliorum ad ipsum Ruarum Epistolarum selectarum centuria. Amstel.
1677. in-8°. Centuria secunda. Ibid.
1681. in 8o.*

70. *Epistolæ. Amstelod.* 1687. *in-fol.*
Ce volume où l'on voit toutes ses
Lettres, en contient plus de deux
mille cinq cens, rangées selon l'ordre
des temps. Il y a bien des faits curieux & interessans.

71. *Nota in Justini Martyris Apo-
logiam I. pro Christianis.* Dans l'édition
de *Grabe. Oxonia* 1700. *in-8°.*

72. *Menandri & Philemonis Reli-
quiæ Grecæ & Latine, cum notis Hug.
Grotii & Joan. Clerici. Amstelod.* 1709.
in-8°.

73. *Hugonis Grotii Opera omnia
Theologica. Amstelod.* 1679. *in-fol.* 4.
vol. Les trois premiers contiennent
ses Commentaires sur l'Ecriture, &
le quatriéme ses Opuscules.

V. *H. Grotii Manes ab iniqui ob-*

trectationibus vindicati. Accedit Scripto- H. Gro-
rum ejus tum editorum tum ineditorum TIUS.
conspectus. Delphis 1727. in-8°. L'Auteur entre dans un grand détail, mais
il s'est trop fié, pour les éditions des
Ouvrages, aux Catalogues des Bibliotheques. *La vie de Grotius écrite en
Flamand par Gaspar Brandt, &
Adrien de Cattenburgh. Dordrecht
1727. in-fol. deux vol. Bibliotheca
Remonstrantium*, p. 78. *Sa vie dans
le Recueil de Bates*, p. 420. *& dans
les Memoriæ Philosophorum Henningi
Witten. Tom.* 1. p. 554. *Du Maurier,
Mémoires de Hollande*, p. 433. Il y a
plusieurs mécomptes dans le recit de
cet Auteur. *Bayle Dictionnaire. Du
Pin Bibliotheque des Auteurs séparés de
la Communion de l'Eglise Romaine*,
tome 2. p. 496. *Meursii Athenæ Bata-
va*, p. 205.

JACQUES GOAR.

GOAR. JACQUES *Goar*, naquit à *Paris* l'an 1601. d'une honnête famille. Après avoir acquis des connoiffances affés.étenduës dans les Langues Latine, & Gréque, il entra dans l'Ordre reformé de S. Dominique, où il prit l'Habit le deux May 1619. & fit profeffion le 24 May de l'année fuivante

Il fit enfuite fa Philofophie & fa Theologie, & employa fix ans à cette étude. Après quoi on l'envoya à *Toul*, où il inftruifit fucceffivement les jeunes Religieux de fon Ordre dans ces deux Sciences.

L'application qu'il donna pendant tout ce temps à la Langue Gréque, pour laquelle il avoit un goût particulier, & la lecture qu'il fit des anciens Auteurs Ecclefiaftiques Grecs, lui infpirerent le defir de faire un voyage dans l'Orient pour s'informer de la créance & des coûtumes des Grecs qui y vivent, & il en obtint la permiffion de fes Superieurs.

Pour

Pour le lui faire faire avec plus d'a- J. GOAR.
grément, on le nomma Prieur du
Couvent de *S. Sebastien* dans l'Isle de
Chio, & on lui donna la qualité de
Missionnaire Apostolique. Il partit
en 1631. & passa huit ans dans le lieu
de sa résidence, occupé à converser
avec les plus habiles qu'il trouvoit
parmi les Grecs, à découvrir leurs
sentimens & leurs pratiques, & à ra-
mener les Schismatiques à la créance
de l'Eglise Romaine.

Avant que de revenir en France,
il alla à *Rome* en 1640. & on l'y nomma Prieur du Couvent de *S. Sixte.*
Mais il ne garda pas long-temps cette place, étant revenu à *Paris* en
1642. On l'y fit d'abord Maître des
Novices. Cependant il fut obligé de
faire peu de temps après un second
voyage à *Rome* pour les affaires de son
ordre, & il y arriva au mois de Décembre 1643.

De retour à *Paris* le 24 Juillet
1644. il songea à publier quelques
Ouvrages ausquels il travailloit depuis long-temps, profitant pour cela du temps que la charge de Maître
des étudians de sa Maison, qu'on lui

Tome XIX. K k

J. GOAR. avoit donnée à fon arrivée, lui laiſ-
ſoit libre.

En 1652. il fut élû Vicaire Général de ſon Ordre ; place qu'il n'accepta que malgré lui, voyant bien
qu'elle le détourneroit de ſes études.
Mais quoique les fonctions qui y ſont
attachées l'occupaſſent beaucoup, il
ne voulut rien relâcher de ſon application à ſon premier travail ; l'opiniâtreté avec laquelle il ſe donna à
des choſes ſi differentes, altera bientôt ſa ſanté, & le conduiſit au tombeau après ſept ſemaines d'une fiévre
lente.

Il mourut le 23. Septembre 1653.
âgé de 52 ans.

Catalogue de ſes Ouvrages.

1. *Euchologion, ſive Rituale Græcorum, complectens ritus & ordines divi-
næ Liturgiæ, officiorum, ſacramento-
rum, conſecrationum, benedictionum,
funerum, Orationum, &c. cuilibet per-
ſonæ, ſtatui, vel tempori congruens,
juxta uſum Orientalis Eccleſiæ ; cum
ſelectis Bibliothecæ Regiæ, Barberinæ,
&c. MSS. collatum. Interpretatione
Latina nec non Mixo-barbararum vo-
cum brevi gloſſario, æneis figuris, &*

observationibus ex antiquis Patribus & J. GOAR. *maxime Græcorum Theologorum expositionibus illustratum. Parif.* 1647. *in-fol.* Ce Recueil est curieux & rare.

2. *Georgii Cedreni compendium Historiarum ex versione Guilielmi Xylandri cum ejus annotationibus. Accedunt huic editioni præter lacunas tres ingentes & alias expletas, in Cedrenum P. Jacobi Goari notæ posteriores, & Caroli Annibalis Fabrotti glossarium ad eundem. Item Joannes Scylitzes Curopalates excipiens ubi Cedrenus definit, nunc primum Græce editus ex Bibliotheca Regia. Parif. E. Typog. Regia* 1647. *in-fol.* Ce volume & les trois suivans font partie du Recueil de l'Histoire Byzantine.

3. *Georgius Codinus Curopalata, de Officiis Magnæ Ecclesiæ, & aulæ Constantinopolitanæ, ex versione P. Jacobi Gretseri, Soc. Jesu, cum ejusdem Gretseri Commentariorum in Codinum libris tribus, & opere de imaginibus non manufactis. In hac editione præter comparatum cum Regiis MSS. Græcum Textum & reparatam Latinam versionem, accedunt inediti ex Regia Bibliotheca & Mazarina Officialium Catalogi, & ad*

J. GOAR. *Codini mentem locupletes notæ. Adjunguntur recentiores Orientalium Episcopatuum notitia, voces honorariæ, appellationes dignitatum indices, quibus postremis sæculis Ecclesiastici vel aulici Proceres salutabantur. Cura & opera F. Jacobi Goar. Paris. Typog. Reg. 1648, in-folio.*

4. *Georgii Monachi, & S. P. N. Tarasii Patriarchæ C. P. quondam Syncelli, Chronographia ab Adamo usque ad Diocletianum. Et Nicephori Patriarchæ C. P. Breviarium chronographicum ab Adamo ad Michaelis & ejus F. Theophili tempora. Georgius Syncellus è Bibliotheca Regia nunc primum adjecta versione Latina editus. His Tabulæ Chronologicæ, & annotationes additæ cura & studio P. Jacobi Goar. Paris. Typog. Regia 1652. in-fol.*

5. *S. P. N. Theophanis Chronographia, & Leonis Grammatici vitæ recentiorum Imperatorum. Jacobus Goar Latine reddidit, Theophanem notis illustravit, varias Lectiones multiplici Codicum collatione adjecit. R.P. Franciscus Combefis iterum recensuit, notis posterioribus Theophanem, integris Leonem Grammaticum strictim discussit exque fide*

Codd. auxit , emendavit. Pariſ. Typog. J. GOAR.
Regia 1655. *in-fol. Goar* travailloit à
cette édition , lorſqu'il fut attaqué
de ſa derniere maladie. Il y avoit
déja quelque temps que ſa vuë commençoit à baiſſer , ainſi il ne put corriger cet Auteur auſſi bien qu'il avoit
fait les précedens.

6. *Atteſtatio de Communione Orien-*
talium ſub ſpecia unica. Elle ſe trouve
à la colonne 1659. du Livre de *Leon*
Allatius. De Eccleſia Occidentalis at-
que Orientalis perpetua conſenſione.

V. *La Bibliotheque des Ecrivains de*
l'Ordre de S. Dominique par les Pe-
res Quetif & Echard , tome 2. p. 574.

K k iij

JEAN-ISAAC PONTANUS.

JEAN - ISAAC *Pontanus*, naquit à *Elseneur*, Ville du Danemarck dans l'Isle de *Seelande*, de parens qui avoient leur demeure ordinaire à *Harlem*, mais qui se trouvoient alors pour quelques affaires en cette Ville.

Après qu'il eut fait ses études, *Tycho-Brahé*, qui demeuroit alors dans l'Isle d'*Huen*, le prit chez lui pour l'aider dans ses observations Astronomiques, & il demeura trois ans dans sa maison.

Il se fit recevoir Docteur en Médecine l'an 1601. à *Basle*, & étant allé fixer son séjour dans les Pays Bas, il fut choisi pour enseigner la Physique, & les Mathematiques dans le College d'*Harderwik*, dans la Gueldre. Le Roy de Danemarc & les Etats de Gueldre l'honorerent aussi de la qualité de leur Historiographe.

Son attachement pour la Ville d'*Harderwik* fut si grand, qu'il ne voulut jamais en sortir depuis, &

qu'il refuſa une Chaire de Profeſſeur J. I. PON-
en Langue Gréque & en Hiſtoire TANUS.
qu'on lui offrit à *Groningue*, avec
huit cens écus de gages.

Il y mourut l'an 1640. dans un âge
aſſez avancé; après avoir marié ſa
fille *Anne*, à *Antoine Matthieu*, Juriſconſulte d'*Utrecht*.

Catalogue de ſes Ouvrages.

1. *Diſputatio de Rationalis animæ fa-
cultate. Lugduni Bat.* 1593. *in-*40.

2. *Aurelii Macrobii Opera*, *cum*
Joan. Iſaaci Pontani caſtigationibus &
notis, *necnon Joannis Meurſii notis bre-
vioribus. Lugd. Bat.* 1597. & 1628.
*in-*8°. *Bœcler* dans ſa *Bibliographie* ap-
prouve le travail de *Pontanus* ſur *Ma-
crobe*, & prétend que ſon édition eſt
la meilleure qu'on ait donnée de cet
Auteur.

3. *Analectorum libri tres, in quibus ad*
Plautum, *Apuleium*, & *Senecas*, *ac*
paſſium ad Hiſtoricos antiquos & Poetas
Cenſuræ. Roſtochii 1599. *in-*40.

4. *De affectu Hypochondriaco Theſes pro Medicinæ Laurea. Baſileæ* 1601.
*in-*4°.

5. *Itinerarium Galliæ Narbonenſis*,
Carmen; cum duplice Appendice ; id

K k iiij

J. I. Pon-
TANUS.

est , *universæ Gallia Descriptione &*
Glossario prisco Gallico , seu de lingua
Gallorum vèteri Dissertatione. Lugd.
Bat. 1606. *in-*12.

6. *Historia Urbis & rerum Amstelo-*
damensium , Tabulis æri incisis illustra-
ta. Amstelod. 1611. *in-fol.* Cette histoire n'a pas plû à tout le monde, à cause
des digressions dont elle est remplie,
& qui le plus souvent roulent sur des
choses fort inutiles.

7. *Disceptationes chorographicæ de*
Rheni divortiis atque ostiis eorumque
Accolis Populis, in quibus Historici &
Geographi veteres illustrantur , & à
pravis Philippi Cluverii interpretatio-
nibus vindicantur. Amstelodami 1614.
*in-*8o. *Pierre Scriverius* ayant publié
un Recueil sous ce titre : *Inferioris*
Germaniæ Provinciarum unitarum An-
tiquitates , per varios Autores. Lugd.
Bat. 1611. *in-*4o. il y insera un Ouvrage de *Philippe Cluvier , de tribus*
Rheni alveis ac ostiis , & de quinque
Populis quondam accolis. Pontanus , qui
étoit d'un autre sentiment que lui sur
cette matiere, prit la plume pour le
refuter dans ces dissertations. *Cluvier*
lui répondit dans sa *Germania Anti-*

qua , qui parut pour la premiere J. I. PON-
fois en 1615. & fut refuté de nou-TANUS.
veau par *Pontanus ,* qui en donnant
une nouvelle édition de ſon premier
ouvrage , y ajoûta une ſeconde partie , pour répliquer aux raiſons de
Cluvier. Le tout fut imprimé ſous
ce titre : *Joannis Iſaaci Pontani Diſ-*
ceptationum de Rheni divortiis & ac-
colis Populis partes duæ; quarum prima
jam ante edita , ſecunda vero novam
diſceptationum ſyllogen adverſus Philip-
pi Cluverii Germaniam antiquam com-
plectens , nunc primum prodit. Harder-
vici 1617. *in-*8°. Il y a de l'érudition
dans l'ouvrage de *Pontanus* ; mais
cet Auteur trop vif pour la défenſe
de ſon ſentiment , y eſt ſorti des bornes de la moderation & de l'honnê-
teté avec leſquels tout homme , qui
ſçait vivre , doit traiter ſes adverſai-
res. Cela joint à l'obſcurité de la
matiere , ſur laquelle on ne peut rien
dire de certain , a fait que ſon Livre
n'a pas été bien reçû des Sçavans.
Au reſte tous ceux qui ont parlé de
cette diſpute de *Pontanus* avec *Clu-*
vier , ont embroüillé les choſes , faute d'avoir diſtingué les deux Editions

J. I. Pon-
TANUS.

de son Livre, l'une plus ample d'une partie que l'autre.

8. *Originum Francicarum libri sex, in quibus præter Germaniæ & Rheni Chorographiam, Francorum origines, & primæ sedes, aliaque ad gentis in Galliam transitum, variasque victorias, instituta, & mores pertinentia, ordine deducuntur. Hardervici 1616. in-4°.* Adrien de Valois prétend que *Pontanus* n'étoit gueres versé dans la connoissance des Antiquités de France, & qu'ainsi son ouvrage ne merite pas grande attention.

9. *Tractatus de Globis, celesti, & terrestri, eorumque usu, primum editus à Roberto Hues, semelque iterum à Jodoco Hondio excusus & nunc elegantibus Iconibus & figuris locupletatus ac denuo recognitus, & observationibus illustratus studio Jo. Is. Pontani. Amstelodami 1617. & 1624. in-4°. It. Oxonii 1663. in-8°.*

10. *Notæ in Martialem.* Dans une édition de cet Auteur donnée par *Pierre Scriverius* à *Leyde* 1619. *in-12.*

11. *Plautus, cum Notis. Amstelodami 1620. in-16.*

12. *Notæ in Senecæ Tragœdias.*

Dans une édition de cet Auteur J. I. Pon-
donnée par *Pierre Scriverius*, à *Leyde* TANUS.
1621. *in-*8°.

13. *Notæ & obſervationes Politicæ ad
librum primum L. Ann. Flori. Amſtelod.* 1626. *in-*16.

14. *Apologia pro Hiſtoria Amſtelo-
damenſi contra Pontum Heuterum , ad
Arnald. Buchelium J. C. Amſtelod.*
1628. *&* 1634. *in-*4°.

15. *Notæ in Petronium.* Dans l'édition de cet Auteur faite à *Geneve* l'an
1629. *in-*4°.

16. *Corn. Tacitus integritati ſuæ per
J. Iſ. Pontanum reſtitutus. Amſtelodami*
1630. *in-*12.

17. *Rerum Danicarum Hiſtoria Libris X. uſque ad domum Oldemburgi-
cam , ſeu annum* 1448. *cum Chorographica Daniæ deſcriptione. Amſtelodami*
1631. *in-fol. Pontanus* avoit fait une
ſuite de cette hiſtoire , qui eſt gardée
manuſcrite dans la Bibliotheque de
l'Academie de *Copenhague.*

18. *Valerius Maximus ad duos
MSS. Anglicanos recenſitus* à J. Iſ. Pon-
tano. *Amſtelod.* 1632. *in-*16.

19 *Poematum libri VI. Amſtelod.*
1634. *in-*12. Quoique la profeſſion

J. I. Pon-
TANUS.
de l'Auteur ne fût gueres compatible avec la Poëſie, il ne laiſſa pas de vouloir faire des Vers. *Borrichius* prétend qu'il n'a pas mal réuſſi dans quelques-uns ; mais ſelon J. *Fred. Gronovius* il eſt froid dans ſes Epigrammes. On pourroit même dire que ſa Poëſie ne lui a pas fait d'honneur, ſur le bon mot que *Scriverius* lâcha une fois contre lui. Car *Pontanus* ayant fait en ce ſeul Vers une Enigme ſur le trou.

> *Dic mihi quid majus fiat, quo pluria demas ?*

Scriverius répondit ſur le champ :

> *Pontano demas carmina, major erit.*

20. *Diſcuſſionum Hiſtoricarum libri duo, quibus præcipue quatenus & quodnam mare liberum vel non liberum clauſumque accipiendum diſpicitur expenditurque. Hardervici* 1637. *in-*8°. Cet ouvrage tend à refuter celui que *Selden* avoit publié ſous le titre de *Mare Clauſum.*

21. *Hiſtoriæ Gelricæ libri quatuordecim. Præcedit Ducatûs Gelriæ & Comitatûs Zutphaniæ Chorographica deſcriptio. Hardervici* 1639. *in-fol.* Il trad. enFlamand par *André Schli ch*

tenhorft , avec quelques augmenta- J. I. Pons
tions. *Arnheim* 1654. *in-fol.* TANUS.

22. On trouve quelques-unes de ſes
Lettres avec celles de pluſieurs Sçavans à la ſuite d'une Lettre Latine
d'*André Alciat* contre la vie Mo-
naſtique , publiée par *Antoine Matthieu* , petit fils de *Pontanus* à *Leyde*
en 1695. *in-8°.*

V. *Valerii Andreæ Bibliotheca Bel-
gica. Albert. Bartholinus de ſcriptis
Danorum & Joannis Molleri ad eum
Hypomnemata.*

GUILLAUME XYLANDER.

GUILLAUME *Xylander* , G. XY-
naquit à *Ausbourg* le 26 Dé- LANDER.
cembre 1532. de parens honnêtes ,
mais peu partagés des biens de la for-
tune. Son nom Allemand étoit *Hol-
tzman* , qu'il changea en celui de *Xylander* , qui ſignifie en grec la même
choſe que l'autre en Allemand , je
veux dire *Homme de bois.*

Ses parens n'avoient pas les moïens
neceſſaires pour le faire étudier, mais
un Sénateur d'*Ausbourg* , nommé

G. Xy-
LANDER.
Wolfgang Relinger, y suppléa, en lui obtenant de la Ville une pension. Les progrès qu'il fit en peu de temps dans deux Colleges d'*Ausbourg*, où on lui procura succeſſivement des places, engagerent ſes protecteurs à l'envoyer en 1549. dans l'Univerſité de *Tubinge* où il s'appliqua avec beaucoup de ſuccès aux Langues Gréque & Latine.

Il ne la quitta que pour aller en 1556. à celle de *Basle*, où il fut reçû Maître-ès-Arts.

Son habileté lui acquit bientôt de la réputation, & il fut appellé en 1558. à *Heidelberg*, pour y remplir une Chaire de Profeſſeur en Langue Gréque, vacante par la mort de *Jacques Micyllus*.

Au mois d'Avril 1546. *Frederic III.* Electeur Palatin, & *Chriſtophe*, Duc de *Wirtemberg*, s'étant aſſemblés dans l'Abbaye de *Maulbrun*, pour y faire tenir une conference ſür l'Euchariſtie entre les Théologiens des deux partis, *Xylander* fut choiſi par l'Electeur Palatin pour être Sécretaire de l'Aſſemblée, avec *Lue Oſiander*, qui avoit été nommé par le Duc de *Wirtemberg*. Il s'acquita de la même fonction

en 1571. dans une autre conference G. Xy-
que le même *Frederic* voulut que les LANDER.
Théologiens de ſa Communion euſ-
ſent à *Frankenthal* avec les Anabaptiſ-
tes, qui commençoient à s'établir
dans le Palatinat.

L'excès avec lequel il s'adonnoit à
l'étude abregea ſes jours, & lui cauſa
la maladie dont il mourut le 10 Février 1576. âgé de 43 ans.

Il avoit une grande connoiſſance
non-ſeulement des Langues Latine &
Gréque, mais encore des Belles-Lettres, de la Philoſophie, & des Mathematiques, & il a employé cette
connoiſſance à traduire en Latin pluſieurs bons Auteurs. Mais la miſere
dans laquelle il a toûjours vêcu, &
qui le faiſoit travailler moins pour a-
querir de la gloire, que pour ſe ga-
rantir de la faim, eſt la cauſe des fautes que l'on remarque dans ſes traductions, où ſouvent il n'eſt pas exact.
Comme il étoit obligé de vendre ſes
ouvrages aux Imprimeurs, & qu'il
étoit payé à proportion des feuilles
qu'il leur mettoit entre les mains il
ſongeoit plûtôt à faire beaucoup d'ouvrage qu'à le bien faire, & n'y em-

G. Xy-ployoit pas tout le temps qui étoit né-
LANDER. ceſſaire pour lùi donner une entiere
perfection. Au reſte on ne ſçait quelle
pouvoit être la cauſe de ſa pauvreté,
puiſqu'il avoit un employ, qui devoit le mettre en état de ſubſiſter;
qu'il recevoit quelquefois des gratifi-
cations de ceux à qui il dédioit ſes
Ouvrages, & que le grand nombre
de Livres qu'il a donnés au public
pouvoit lui faire un revenu aſſez honnête; car il ne paroît pas qu'il ait donné dans la débauché, du moins je ne
ſçais perſonne qui le lui ait reproché.

Catalogue de ſes Ouvrages.

1. *Tryphiodorus de Troja everſione,*
Latinis verſibus. Xylander fit cette traduction, qui eſt en Vers Exametres,
dont chacun répond à ceux de
l'original Grec, à l'âge de ſeize ans,
pendant qu'il étudioit encore à *Augs-*
bourg, & *Oporin* l'imprima à ſon in-
ſçû; mais je ne ſçai ni la date, ni la
forme de cette édition. *Fabricius* ne
les marque point non-plus dans ſa *Bi-*
bliotheque Gréque. Xylander fit depuis
une autre verſion en vers Latins de
l'Ouvrage de *Tryphiodore* & y joignit
quelques remarques. Cette derniere a
été

été imprimée à la ſuite de *Diodore de Sicile* à *Basle* l'an 1578. *in-fol.* Cet ouvrage auroit dû procurer à *Xylander* une place parmi les enfans ſçavans, qu'aucun de ceux qui en ont donné des liſtes, ne lui a cependant accordé.

2. *Michaelis Pſelli de quatuor Mathematicis ſcientiis, Arithmetica, Muſica, Geometria, Xylandro Interprete, cum ejus annotationibus. Quibus acceſſit Xylandri de Philoſophia & ejus partibus Carmen, & nonnulla alia Carmina diverſi argumenti. Baſileæ* 1556. *in-8°.*

3. *Dionis Caſſii Hiſtoriæ Romanæ libri XXVI. cum fragmentis amiſſorum, Latine, ex Guil. Xylandri Interpretatione. Baſileæ* 1558. *in-fol.* It. *Lugduni* 1559. *in-8°.* It. *ex eadem verſione, à Joanne Leunclavio emendata, cum ipſius notis. Francofurti ad Mœnum* 1592. *in-8°.* Toutes ces éditions ſont ſeulement Latines. It. *Græce & Latine ex Guil. Xylandri Interpretatione. Geneva* 1592. *in-fol.* & *Hanoviæ* 1606. *in-fol.* On a joint à ces deux éditions l'ouvrage de *Jean Xyphilin*, avec des notes de *Xylander* & de quelques-autres Sçavans.

4. *M. Antonini Imperatoris de ſeipſo*

G. Xy- *& ad seipsum libri XII. Græce & La-*
LANDER. *tine , ex versione Guill. Xylandri , cum*
ejus notis. Tiguri 1558. *in* 8o. Il entreprit cette version par le conseil de
Conrad Gesner , mais il n'y a pas
réussi, suivant *Fabricius.* It. *Latine.*
Lugduni 1559. *in-* 12. It. *Græce & La-*
tine. Basileæ 1568. *in-*8o. Cette édition
a été revûë par *Xylander* , qui y joignit quelques ouvrages dont je parlerai aux No. 10 & 11. It. *ex versine*
Xylandri à Merico Casaubono emenda-
ta , cum utriusque notis. Londini 1643.
*in-*8o.

5. *Euripidis Tragœdiæ , Latine ,*
Philippo Melanchtone Interprete ; cum
Guil. Xylandri Præfatióne. Basileæ 1558.
*in-*8o. *Xylander* dans cette édition a
reformé la version de *Melanchton* ,
qui ne pouvoit être que très - impar-
faite , puisqu'elle avoit été tirée d'u-
ne maniere assez négligente des Leçons qu'il avoit faites sur *Euripide* ;
& il a ajoûté outre cela *Hecube* , sur
laquelle on n'avoit rien alors de
Melanchton. It. *Francofurti* 1562.
*in-*8o.

6. *Theocritus Græce , cum Scholiis à*
Zacharia Calliergo collectis in priora

Idylia 18. *& in reliqua Guil. Xylandri* G. XY-
brevibus adnotationibus Græcis. Baſileæ LANDER.
1558. *in-*8o.

7. *Plutarchus , Latine, Guill. Xylan-*
dro Interprete cum ejus notis. Heidelber-
gæ. 1561. *in-fol* It. *Baſileæ* 1579. *in-*8°.
6 *vol.* It. *Francof.* 1592. *in-*8°. 6. *vol.*
La verſion des Morales de *Plutarque,*
& les Notes de *Xylander* ont été auſſi
inſerées dans une édition Gréque &
Latine de cet Auteur , faite à Francfort l'an 1599. en deux vol. *in-fol.*
mais pour ce qui eſt des Vies , on y a
préferé la traduction d'*Herman Cru-*
ſerius à celle de *Xylander.*

8. *Plutarchi Commentarii duo , de*
audiendis Poetis , & de Homeri Poeſi
ejuſque amplitudine , dignitate ac utili-
tate , Græce cum Latina verſione & an-
notationibus Guil. Xylandri. Baſileæ
1566. *in-*8°.

9. *Georgii Cedreni Chronicon ab orbe*
condito ad annum Chriſti 1057. *Græce*
& Latine , cum Guil. Xylandri verſione
& notis. Baſileæ 1566. *in* 8°. It. *cum*
ejuſdem verſion- à Carolo Annibale Fa-
brotto emendata , & notis poſterioribus
Jacobi Goari. Pariſ. 1647. *in-fol.*

10. *Antonii Liberalis Metamorphoſes,*

Ll ij

G. Xy- *seu transformationum congeries. Græce &*
LANDER *Latine Interprete Guil. Xylandro. Basi-*
leæ 1568. *in-8°.* A la suite de la 3^e
édition des Commentaires de l'Em-
pereur *Antonin*, marquées au N°. 4.

11. *Phlegon de Mirabilibus, Lon-*
gævis, & Olympiis, Apollonii Historiæ
memorabiles, & Antigoni Mirabilium
narrationum congeries ex versione &
cum notis Guil. Xylandri. Basilæ 1568.
in-8°. A la suite de l'ouvrage précedent.

12. *Strabonis Geographiæ libri XVII.*
Latine, ex versione Guil. Xylandri,
cum ejusdem notis & castigationibus.
Basileæ 1571. *in-fol. Casaubon* s'est
plaint de la négligence avec laquelle *Xylander* a travaillé à cet Ouvrage,
auquel on a joint quelques Cartes
Géographiques de Ptolemée, assés
mal gravées. It. *Græce & Latine, ex*
eadem versione, & Isaaci Casauboni
animadversionibus. Genevæ 1587. *in-*
fol. It. *ex eadem versione ab Isaaco Ca-*
saubono recognita, cum ipsius Casauboni
Comment. & Frederici Morelli obser-
vationibus. Paris. 1620. *in-fol. Casau-*
bon n'a point retouché la version de
Xylander, quoique le titre du Livre

porte le contraire ; fes notes font ici G. Xy-
plus amples que dans l'édition précedente.

13. *Horatius , cum argumentis , no-*
tis & indice Guil. Xylandri. Heidel-
bergæ 1575. *&* 1590. *in-8°.*

14. *Schediafma de Aftronomico ho-*
rologio Argentoratenfi. Argentorati 1675.
in-4°.

15. *Diophanti Alexandrini Arith-*
meticorum libri fex , & de Numeris Po-
lygonis liber unus , Latine , cum Com-
ment. Guil. Xylandri. Bafileæ 1575. *in-*
fol. Xylander eft le premier qui ait
traduit *Diophante ,* dont il avoit reçû
un manufcrit d'*André Dudith.* Il publia avec fa traduction Latine , les remarques du Scholiafte Gréc (qu'il
conjecture être *Maxime Planudes*)
fur les deux premiers livres de cet
Auteur , & y joignit fes Commentaires. Mais il n'y fit qu'effleurer la
matiere , & il avoüe lui-même ingé-
nuëment qu'il y avoit dans *Diophante*
bien des chofes, qu'il n'avoit pas trop
bien fçû éclaircir. Pour ce qui eft de
fa verfion Latine , M. *de Meziriac*
affûre dans la nouvelle édition de
Diophante qu'il donna en 1621. qu'il

G. Xy-
lander.

G. Xy-l'avoit corrigée en plus de six cens
LANDER. endroits. Au reste cette version valut
quelque chose à *Xylander*, puisque
nous apprenons de *Melchior Adam*,
que le Duc de *Wirtemberg*, à qui il
la dédia, lui fit présent de cinquante
écus pour l'en remercier.

16. *Stephanus Byzantinus de Urbibus, Græce, per Guil. Xylandrum editus. Basileæ* 1568. *in-fol. Xylander* a
corrigé le texte d'*Etienne de Byzance*
en un grand nombre d'endroits; mais
il n'en a point donné de version Latine, comme le dit *Simler* dans son E-
pitome de *Gefner*, & comme d'autres
l'ont dit après lui; quoiqu'il ait promis d'en publier une, & qu'il en ait
laissé quelques fragmens.

17. *Pausaniæ Græciæ descriptio, Græce
& Latine, ex versione Romuli Amasæi,
cum Guilielmi Xylandri & Friderici Syl-
burgii Annotationibus. Francofurtii* 583.
in-fol. Xylander avoit entrepris quelque temps avant sa mort de revoir le
texte Grec de *Pausanias* & de le publier avec quelques notes; mais il ne
put achever ce qu'il avoit commencé,
& il fallut que *Wechel*, qui en vouloit faire une nouvelle édition, se

fervît pour cela de *Frederic Sylburge*, G. Xy-
qui revit avec foin la verfion de *Ro-* LANDER.
mulo Amafeo , & la corrigea en beaucoup d'endroits. Comme cette édition étoit en partie de *Xylander* , &
en partie de *Sylburge* , *Onefime Xylander* , fils de *Guillaume* , dédia le
travail de fon pere au Comte *Hul-
dric Fugger* , & *Sylburge* en fit aufli u-
ne dédicace à part adreflée au même
Comte , qui étoit le Mécene des
gens de Lettres de fon temps. It. *Ha-
novia* 1613. *in-fol.* Cette édition eft
entierement femblable à la précedente , fi ce n'eft que la verfion Latine
eft à chaque page à côté du texte Grec,
au lieu que dans l'autre elle eft à part.
Ainfi M. *le Clerc* a eu tort dans fa *Bibliotheque choifie* , tome 11. p. 154. de
foupçonner que ce ne fût que la même
édition, avec un frontifpice different.
It. *Accefferunt notæ novæ Joachimi Kuh-
nii. Lipfiæ* 1696. *in-fol.*

18. *Joannis Sleidani de IV. fummis
Imperiis libri tres , cum Guil. Xylandri
Comment. Accefferunt Cl. Seyffelii de
Republica Gallorum libri II. è Latino
Gallice verfi ab eodem Sleidano , cujus
etiam & alia varia adduntur. Edente*

G. Xy- *Elia Putschio. Hanoviæ* 1608. *in-8°.*

LANDER.   19. *Simler* nous apprend dans son Epitome qu'il a traduit en Allemand les six premiers Livres des Elemens d'*Euclide*, ausquels il a joint des commentaires, & que cette traduction a été imprimée à *Basle* en 1562. *Fabricius* ne l'a point connuë, puisqu'il n'en parle point dans sa *Bibliotheque Gréque* à l'article d'*Euclide*.

Il a fait encore quelques autres ouvrages, qui n'ont point été imprimés, & qu'on peut voir dans l'Epitome de *Simler*.

V. *Melchior Adam Vita Philosophorum. Freheri Theatrum virorum Doctorum*, p. 1471. *Les Eloges de M. de Thou*, & *les additions de Teissier*.

Fin du dix-neuviéme Volume.

TABLE

Tome XIX. M m

TABLE NECROLOGI[UE]

GUILLEBAUD (Pierre) m. le 29 Mars 1667.

MOTHE LE VAYER (François de la) m. en 1672.

CONRINGIUS (Herman) m. le 12 Décembre 1681.

CORNARA PISCOPIA (Heleine-Lucrece) m. le 26 Juillet 1684.

BORRICHIUS (Olaus) m. le 3 Octobre 1690.

LIPENIUS (Martin) m. le 6 Novembre 1692.

HUYGENS (Chrétien) m. le 8 Juin 1695.

BRUYERE (Jean de la) m. le 10 May 1696.

KÆMPFER (Engelbert) m. le 2 Novembre 1716.

BATTAGLINI (Marc) m. le 19 Septembre 1717.

FELLER (Joachim Frederic) m. le 15 Février 1726.

VALBONNAYS (Jean-Pierre de) m. le 2 Mars 1730.

GOAR (Jacques) m. le 23. Septembre 1653.

PONTANUS (Jean Ifaac) m. en 1640.

XYLANDER (Guillaume) m. le 10 Février 1576.

Fin de la Table Necrologique.

TABLE

Des Auteurs contenus dans ce Volume,
selon l'ordre des matieres qu'ils ont
traitées dans leurs Ouvrages.

A

Astronomie.

B

Bibliothecaires.

Botanique.

C

Chimie.

M m ij

TABLE

DES MATIERES.

M m iij

TABLE

H

Hiftoire.

Hiftoire Univerfelle.

Hiftoire Ecclefiaftique.

Hiftoire Gréque.

DES MATIERES.

TABLE

I

Inscriptions.

TABLE

Fin de la Table des Matieres.

PRIVILEGE DU ROI.

LOUIS, par la grace de Dieu, Roy de France & de Navarre : A nos amez & feaux Conseillers, les Gens tenans nos Cours de Parlement, Maîtres des Requêtes ordinaires de notre Hôtel, Grand Conseil, Prevôt de Paris, Baillifs, Senéchaux, leurs Lieutenans Civils, & autres nos Justiciers qu'il appartiendra, SALUT : Notre bien amé ANTOINE-CLAUDE BRIASSON, Libraire à Paris, nous ayant fait remontrer qu'il lui auroit été mis en main un Manuscrit, qui a pour titre : *Memoires pour servir à l'Histoire des Hommes Illustres dans la République des Lettres, avec un Catalogue raisonné de leurs Ouvrages*, qu'il souhaiteroit faire imprimer & donner au Public, s'il nous plaisoit lui accorder nos Lettres de Privilege sur ce necessaires, offrant pour cet effet de le faire imprimer en bon papier & en beaux caracteres, suivant la feüille imprimée & attachée pour modele sous le contre-scel des presentes ; A CES CAUSES, voulant traiter favorablement ledit Exposant, Nous lui avons permis & permettons par ces Presentes, de faire imprimer lesdits Memoires & Catalogue ci-dessus specifiés, en un ou plusieurs volumes, conjointement, ou séparément, & autant de fois que bon lui semblera, sur papier & caracteres conformes à ladite feuille imprimée & attachée pour modele sous notredit contre-scel, & de le vendre, faire vendre & débiter par tout notre Royaume, pendant le tems de *huit années* consecutives, à compter du jour de la date desd. Presentes. Faisons défenses à toutes sortes de personnes de quelque qualité &

condition qu'elles foient, d'en introduire d'impreffion étrangere dans aucun lieu de notre obeïffance; comme auffi à tous Libraires, Imprimeurs & autres, d'imprimer, faire imprimer, vendre, faire vendre, débiter, ni contrefaire lefdits Memoires & Catalogue ci-deffus expofés, en tout ni en partie, ni d'en faire aucuns Extraits, fous quelque prétexte que ce foit, d'augmentation, correction, changement de Titre, ou autrement, fans la permiffion expreffe & par écrit dud. Expofant ou de ceux qui auront droit de lui, à peine de confifcation des Exemplaires contrefaits, de trois mille livres d'amende contre chacun des contrevenans, dont un tiers à Nous, un tiers à l'Hôtel-Dieu de Paris, l'autre tiers audit Expofant, & de tous dépens, dommages & interêts. A la charge que ces Préfentes feront enregiftrées tout au long fur le Regiftre de la Communauté des Libraires & Imprimeurs de Paris, & ce dans trois mois de la date d'icelles; que l'impreffion de ce Livre fera faite dans notre Royaume & non ailleurs, & que l'Impetrant fe conformera en tout aux Reglemens de la Libr. & notamment à celui du 10. Av. 1725. & qu'avant de l'expofer en vente, le manufcrit ou imprimé qui aura fervi de copie à l'impreffion dudit Livre fera remis dans le même état où l'Approbation y aura été donnée, és mains de notre très-cher & feal Chevalier Garde des Sceaux de France le fieur Fleuriau d'Armenonville, Commandeur de nos Ordres; & qu'il en fera remis 2 exemplaires dans notre Bibliotheque publique, un dans celle de notre Château du Louvre, & un dans celle de notre très-cher & feal Chevalier Garde des Sceaux de France le Sr Fleuriau d'Armenonville, Commandeur de nos Ordres; le tout à peine de nullité des Préfentes, du contenu defquelles vous mandons & enjoignons de faire jouïr l'Expofant ou fes ayans caufe pleinement & paifiblement fans fouffrir qu'il leur foit fait aucun trouble ou empêchement. Voulons que la copie des Préfentes qui fera imprimée tout au long au commencement ou à la fin dud. Livre foit tenue pour dûément fignifiée, & qu'aux copies collationnées par l'un de nos amez & féaux Conseillers & Secretaires , foi soit ajoutée comme à l'original. COMMANDONS au premier notre Huissier ou Sergent, de faire pour l'execution d'icelles, tous Actes requis & necessaires , sans demander autre permission , & nonobstant clameur de Haro , Charte Normande , & Lettres à ce contraires : CAR tel est notre plaisir. DONNE' à Paris le 28 Novembre l'an de Grace mil sept cens vingt-six, & de notre Regne le douziéme, Par le Roy en son Conseil,

DE S. HILAIRE.

Registré sur le Registre VI. de la Chambre Royale des Libraires & Imprimeurs de Paris, N. 530. F. 421. conformément aux anciens Reglemens confirmez par celui du 28 Fevrier 1723. A Paris le 3. Decembre 1726.

Signé, VINCENT, Adjoint.

De l'Imprimerie de GISSEY.

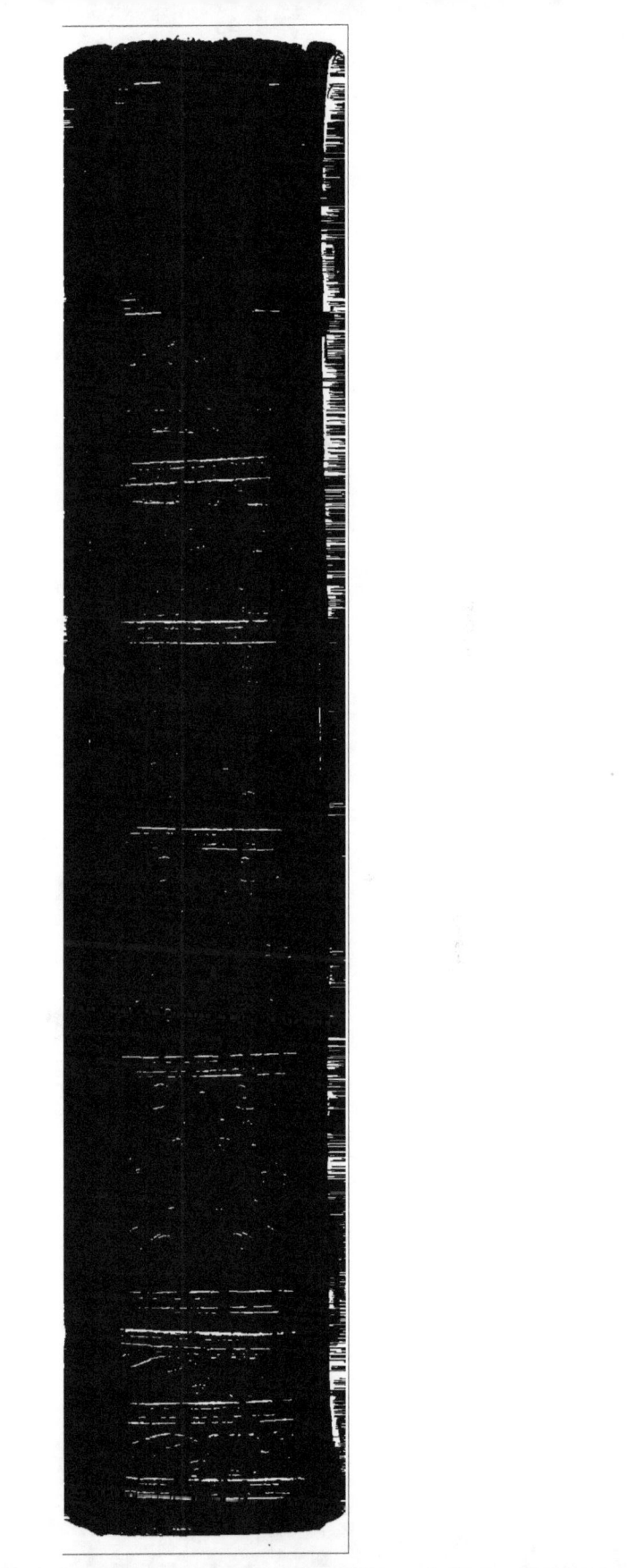